古典詩歌研究彙刊

第三四輯

龔鵬程 主編

第 1 冊

六朝至唐代陶淵明其人及其詩文接受的轉變

劉冠吟 著

國家圖書館出版品預行編目資料

六朝至唐代陶淵明其人及其詩文接受的轉變／劉冠吟 著 --
初版 -- 新北市：花木蘭文化事業有限公司，2023〔民 112〕
目 2+202 面；17×24 公分
（古典詩歌研究彙刊 第三四輯；第 1 冊）
ISBN 978-626-344-349-5（精裝）
1.CST：（南北朝）陶潛 2.CST：中國詩 3.CST：詩評
820.91   112010189

ISBN-978-626-344-349-5

9 786263 443495

古典詩歌研究彙刊
第三四輯 第 一 冊   ISBN：978-626-344-349-5

六朝至唐代陶淵明其人及其詩文接受的轉變

作　　者　劉冠吟
主　　編　龔鵬程
總 編 輯　杜潔祥
副總編輯　楊嘉樂
編輯主任　許郁翎
編　　輯　張雅淋、潘玟靜　美術編輯　陳逸婷
出　　版　花木蘭文化事業有限公司
發 行 人　高小娟
聯絡地址　235 新北市中和區中安街七二號十三樓
　　　　　電話：02-2923-1455／傳真：02-2923-1452
網　　址　http://www.huamulan.tw 信箱 service@huamulans.com
印　　刷　普羅文化出版廣告事業
初　　版　2023 年 9 月
定　　價　第三四輯共 8 冊（精裝）新台幣 16,000 元

六朝至唐代陶淵明其人
及其詩文接受的轉變

劉冠吟　著

作者簡介

劉冠吟，屏東人。靜宜大學中國文學系碩士畢業。夢想之一是讀中文系。感謝大學班導洪麗玫教授、指導老師朱錦雄教授，以及系上老師們的栽培，讓我真正地完成夢想。小時候的另一個夢是當作家，然後第一次出版的是學術類書籍，相當奇妙。體驗了理性跟感性在腦子裡打架的感覺，希望未來他們能好好相處。

提　　要

　　陶淵明為東晉末至劉宋初之隱士，於後世受到頗高的讚譽及欣賞。然對於陶淵明其人及其詩文之推崇，並非一開始便十分興盛。本文所欲探討的，為陶淵明從六朝自唐代的接受情形。由當時之文獻可見，陶淵明其人及其詩文在此兩個時代的接受情形，存在著頗為明顯的差異。陶淵明其人作為一位隱者，在六朝雖得到肯定，然當時卻少見文人在著作中評價，或是描繪其形象。至於陶淵明之詩文，在六朝更是少有文人欣賞。不過到了唐代，此接受情況產生轉變。陶淵明其人，在唐時獲得更多人推崇，其形象為諸多文人所描述。且其文章，也獲得更多矚目。為何從六朝至唐代，陶淵明其人及其詩文，在接受情況上有如此轉變？本文擬以六朝、唐代不同的隱逸觀，以及隱逸與文學的審美視域作為切入面向，來一探六朝至唐代，陶淵明其人及其詩文接受情況的轉變。

目

次

第一章　緒　論

第一節　研究動機與目的

　　六朝時期，〔註1〕社會上普遍存在希企隱逸的風氣，劉紀曜於〈仕與隱──傳統中國政治文化的兩極〉中就言：

> 　　兩晉南朝是老莊思想的極盛時期。老莊思想的盛行，在思想
> 上是意味著對漢代儒家禮教的批判與抗拒；在現實處境上
> 是對漢末以降的動亂局勢之逃避。因此莊子全身保真、任性
> 自適的隱逸思想乃大為流行。〔註2〕

由於追求個體自適、保全自身的老莊思想盛行於六朝，故而當時便興起一股崇尚隱逸的風潮。而處於東晉末至劉宋期間的陶淵明（365～427 年），便是當時的隱者之一。陶淵明在生時就以隱者身分為時人所知，如在東晉、劉宋朝先後擔任過江州刺史的王弘（379～432 年）、檀道濟（？～436 年）等人，都想與陶淵明結交。據沈約（441～513 年）《宋書·隱逸傳》、蕭統（501～531 年）〈陶淵明傳〉記載：

〔註1〕所謂六朝時期通常指三國至南朝。而本文中所言六朝，因討論的範圍受限於陶淵明生時至歿後的時代，故僅從東晉末開始算起。此外，如文中有論及北朝、隋代陶淵明接受情況，為方便論述，會將北朝、隋代納入六朝時代進行討論。此乃因北朝與隋的陶淵明接受，較接近六朝。

〔註2〕劉紀曜：〈仕與隱──傳統中國政治文化的兩極〉，收錄於黃俊傑主編：《中國文化新論──思想篇（一）：理想與現實》（臺北：聯經出版事業公司，1993 年 4 月），頁 316。

江州刺史王弘欲識之，不能致也。潛嘗往廬山，弘令潛故人
龐通之齎酒具於半道栗里要之，潛有腳疾，使一門生二兒舉
籃輿，既至，欣然便共飲酌，俄頃弘至，亦無忤也。〔註3〕
躬耕自資，遂抱羸疾。江州刺史檀道濟往候之，偃臥瘠餒有
日矣。道濟謂曰：「賢者處世，天下無道則隱，有道則至。
今子生文明之世，奈何自苦如此？」對曰：「潛也何敢望賢，
志不及也。」道濟饋以粱肉，麾而去之。〔註4〕

陶淵明隱居的潯陽柴桑，為江州州治所在。而先後擔任江州刺史的王
弘、檀道濟聽聞轄區內有此隱者，便想與之往來。王弘為王導（276～
339 年）曾孫，屬琅琊王氏一系，在當時堪稱名門之後；而檀道濟，
為劉宋開國功臣之一，在劉裕（363～422 年）底下建有赫赫軍功，甚
至招人忌諱。《宋書·檀道濟傳》便言：「道濟立功前朝，威名甚重，
左右腹心，並經百戰，諸子又有才氣，朝廷疑畏之。」〔註5〕可見其
具相當之社會地位與聲望。而這些頗具聲名的人物皆想與陶淵明結
交，將可能使陶淵明隱士之名流佈於士人階層。

　　而陶淵明尚與周續之（377～423 年）、劉遺民（352～410 年）
並稱為「潯陽三隱」。〔註6〕周續之與劉遺民皆為當時著名人物，兩
人皆受到宋高祖劉裕的禮遇。《宋書·隱逸傳》便載有高祖接見周續
之，甚至為他開學館、向他請教《禮記》一事：

高祖北伐，還鎮彭城，遣使迎之，禮賜甚厚。每稱之曰：「心
無偏吝，真高士也。」尋復南還。高祖踐阼，復召之，乃盡

〔註3〕〔南朝·梁〕沈約等著，楊家駱主編：《新校本宋書附索引》（臺北：
　　　鼎文書局，1987 年 5 月），頁 2288。

〔註4〕〔南朝·梁〕蕭統：《昭明太子文集》，收錄於嚴一萍選輯：《百部叢
　　　書集成三編》影印《常州先哲遺書》本（臺北：藝文印書館，1971 年
　　　10 月），第 2 函，補遺，頁 7。

〔註5〕〔南朝·梁〕沈約等著，楊家駱主編：《新校本宋書附索引》，頁 1343。

〔註6〕陶淵明與周續之、劉遺民並稱為「潯陽三隱」，可見於蕭統〈陶淵明
　　　傳〉：「時周續之入廬山，事釋慧遠；彭城劉遺民亦遁跡匡山；淵明又
　　　不應徵命，謂之潯陽三隱。」參見：〔南朝·梁〕蕭統：《昭明太子文
　　　集》，收錄於嚴一萍選輯：《百部叢書集成三編》影印《常州先哲遺書》
　　　本，第 2 函，補遺，頁 7～8。

室俱下。上為開館東郭外，招集生徒。乘輿降幸，幷見諸生，問續之《禮記》「慢不可長」、「與我九齡」、「射於矍圃」三義，辨析精奧，稱為該通。〔註7〕

而佚名《蓮社高賢傳》則記有劉遺民獲得高祖賜名之事：

謝安、劉裕嘉其賢相推薦，皆力辭。性好佛理乃之廬山，傾心自託。遠公曰：「官祿巍巍，欲何不為？」答曰：「君臣相疑，吾何為之！」劉裕以其不屈，乃旌其號曰遺民。〔註8〕

劉遺民本名劉程之，以其賢德受到謝安（320～385年）、劉裕的賞識。而後來劉宋代晉，劉程之並未出仕為官，劉裕佳其志節，故賜予「遺民」之號。由此可見，周續之與劉遺民皆為當世著名之人物，連皇帝都禮遇他們。而陶淵明能與二人並稱為潯陽三隱，可見其隱者身分受到時人肯定。

而在陶淵明歿後，其隱士之名依然為人所知，後世文人對其有所讚譽，也有所批評。讚美者如顏延之（384～456年），其於陶淵明歿後寫有〈陶徵士誄〉，對陶之隱逸相當欣賞：

若乃巢高之抗行，夷皓之峻節，故已父老堯禹，錙銖周漢，而緜世浸遠，光靈不屬，至使菁華隱沒，芳流歇絕，不其惜乎！〔註9〕

顏延之於文中將陶淵明上比巢父、伯成子高等古時隱士，認為如不把其事蹟予以記錄，未免可惜。而沈約《宋書・隱逸傳》、蕭統〈陶淵明傳〉也相當推崇陶淵明，認為他是個有「高趣」的隱者。〔註10〕不過，

〔註7〕〔南朝・梁〕沈約等著，楊家駱主編：《新校本宋書附索引》，頁2281。

〔註8〕佚名：《蓮社高賢傳》，收錄於嚴一萍選輯《百部叢書集成》影印《漢魏叢書》本（臺北：藝文印書館，1967年）第1函，頁18～19。

〔註9〕〔南朝・梁〕蕭統編，〔唐〕李善注：《文選》（臺北：文津出版社，1987年7月），頁2470。

〔註10〕沈約《宋書・隱逸傳》：「潛少有高趣。」、蕭統〈陶淵明傳〉：「淵明少有高趣，博學，善屬文；穎脫不羣，任真自得。」參見〔南朝・梁〕沈約等著，楊家駱主編：《新校本宋書附索引》，頁2286。〔南朝・梁〕蕭統：《昭明太子文集》，收錄於嚴一萍選輯《百部叢書集成三編》影印《常州先哲遺書》本，第2函，補遺，頁7。

也有文人對陶淵明之隱有所微詞，如隋代王通（584～617 年）於《中說・立命篇》中表示：「或問陶元亮，子曰：『放人也。《歸去來》，有避地之心焉。《五柳先生傳》則幾於閉關矣。』」〔註 11〕王通為隋代大儒，相當講求為士、為臣者須以天下為己任。其於《中說・事君篇》就對其弟王績（約 585～644 年）之〈五斗先生傳〉做出批評：「無功作《五斗先生傳》。子曰：『汝忘天下乎？縱心敗矩，吾不與也。』」〔註 12〕王績〈五斗先生傳〉乃擬仿陶淵明〈五柳先生傳〉而作，其中多表現出任性自適的人生觀。而由王通對其弟之文章有所批判，可見其對陶淵明這樣隱居不仕的隱者，恐怕不會給予讚賞。戴建業（1956年～）於《澄明之境：陶淵明新論》中就認為，王通所言之「放人」實等同於「棄人」，是對陶淵明之隱的批評。〔註 13〕

在六朝，陶淵明除了成為文人評論的對象外，也成為典故，進入士人的文章中。有些文人在作品中提及隱者，或是寫及歸隱之思時，便會以陶淵明為典來進行書寫。如隋代張正見〈還彭澤山中早發詩〉：「空返陶潛縣，終無宋玉才。」〔註 14〕即是一例。此外，又有庾肩吾（487～551 年）〈謝東宮賜宅啟〉：「況乃交垂五柳，若元亮之居，夾石雙槐，侶安仁之縣。」〔註 15〕徐孝克（527～600 年）〈天台山修禪寺智顗禪師放生碑〉：「白雞路出，青髓巖開。攀桂結宇，蕭然憩止。林交五柳，既馥旃檀之氣。」〔註 16〕二人皆以時人視為陶淵明之自傳

〔註 11〕〔隋〕王通：《中說》，收錄於嚴一萍選輯：《百部叢書集成》影印《漢魏叢書》本（臺北：藝文印書館，1967 年）第 5 函，卷下，頁 22。

〔註 12〕〔隋〕王通：《中說》，收錄於嚴一萍選輯：《百部叢書集成》影印《漢魏叢書》本，第 5 函，卷上，頁 19。

〔註 13〕戴建業：《澄明之境：陶淵明新論》（海口：海南出版社，2015 年 11月），頁 312。

〔註 14〕逯欽立輯校：《先秦漢魏晉南北朝詩》（臺北：木鐸出版社，1988 年7 月），頁 2498。

〔註 15〕〔清〕嚴可均：《全上古三代秦漢三國六朝文》（臺北：世界書局，1982 年 2 月），第 7 冊，《全梁文》第 66 卷，頁 2。

〔註 16〕〔清〕嚴可均：《全上古三代秦漢三國六朝文》，第 9 冊，《全隋文》第 12 卷，頁 5。

的〈五柳先生傳〉為典，將隱者以五柳代稱。[註17]

　　而陶淵明之詩文也受到當時部分文人欣賞，並得到流傳。鍾嶸（？～518年）《詩品》、蕭統〈陶淵明集序〉、陽休之（509～582年）〈陶潛集序錄〉，皆對陶淵明的文學作品進行評論：

> 文體省淨，殆無長語。篤意真古，辭興婉愜。每觀其文，想其人德。世嘆其質直。[註18]（鍾嶸《詩品》）
>
> 其文章不羣，詞采精拔，跌蕩昭章，獨超眾類，抑揚爽朗，莫之與京。橫素波而傍流，干青雲而直上。語時事則指而可想，論懷抱則曠而且真。[註19]（蕭統〈陶淵明集序〉）
>
> 辭采雖未優，而往往有奇絕異語，放逸之致，棲託仍高。[註20]（陽休之〈陶潛集序錄〉）

三人皆對陶淵明之文章有所賞譽。鍾嶸讚美陶淵明詩歌所投射出的作者人格，而蕭統則直接表示其欣賞陶淵明詩文的語言風貌和蘊含其中的作者懷抱，至於陽休之，則認為陶淵明的文章放達超逸又有所寄託。除賞譽外，鍾嶸、陽休之也提出陶淵明為文樸實、缺乏文采，令人惋惜之處。這自然與當時的文學風氣有關。值得一提的是，蕭統、陽休之除了肯定陶詩文外，又將其作收集成冊。二人分別輯有《陶淵明集》、《陶潛集》，令陶之文章得到傳播。

[註17]　〈五柳先生傳〉被六朝人視為陶淵明之自傳，可見於沈約《宋書·隱逸傳》：「潛少有高趣，嘗著《五柳先生傳》以自況，曰：『……』其自序如此，時人謂之實錄。」相同之說法也可見於蕭統〈陶淵明傳〉、佚名《蓮社高賢傳》等典籍中。參見〔南朝·梁〕沈約等著，楊家駱主編：《新校本宋書附索引》，頁2286～2287。〔南朝·梁〕蕭統：《昭明太子文集》，收錄於嚴一萍選輯：《百部叢書集成三編》影印《常州先哲遺書》本，第2函，補遺，頁7。佚名：《蓮社高賢傳》，收錄於嚴一萍選輯：《百部叢書集成》影印《漢魏叢書》本，第1函，頁26。

[註18]　〔南朝·梁〕鍾嶸著，陳延傑注：《詩品注》（臺北：里仁書局，1992年9月），頁41。

[註19]　〔南朝·梁〕蕭統：《昭明太子文集》，收錄於嚴一萍選輯：《百部叢書集成三編》影印《常州先哲遺書》本，第2函，卷4，頁4。

[註20]　〔隋〕陽休之：〈陶潛集序錄〉，收錄於〔清〕嚴可均：《全上古三代秦漢三國六朝文》，第9冊，《全隋文》第9卷，頁1。

　　陶淵明的詩歌也為後人所擬仿，如王僧達（423～458 年）、鮑照
（約 414～466 年）與江淹（444～505 年），都對陶之詩歌進行擬作。
王僧達所作今已佚失，鮑照則寫有〈學陶彭澤體詩〉，至於江淹則有
〈雜體詩三十首・陶徵君潛田居〉。〔註 21〕另外，陶淵明之詩文也成
為典故，出現於文人的作品中。除了上述使用〈五柳先生傳〉為典實
的文章外，又有以〈桃花源記〉為典者。如徐陵（507～583 年）〈山
齋詩〉：「桃源驚往客，鶴嶠斷來賓。復有風雲處，蕭條無俗人。」〔註
22〕庾信（513～581 年）〈奉報趙王惠酒詩〉：「梁王脩竹園，冠蓋風塵
喧。行人忽枉道，直進桃花源。」〔註 23〕、孔德紹（？～621 年）〈登
白馬山護明寺詩〉：「今日桃源客，相顧失歸塗。」〔註 24〕等詩作便是。

　　希企隱逸的風氣盛行於六朝，因此不難想像，像陶淵明這樣的隱
者，其名聲與作品能得到流傳。然而令筆者不解的是，陶淵明做為一
位受到肯定的隱者，又處在文人普遍希企隱逸、推尊隱者的時代，為
何其並未得到許多文人的注目與推崇？此般接受情況可由以下幾點
見得，如六朝時期少見文人在詩文中評論、描寫陶淵明；且當時也少
見文人評論陶詩文，或是擬仿其作、以其詩文作為典故等等。依筆者
目前所見之文獻而言，涉及評價陶淵明其人的作品約莫只有上文所
述，顏延之、沈約、蕭統、王通等人所作之幾篇文章、典籍。至於與
陶淵明詩文評論相關的文章，雖有鍾嶸等人的著作，但諸如沈約《宋
書・謝靈運傳》、劉勰（約 465～521 年）《文心雕龍》、蕭子顯（487
～537 年）《南齊書・文學傳論》等述及前代文學流變的文章，皆隻字

〔註 21〕　王僧達所作之詩已佚，不過從鮑照〈學陶彭澤體詩〉其下之小題「奉
　　　　　和王義興」可知，王僧達也寫有擬陶詩。鮑照〈學陶彭澤體詩〉、江
　　　　　淹〈雜體詩三十首・陶徵君潛田居〉，分別收錄於〔南朝・宋〕鮑照
　　　　　著，黃節注：《鮑參軍詩注》，收錄於《謝康樂詩注；鮑參軍詩注》（北
　　　　　京：中華書局，2008 年 1 月），頁 357。逯欽立輯校：《先秦漢魏晉
　　　　　南北朝詩》，頁 1577。
〔註 22〕　逯欽立輯校：《先秦漢魏晉南北朝詩》，頁 2530。
〔註 23〕　逯欽立輯校：《先秦漢魏晉南北朝詩》，頁 2378。
〔註 24〕　逯欽立輯校：《先秦漢魏晉南北朝詩》，頁 2722。

未及陶淵明，可見陶之詩文，在當時恐未受到普遍的接受。而擬仿、以陶之詩文為典故的作品，前者依筆者所見，僅有鮑照三人有相關創作，而後者的數量則委實不多。由此可見，陶淵明其人、其詩文在六朝並未受到普遍的欣賞與推崇。

　　降及唐代，希企隱逸的風氣依然不變。李劍鋒（1970 年～）指出：

> 經過中古人的「希企隱逸」，隱逸作為包含著高雅脫俗等價值觀念的生活方式已經成為文人喜愛談論和效仿的一種時尚。這種時尚伴隨著隋唐的社會變革，非但沒有削弱，反而因受時代精神的影響，以新的面貌在唐代社會蔓延。〔註25〕

由此可見，唐代與六朝一樣，皆存在著希企隱逸的風氣。不過，在承繼前代慕隱之風的情況下，陶淵明在唐代卻得到更多文人的欣賞。比起前代，唐時有更多文人對陶淵明做出評價，甚至直接將其作為歌詠對象。如顏真卿（709～785 年）、吳筠（？～778 年）分別寫有〈詠陶淵明〉、〈高士詠·陶徵君〉。〔註26〕而白居易（772～846 年）〈訪陶公舊宅〉：「不慕樽有酒，不慕琴無絃；慕君遺榮利，老死此丘園。」〔註27〕便對陶淵明之淡泊榮利表達傾慕。除此之外，有些文人則提出對陶淵明隱士形象的不同看法，如杜甫（712～770 年）〈遣興五首·其三〉：「陶潛避俗翁，未必能達道。觀其著詩集，頗亦恨枯槁。」〔註28〕便是對陶潛歷來為人所肯定的形象——通達自適——提出疑問。而唐代部分文人也會對陶淵明提出批評，比如針對其不出仕為官，李端（743～782 年）〈晚遊東田寄司空曙〉就言：「莫作嫌官意，陶潛未

〔註25〕　李劍鋒：〈論唐代人接受陶淵明的原因和條件〉，《文史哲》第 3 期（1999 年 5 月），頁 83。

〔註26〕　〔清〕彭定求等編：《全唐詩》（上海：上海古籍出版社，1996 年 11 月），頁 361、2092。

〔註27〕　〔唐〕白居易著，顧學頡校點：《白居易集》（北京：中華書局，1996 年 2 月），頁 129。

〔註28〕　〔唐〕杜甫著，〔宋〕郭知達集註：《九家集註杜詩》（臺北：大通書局，1974 年 10 月），頁 382。

必賢。」〔註29〕而劉禹錫（772～842 年）〈寓興二首・其二〉更是直言：「世途多禮數，鵬鷃各逍遙。何事陶彭澤，拋官為折腰？」〔註30〕

而陶淵明的詩文，也在唐時得到更多文士的賞愛。不少文人於詩中表現出對陶之作品的喜好，像是杜甫〈江上值水如海勢聊短述〉就言：「焉得詩如陶謝手，令渠述作與同遊。」〔註31〕將陶淵明與謝靈運（385～433 年）並稱，這在前代是幾乎不可見的。〔註32〕而鄭谷（849～911 年）也於〈讀前集二首・其二〉中表達自己對陶詩文的欣賞：「愛日滿堦看古集，祇應陶集是吾師。」〔註33〕而在唐時，對陶詩文進行擬仿的文人也比前代增加許多。先是初唐王績對陶淵明大加賞愛，〔註34〕其所創作的自傳〈五斗先生傳〉，便是受陶淵明〈五柳先生傳〉影響。如〈五斗先生傳〉首段云：

> 有五斗先生者，以酒德遊於人間。人有以酒請者，無貴賤皆往。往必醉，醉則不擇地斯寢矣，醒則復起飲也。嘗一飲五斗，因以為號。〔註35〕

傳主五斗先生，因嗜酒而為自己命此名號，此命名方式，與〈五柳先生

〔註29〕〔清〕彭定求等編：《全唐詩》，頁 723。

〔註30〕〔唐〕劉禹錫著，卞孝萱校訂：《劉禹錫集》（北京：中華書局，2000 年 12 月），頁 260。

〔註31〕〔唐〕杜甫著，〔宋〕郭知達集註：《九家集註杜詩》，頁 1837。

〔註32〕六朝時人常將謝靈運與顏延之並稱，如沈約《宋書・謝靈運傳》：「爰逮宋氏，顏、謝騰聲。靈運之興會標舉，延年之體裁明密，並方軌前秀，垂範後昆。」劉勰《文心雕龍・時序篇》：「王袁聯宗以龍章，顏謝重葉以鳳采。」蕭子顯《南齊書・文學傳論》：「顏、謝竝起，乃各擅奇，休、鮑後出，咸亦標世。」參見〔南朝・梁〕沈約等著，楊家駱主編：《新校本宋書附索引》，頁 1778～1779。〔南朝・梁〕劉勰著，周振甫注：《文心雕龍注釋》（臺北：里仁書局，2001 年 9 月），頁 816。〔南朝・梁〕蕭子顯著，楊家駱主編：《新校本南齊書附索引》（臺北：鼎文書局，1990 年 7 月），頁 908。

〔註33〕〔清〕彭定求等編：《全唐詩》，頁 1699。

〔註34〕王績為由隋入唐之文人，而由於其活躍年代為唐，故筆者將其納入唐代文人進行討論。

〔註35〕〔唐〕王績著，金榮華校注：《王績詩文集校注》（臺北：新文豐出版股份有限公司，1998 年 6 月），頁 306。

傳〉中傳主之自號方式：「宅邊有五柳樹，因以為號焉。」〔註36〕如出
一轍。而五斗先生酒醉後任性自適的樣態，也與五柳先生「造飲輒盡，
期在必醉，既醉而退，曾不吝情去留。」〔註37〕的灑脫之姿相似。

　　此外，唐代也有許多擬仿陶詩的作品，甚至還有和陶詩、繼作陶
淵明詩文的文章出現。擬陶者如韋應物（737～791 年）〈與友生野飲
效陶體〉、〈效陶彭澤〉、白居易〈効陶潛體詩十六首〉；〔註38〕和陶者
如唐彥謙（約 848～894 年）〈和陶淵明貧士詩七首〉；〔註39〕至於繼
作者，如施肩吾（780～861 年）〈桃源詞二首〉、章碣〈桃源〉，乃繼
陶淵明〈桃花源記〉而作。〔註40〕而在唐代，文人也會於文章中使用
陶淵明詩文作為典故。如以陶淵明〈桃花源記〉為典實者，有駱賓王
（約 640～684 年）〈疇昔篇〉：「荒衢通獵騎，窮巷抵樵輪。時有桃源
客，來訪竹林人。」〔註41〕、王維（《王右丞集箋注》一作盧照鄰詩）
（約 692～761 年）〈酬比部楊員外暮宿琴臺朝躋書閣率爾見贈之作〉：
「舊簡拂塵看，鳴琴候月彈。桃源迷漢姓，松樹有秦官。」〔註42〕、秦
系（724～？年）〈春日閒居三首・其一〉：「一似桃源隱，將令過客迷。
礙冠門柳長，驚夢院鶯啼。」〔註43〕擬仿陶淵明之文章、以其作品為典
故進行寫作，這類作品在六朝也可見得，不過數量並不十分多。而唱
和、繼作陶詩文者，依筆者目前所見之文獻而言，在六朝並未見得。

〔註36〕　〔晉〕陶淵明著，袁行霈箋注：《陶淵明集箋注》（北京：中華書局，
　　　　　2003 年 4 月），頁 502。
〔註37〕　〔晉〕陶淵明著，袁行霈箋注：《陶淵明集箋注》，頁 502。
〔註38〕　以上詩作分別見於〔唐〕韋應物著，陶敏、王友勝校注：《韋應物集
　　　　　校注》（上海：上海古籍出版社，1998 年 12 月），頁 30、33。〔唐〕
　　　　　白居易著，顧學頡校點：《白居易集》，頁 104～108。
〔註39〕　〔清〕彭定求等編：《全唐詩》，頁 1686～1687。
〔註40〕　〔清〕彭定求等編：《全唐詩》，頁 1250、1681。
〔註41〕　〔唐〕駱賓王著，〔清〕陳熙晉箋注：《駱臨海集箋注》（臺北：世界
　　　　　書局，1962 年 10 月），頁 171。
〔註42〕　〔唐〕王維著，〔清〕趙殿成箋注：《王右丞集箋注》（上海：上海古
　　　　　籍出版社，1998 年 3 月），頁 118。
〔註43〕　〔清〕彭定求等編：《全唐詩》，頁 650。

　　不同於前代，唐時有更多文人表現出對陶淵明其人其詩文的推崇。而這般接受情況的差距，著實令人不解。因為六朝至唐代的文士，都對隱者相當尊崇，社會上可謂普遍地存在希企隱逸的風氣。然而，身為隱者的陶淵明，在六朝雖為文人所知，卻未受到普遍的推崇；且當時也少有文人接受、欣賞陶詩文。直至唐代，方有更多士人尊崇他。如要探究此現象背後的原因，應可從歷來學者對於六朝、唐代陶淵明接受情況的研究，開始談起。

　　許多學者在論及六朝、唐代人之陶淵明接受時，多從陶淵明其人、其詩文之接受論起，並以希企隱逸之風、文學審美作為切入面向。如歷來研究者在論及唐人接受陶淵明的原因時，多認為，唐朝尚隱之社會風氣，令時人推崇陶淵明。如李劍鋒就言：

　　　　唐人比前人更多更廣地注意到了陶的為人和詩文。唐人接
　　　　受陶淵明並不是偶然的。在唐代，隱逸已經成為全社會普遍
　　　　欣賞乃至效仿的一種價值觀念和生活方式。因此，尚隱是唐
　　　　人接受陶淵明的一個基本原因。〔註44〕

李劍鋒認為，陶淵明其人其詩文在唐代之所以為人所接受，乃是因當時人崇尚隱逸。而王國瓔則於《古今隱逸詩人之宗：陶淵明論析》中認為，陶詩之所以在唐代受到接受，就是因時人尊崇隱士：

　　　　陶詩所以能由幾百年之隱晦，爰及唐代而終見光明，一方面
　　　　或許當歸功於唐代推崇隱逸風氣之盛。由於李唐開國以來，
　　　　皇室禮遇隱士，以示天下歸心，促成一股崇尚隱逸的風氣，
　　　　進而引起對「古今隱逸詩人之宗」陶淵明的追慕，並且對隱
　　　　逸的歌詠產生了興趣。〔註45〕

按其所言，唐人之所以追慕陶淵明，乃是因當時人崇尚隱逸之故。〔註46〕由上文可見，唐代尚隱之風的盛行，與陶淵明其人其詩文之

〔註44〕 李劍鋒：〈論唐代人接受陶淵明的原因和條件〉，頁83。
〔註45〕 王國瓔：《古今隱逸詩人之宗：陶淵明論析》（臺北：允晨文化實業股份有限公司，1999年9月），頁40。
〔註46〕 陶淵明於唐代之所以為文人所矚目，與唐時尊尚隱逸的風氣有所關聯。然筆者認為，王國瓔所言：「陶詩所以能由幾百年之隱晦，爰及

接受息息相關，是歷來許多研究者的共識。

　　而六朝、唐代不同的文學審美，則使兩個時代的陶淵明詩文作品接受，乃至於其人之接受情況，產生變化。如鍾優民（1936年～）《陶學史話》在論述唐代陶淵明其人其詩文之地位提升時，便言：

> 陶公及其詩文地位的提高，除了它本身的永恆價值外，與唐代藝壇審美標準的變化亦不為無關，自從陳子昂批評「彩麗競繁而興寄都絕」的齊梁詩風以來，詩人開始不重視駢體文學的語言形式，轉而推崇樸素自然的美，採用不同於南北朝人的另一番眼光來觀察、評價文學作品，當然會得出新的結論。〔註47〕

鍾優民指出，陶淵明詩文於唐代之所以受到重視，乃是因為唐人藝術審美標準的改變。〔註48〕而戴建業《澄明之境：陶淵明新論》也認為，陶淵明在唐代的影響力之所以擴大，乃是因為其文章受到時人喜愛：

> 與南朝人一味喜歡華麗不同，盛唐人的藝術趣味和他們的胸襟一樣寬廣，儘管他們不一定推崇陶淵明，但大多數人能認識陶淵明的價值。……陶淵明的影響日益擴大，他在接受者心目中的地位也越來越高，人們已把他視為六朝的傑出詩人。〔註49〕

唐代而終見光明，一方面或許當歸功於唐代推崇隱逸風氣之盛。」此說有些不妥。按其所言，陶詩至唐時方為更多文人所欣賞的原因，在於希企隱逸之風。不過尊尚隱逸之風，自六朝便已興盛。故此恐難視為造成六朝與唐代陶詩文接受情況之差異的原因。王國瓔之說法參見其所作《古今隱逸詩人之宗：陶淵明論析》，頁40。

〔註47〕鍾優民：《陶學史話》（臺北：允晨文化實業股份有限公司，1991年5月），頁27。

〔註48〕唐人對文章的審美確實與六朝有所不同，然鍾優民所言：「自從陳子昂批評『彩麗競繁而興寄都絕』的齊梁詩風以來，詩人開始不重視駢體文學的語言形式，轉而推崇樸素自然的美。」此說有些不妥。因為在唐代，駢麗的文風仍持續存在，如唐時為文人書寫的駢體文學，或是晚唐興起的唯美文學風格，皆是例證。鍾優民此說法參見其所作《陶學史話》，頁27。

〔註49〕戴建業：《澄明之境：陶淵明新論》，頁315。

　　由以上學者之論著可見，希企隱逸的社會風氣以及文學審美觀念，左右著六朝至唐代的陶淵明接受。

　　從上述之研究情況推測，影響六朝、唐代陶淵明其人其詩文接受的因素，應包含當時的希企隱逸之風和文學審美。所以，如要探討兩個時代陶淵明接受情況有所不同的原因，應可從隱逸與文學兩方面著手。前文已述及，六朝雖然也有尚隱之風，不過當時對陶淵明其人其詩文的推崇情況，並未如唐代那樣興盛。因此，筆者推測，唐代之隱逸觀，應具有前代所未有的特色，是影響當世之陶淵明接受的因素之一。而唐代不同的文學審美，令當時陶淵明之接受情形與六朝有所差異，這點在許多學者的論述中也多有提及。誠然，某人物之文學作品地位的提升，確實會使其人之地位跟著抬高，從而對接受情況產生影響。不過，如果僅言接受一個人物的文學作品，令其人之接受更為全面，不免顯得浮泛。因此筆者認為，應要詳細分析文學作品的接受，是如何影響人物的接受。而這點或可從唐代陶淵明文章的接受，與時人對陶淵明形象之接受，兩者之間的交互作用來進行討論。是故，本文欲從六朝、唐代隱逸觀及文學觀兩方面進行切入，來討論兩個時代的陶淵明接受情況之所以有所差異的原因，並也藉此探討六朝、唐代陶淵明之接受風貌。

第二節　研究範圍與步驟

　　本文所討論之陶淵明接受情況，將以六朝至唐代做為討論範圍。而對於六朝與唐代，陶淵明其人其詩文接受情形的變化，本文擬分為三個章節進行論述。

　　於本文第二章，將先探討六朝與唐代的陶淵明形象構築，意即對陶淵明其人之接受情況。筆者擬從兩個時代的史書、類書，以及文人的詩文著作等，來探討陶淵明「出仕者」與「隱逸者」兩方面之形象，在六朝至唐代之構築情形。透過此討論，以理出陶淵明形象在六朝至唐代的接受變化；以及，陶淵明之形象，是否有為文人

所特別強調、放大之處。

　　接著，於本文第三章，將探討陶淵明之詩文，於六朝至唐代的接受情況。此部分將以兩個時代的文人，對陶淵明詩文的品評；以及在實際創作上，受到陶淵明文章之影響，這兩個部分進行論述。此章的討論對象，將以史傳，及文人之著作為主。透過此討論，期能一探陶淵明詩文，於六朝至唐代接受情況的變化；以及接受陶詩文的文人，是否有特別偏好的陶淵明文章內容及風貌。同時，筆者也欲在此章中討論，唐代陶淵明詩文的接受，對當時整體的陶淵明接受所產生的影響。

　　最後，本文第四章，則將針對六朝至唐代文人接受陶淵明的原因，以及令兩個時代對陶淵明的推崇程度產生變化的因素，進行論析。此部分將聚焦於六朝、唐代之隱逸觀，以及隱逸與文學的審美視域，此兩個面向來觀之。透過此討論，以得出六朝與唐代隱逸觀、隱逸與文學審美視域之承繼與變化，以及兩個時代的隱逸觀、審美視域，與陶淵明其人其詩文之接受的關係。本文擬透過上述之論述方式，來一探陶淵明於六朝至唐代之接受情況及其變化。

第三節　前人研究成果

　　本文所探討之主題，為六朝至唐代陶淵明接受情況的變化。而關於陶淵明之接受，歷來多有學者討論之，如鍾優民《陶學史話》，此書旨在探討南北朝至近現代，以及海外的陶淵明接受情況，並以陶詩文之接受為焦點所在。書中徵引大量的文獻史料，以作為論述之依據，可謂相當周詳。鍾優民點出南北朝時陶詩文未廣為文人欣賞之事實，並點出一項陶詩文在當時未得到矚目的原因：

　　　　而陶淵明清澹、深邃的田園詩、詠懷詩，卻長期未能躋身大
　　　　雅之堂，引起時人足夠的重視。這還是一個門閥鼎盛的時
　　　　代，朝野關注的多是那些鐘鳴鼎食世家出生的士族文人，而
　　　　門衰祚薄的陶淵明自然難以得到普遍的敬重，以致身歿未

幾，名字已混淆難辨，莫衷一是。〔註50〕

鍾優民認為，陶淵明詩文未受南北朝時人重視的原因之一，便是因其門衰祚薄，故而無法在重視門第的南北朝得到矚目。此說法為筆者帶來一論析陶詩文接受原因的切入面向。而在論及唐代陶詩文之接受時，鍾優民則指出唐人對陶詩文之賞愛，存在著偏好：

> 陶淵明的藝術風格，豐富多采，相當複雜，但限於唐人的審
> 美情趣和認識水平，他們感受較深的側重清新自然一面，而
> 不及其餘，比較浮淺。〔註51〕

由此論述可知，唐人對陶詩文之喜好，存在著頗為明顯的趨向。而此現象之提出，也為筆者在論述唐代陶詩文接受時，提供一值得深入研究的論題。

除鍾優民所作之外，討論陶淵明接受情況的，又有羅秀美《宋代陶學研究──一個文學接受史個案的分析》。此書雖是以宋代陶淵明接受為研究主題，不過也有述及宋代之前的陶淵明接受情況。於論述南北朝至唐代陶淵明接受情況時，羅秀美從時人對陶之「隱士」及「詩人」身分的接受論起。羅秀美指出，於南北朝時期，陶淵明之「隱者」身分受到普遍之認同，然其詩文卻少受到當時文人的欣賞。而在論及唐代之陶淵明接受時，羅秀美認為，唐代陶淵明地位產生變化之因，在於「陶淵明之『人品』與『詩品』呈現並重的局面」〔註52〕羅秀美表示，這就是為何，唐代與南北朝同樣崇尚隱逸，卻比前代更加崇慕陶淵明的原因：

> 這種隱逸風氣，自六朝以來即已盛行，何以當時並未如此崇
> 慕陶淵明的行徑？這是因為南北朝時代「詩」與「隱」還未
> 結合為普遍的文化意識，而中國人在文化上又特別好向傳
> 統尋求典型，淵明則剛好是兼具「隱士」與「詩人」身分的

〔註50〕鍾優民：《陶學史話》，頁10。
〔註51〕鍾優民：《陶學史話》，頁32。
〔註52〕參見羅秀美：《宋代陶學研究──一個文學接受史個案的分析》（臺北：秀威資訊科技，2007年1月），頁64～65之論述。

唯一代表。於是，待時而隱的唐代詩人，為尋求心靈的寄託，
便追慕淵明的田園詩風與隱逸精神。〔註53〕

筆者以為，羅秀美指出文學作品之接受，將會提升人物的接受，此點
相當重要。不過，對於羅秀美所言，唐前陶淵明接受之所以未盛，是
因「南北朝時代『詩』與『隱』還未結合為普遍的文化意識，而中國
人在文化上又特別好向傳統尋求典型，淵明則剛好是兼具『隱士』與
『詩人』身分的唯一代表。」這點筆者並不十分認同。筆者認為，南
北朝人之所以未如此崇慕陶淵明，並非因時人未將「隱者」與「詩人」
相結合，從而產生「隱逸詩人」這一值得崇敬的對象。不過，羅秀美
所言，陶詩受到唐人重視與推崇，使得陶淵明之地位在唐代有所提升，
這點確為事實。而這觀點，也為筆者之研究提供可行之進路。

　　除上述之著作外，與陶淵明接受相關的學者著述，尚有陳怡良
《陶淵明之人品與詩品》，此作後半部述及由南北朝至近代，乃至海
外的陶淵明接受情況；此外又有戴建業《澄明之境：陶淵明新論》、蕭
望卿〈陶淵明歷史的影像〉，以南北朝至清代為討論範圍；黃惠菁《唐
宋陶學研究》，以唐宋時期陶淵明其人其詩文之接受為主題，並也述
及南北朝之陶淵明接受；以及日本學者岡村繁《世俗與超俗──陶淵
明新論》，此書前段略有述及陶淵明於南北朝至近現代的接受概況。

　　本文於分析影響六朝、唐代陶淵明接受之因素時，擬以兩個時代
之隱逸觀、審美視域為切入點，進行論述。而對於六朝、唐代之隱逸
觀，歷來學者多有相關之論著。如王瑤（1914～1989年）〈論希企隱
逸之風〉，此篇專著相當詳盡地討論魏晉及其前代的隱逸思想背景，
並徵引相當豐富的史料，來論述魏晉時期希企隱逸，乃至以隱為高的
思想，是如何形成並普及於士大夫階層，對於本文回顧唐前隱逸概況
有相當大的助益。而對於魏晉時期所產生的獨特隱逸方式──朝隱，
王瑤也做出相當詳盡的討論。他指出，當隱逸行為變成了理論，在魏
晉時期受到普遍的接受後，隱逸本身就變成一件高尚的事，從而使其

〔註53〕羅秀美：《宋代陶學研究──一個文學接受史個案的分析》，頁63。

失去避世的特質：

> 到隱士的行為普遍以後，道家的思想盛行以後，已經無所謂
> 「避」的問題，而是為隱逸而隱逸，隱逸本身就有他的價值
> 與道理。……這套理論盛行之後，隱士地位的崇高，就得到
> 了社會的普遍承認。〔註54〕

王瑤從以隱為高的思想論起，繼而言及當時人試圖調和仕隱間的矛
盾，而這就是朝隱產生的原因：

> 魏晉名士的人生觀既重在得意，則其希企隱逸，也是希企其
> 心神底超然無累。正如同在日常行為上「得意」並不一定要
> 「忽忘形骸」一樣，所以樂廣說「名教中自有樂地」；因為
> 注重的是風神的蕭朗，而並不一定要求任達的形迹。對於隱
> 逸的態度也是如此，只要能得其意，則朝隱也可，市隱也可，
> 並不一定要棲遁山澤。〔註55〕

王瑤徵引相當豐富的史料，呈現出當時士人的朝隱思想，並點出當時
人希企隱逸的原因，不一定是想隱居山澤，而是單純想體驗隱逸所帶
來的超然無累之感。本文於第四章處，便多有引用其觀點，來進行有
關六朝隱逸思想的論析。

　　除王瑤之著作外，筆者也參考朱錦雄先生《魏晉「會通」思潮下
的「通隱」現象研究》。此篇論文所探討的隱逸類型，為少有人論及的
「通隱」。朱錦雄先生從魏晉時期會通自然與名教的思潮，來論析通
隱思想的形成，並以史料上所載之通隱者的事蹟，來做為例證。朱錦
雄先生認為，通隱具備傳統隱逸觀所擁有的反仕精神，不過卻未斷絕
與人世的往來：

> 「通隱」者能夠在塵世與山林、「自然」與「名教」之間來
> 去自如，也能夠融合多元的思想，作為自己安生立命的基
> 礎，故而獲得了世人的稱許。不過必須注意的是，……「通
> 隱」中「通」的精神必須收束於「隱」之內。也就是說，「通

〔註54〕 王瑤：〈論希企隱逸之風〉，收錄於王瑤：《中古文學史論》（臺北：長安出版社，1982年8月），頁80～81。
〔註55〕 王瑤：〈論希企隱逸之風〉，收錄於王瑤：《中古文學史論》，頁96。

隱」者之所以獲得稱許，便是因為他們能在隱逸中展現出
「通」的精神。〔註56〕

而朱錦雄先生也指出，通隱與朝隱雖為心隱的兩道分流，皆受到向、郭
注《莊子》時提出之「跡冥論」影響，然通隱與朝隱卻有很大的不同：

> 「朝隱」與「通隱」雖然皆尋求心靈上的逍遙自適，但二者
> 最大的差別處，即在於對「隱」的態度。所謂「通隱」，本
> 可說是對隱逸之通達。但因為這通達必須是建立在隱逸之
> 上的，所以「通隱」仍舊具備原本隱逸反仕的精神。……然
> 而，「朝隱」在隱逸觀念上，比「通隱」作了更為巨大的突
> 破。……「朝隱」只保留了以心靈之「隱」獲得逍遙境界的
> 可能性，也因此「仕」與「隱」之間也不再具有強烈的對立
> 衝突性。所以「朝隱」者可以出仕為官、可以在廟堂之上實
> 踐隱逸之「意」。〔註57〕

此篇論文相當詳盡地分析通隱與朝隱的不同，並點出通隱於隱逸觀念
上的特殊處，令筆者能更深入地了解六朝的隱逸思想與形態。

而關於唐代隱逸觀相關之論著，有李小蘭《中國隱士的精神蛻
變》。此篇論文詳細地論述唐代隱逸文化的發展特點，並輔以魏晉時
期的隱逸思想做為參照，一方面凸顯出唐代隱逸觀念的特色，另一方
面也鋪陳唐代隱逸思想對前代的承繼。李小蘭認為，相比於魏晉時期
以隱為高的觀念，唐人的價值取向更向仕宦靠攏。故而在唐代，「仕
隱兼修」的出處方式便受到時人推崇：

> 在唐人的生活中，巢由與伊皋、江湖與魏闕，已不再是一種
> 矛盾和衝突，而是相互協調與互補。〔註58〕

而以此隱逸思想為理論依據所建構出的，便是「吏隱」這種隱逸方式。
李小蘭指出，吏隱之所以能為唐人所接受，是因為當時之隱逸觀一方

〔註56〕 朱錦雄：《魏晉「會通」思潮下之「通隱」現象研究》（花蓮：國立東
　　　　 華大學中國語文學系研究所碩士論文，2005年5月），頁60。
〔註57〕 朱錦雄：《魏晉「會通」思潮下之「通隱」現象研究》，頁86～87。
〔註58〕 李小蘭：《中國隱士的精神蛻變》（浙江：浙江師範大學中國古代文學
　　　　 碩士學位論文，2003年4月），頁4。

面承繼在魏晉時期便已醞釀的「心隱」理論，〔註59〕另一方面，則受
到唐代當時盛行的禪宗思想啟發：

> 佛教在唐代發展的最大的特點，就是由「出世」向「入世」
> 的轉化。佛教入世的標誌就是惠能創立的新禪宗在盛唐的
> 興盛。……惠能又說：「善知識！若欲修行，在家亦得，不
> 由在寺」「法元在世間，於世出世間。勿離世間上，外求出
> 世間。」這種「於世出世」的理論，為「仕隱兼修」的理想
> 提供了依據，從根本上改變了隱逸的方式，導致了隱逸文化
> 的世俗化。〔註60〕

李小蘭認為，唐人隱逸觀中「仕隱兼修」的理想，是受到禪宗思想影
響。李小蘭此篇論文對於唐代隱逸觀念的形成原因，以及與前代不同
的特色，說解得頗為詳實。其中所寫及的，唐代科舉特別設立科目以
招募隱者，以及佛教思想對唐代隱逸觀的影響，更使筆者能進一步了
解唐代隱逸觀的構築背景。

關於唐代隱逸之相關論著，也可參見賈晉華〈「平常心是道」與
「中隱」〉。此篇文章探討白居易「中隱」思想與洪州禪的關係。白居
易提出之中隱思想，其中心目標為個體身心的自由與適意，而為達此
身心的自適，不妨去為官。白居易〈中隱〉裡就言：

> 大隱住朝市，小隱入丘樊；丘樊太冷落，朝市太囂諠。
> 不如作中隱，隱在留司官。似出復似處，非忙亦非閑。
> 不勞心與力，又免飢與寒。終歲無公事，隨月有俸錢。〔註
> 61〕（節錄自白居易〈中隱〉）

賈晉華認為，像中隱這般泯滅仕隱之界線的思想，是受到洪州禪「平
常心是道」之說的影響。

賈晉華以白居易〈感悟妄緣，題如上人壁〉、〈讀禪經〉為例，說
明這般隱居思想為何受到禪學影響。他指出，前詩中的「弄沙成佛塔，

〔註59〕 參見李小蘭：《中國隱士的精神蛻變》，頁13～14之論述。
〔註60〕 李小蘭：《中國隱士的精神蛻變》，頁9。
〔註61〕 〔唐〕白居易著，顧學頡校點：《白居易集》，頁490。

鏘玉謁王宮；彼此皆兒戲，須史即色空。」〔註62〕即表示諸如禮佛、
出仕等等有所營求之事，皆為遊戲空妄。而這般想法，對白居易仕隱
觀念產生的影響，便是無需執著於出仕或隱居。而後詩中的「攝動是
禪禪是動，不禪不動即如如。」〔註63〕則道出作者讀禪經時，所體悟
到的非閒非忙、自在適意的境界。此般由禪學所導出之自適觀，也影
響了白居易的隱逸思想。如賈晉華所言：

> 白居易之接受洪州禪學，主要是作為一種解脫論，藉之以達
> 到一種超越輕鬆的心境，並以之論證其追求適意任心的人
> 生態度及生活方式之合理性。〔註64〕

賈晉華認為，白居易在洪州禪學中，找到任性逍遙的人生態度，其背
後的理論依據。除了探討白居易中隱思想的形成外，賈晉華也在此文
中討論中隱與朝隱的不同：

> 傳統的朝隱說強調身與心的分離，所謂「身在魏闕，心在江
> 湖。」白居易則泯滅這種分離：「意無江湖閑」，不必執著於
> 厭棄或留戀哪一方，身心俱在朝市，情意無須遠馳江湖，也
> 能得閑適之意。〔註65〕

依其所言，朝隱之說強調身心的分離，而中隱則消除這種分離。這項
分析點出兩種隱逸觀本質上的差異，而筆者也從此研究成果，發現六
朝與唐代隱逸觀念之不同處，並得到論述的靈感。

　　除上述著作外，與隱逸思想相關之前輩著作，尚有劉紀曜〈仕與
隱──傳統中國政治文化的兩極〉，由先秦儒、道、法三家對仕與隱
之觀點談起，再下迄兩漢，乃至宋代。此外又有劉翔飛（1951～1990
年）〈論唐代的隱逸風氣〉，以唐代隱逸風氣與士人隱逸心理為討論對
象；葛曉音（1946年～）〈盛唐田園詩和文人的隱居方式〉，探討盛唐

〔註62〕　〔唐〕白居易著，顧學頡校點：《白居易集》，頁555。
〔註63〕　〔唐〕白居易著，顧學頡校點：《白居易集》，頁716。
〔註64〕　賈晉華：〈「平常心是道」與「中隱」〉，《漢學研究》第16卷第2期
　　　　　（1998年12月），頁336。
〔註65〕　賈晉華：〈「平常心是道」與「中隱」〉，頁330。

田園詩興盛之因、盛唐文人的隱逸方式和樣態，並也述及當時文人之隱居方式，對他們所創作之田園詩的影響。

　　而關於本文中所討論，影響六朝、唐代人接受陶淵明之另一個因素——審美視域，可參考的前人著作有王瑤〈玄言・山水・田園——論東晉詩〉。王瑤於此篇文章中，以時代思潮為背景，詳細敘述東晉詩歌的發展，並於其中述及當時士人審美所向。王瑤認為，山水詩之所以會在東晉詩壇上開展，是因為當時所盛行的玄學思想，重自然之道的緣故。山水詩之所以大盛，是由於時人追求玄遠、愛好自然，故而便將審美的眼光置放於山林之上：

> 追求玄遠的心情使他們接近自然，愛好山水，而自然風景卻
> 又使他們的心情更超然虛淡了。所以他們不只把山水當作
> 一種客觀的欣賞對象，而且把自己與山水同樣地都當成了
> 自然的表現。〔註66〕

山水成為文人的欣賞對象，因而進入詩歌之中。至於陶淵明所創作的田園詩，王瑤認為，這類詩作可說是山水詩的另一種形式。不過，田園詩在六朝，並未興盛。王瑤指出，陶淵明所創作的此種詩歌，在當時之所以不興，乃是因為反映在陶詩中的生活意趣，無法進入當時以門第世家為主要出身之士人群的眼中：

> 在那個重視門閥地位的社會裏，詩文只是「市朝顯達」的專
> 利品，像他這樣一個破落士大夫出身的農人，是不會受人重
> 視的。……因了當時的文化是保存在市朝顯達的手裏，他們
> 的生活和要求都和陶詩的風格不合拍。〔註67〕

當時士人的審美目光，多置諸於山水上，是故陶淵明之田園詩，自然得不到他們的喜好。值得一提的是，王瑤由「雅俗」之間的差異，來論陶淵明之田園詩不受重視之因。依其所言，當時士大夫多認為山水

〔註66〕 王瑤：〈玄言・山水・田園——論東晉詩〉，收錄於王瑤：《中古文學史論》，頁62。

〔註67〕 王瑤：〈玄言・山水・田園——論東晉詩〉，收錄於王瑤：《中古文學史論》，頁80～81。

為「雅」，而田園為「俗」，因此不特別欣賞陶詩。〔註68〕王瑤此篇文章，令筆者更能認識山水與田園詩產生的背景，以及田園詩未興於東晉，乃至其後之南北朝的原因。而其中所言，以雅俗之觀點論山水詩之盛與田園詩之未興，更帶給筆者頗大的啟發。

除王瑤所作外，於著作中論及審美視域者，尚有王力堅《由山水到宮體──南朝的唯美詩風》，述及東晉、南朝之文學審美，以及山水進入時人審美視域的事實。以上諸多論著，皆為筆者提供可行之研究進路，以及不同的研究觀點。

〔註68〕王瑤由雅俗論陶詩之接受，參見王瑤：〈玄言・山水・田園──論東
　　　　晉詩〉，收錄於王瑤：《中古文學史論》，頁 81～82。

第二章　六朝、唐代陶淵明形象構築

　　於六朝及唐代，文人對於陶淵明的形象刻劃，可見於他們的著作中。[註1] 而這兩個時代的士人對於陶淵明形象的建構及想像，雖頗為一致，然也有不同之處。此外，比起六朝，唐代有更多文人對陶淵明的形象進形描繪，或在文章中使用與其相關的典故。下文將先以六朝史書、文人著作，討論當時人對於陶淵明形象的認識；再來探討，唐時文人對陶淵明形象的接受情況，此部分將以唐代史書、類書，以及詩文創作等作為討論對象。透過此論析，除一探六朝、唐代陶淵明形象建構的相同、不同處之外，也欲論析唐代最為文人所知悉的陶淵明形象特點；以及，唐時新出現的陶淵明形象，其產生的原因所在。同時，透過以上論述，本章也欲一探，六朝至唐代接受陶淵明形象的文人，在數量上的變化。

第一節　六朝的陶淵明形象構築

　　於六朝時期，尚少見文人對陶淵明的形象進行描述。依筆者所見，六朝時涉及描寫陶之形象者，有孫盛《晉陽秋》、顏延之〈陶徵士誄〉、

〔註 1〕關於唐前的陶淵明形象塑造，由於罕見北朝、隋代文人對陶淵明的形象描述，故筆者於本章中，先以東晉、南朝士人做為討論對象。

沈約《宋書·隱逸傳》、蕭統〈陶淵明傳〉、檀道鸞《續晉陽秋》、何法盛《晉中興書》、佚名《蓮社高賢傳》等。以下便以六朝時涉及陶淵明形象書寫的典籍，來討論當時所建構出的陶淵明形象。

一、陶淵明「出仕者」的形象

於六朝，有關陶淵明作為一位「出仕者」的形象，主要有兩點。一是描繪陶淵明雖任有官職，然對仕途似未如此熱衷，甚至身在官場，心向畎畝的心態。二則是將其描述成一位有氣節的士人。以下分述之。

首先，陶淵明雖出仕為官，然心存丘壑之想的形象，可見於沈約《宋書·隱逸傳》、蕭統〈陶淵明傳〉及佚名《蓮社高賢傳》。此三傳皆載有陶淵明任官時，向親朋表示自己隱居志向一事，〔註2〕茲引《宋書·隱逸傳》所載：

> 躬耕自資，遂抱羸疾，復為鎮軍、建威參軍，謂親朋曰：「聊欲弦歌，以為三逕之資，可乎？」〔註3〕

陶淵明因家貧而再度任官，然卻又表示，自己希望歸隱於田園。此事蹟點出其心存丘壑的出仕者形象。除此事外，沈約《宋書·隱逸傳》、蕭統〈陶淵明傳〉所載其為彭澤令時，於公田種秫一事，則可反映陶淵明對於自適生活的嚮往。其中又以蕭統所作最能反映此心態：

> 謂親朋曰：「聊欲絃歌以為三徑之資，可乎？」執事者聞之，以為彭澤令。……公田悉令吏種秫，曰：「吾常得醉於酒足矣！」妻子固請種秫，乃使二頃五十畝種秫，五十畝種秔。〔註4〕

〔註2〕蕭統〈陶淵明傳〉載有：「後為鎮軍、建威參軍，謂親朋曰：『聊欲絃歌以為三徑之資，可乎？』」《蓮社高賢傳》也有：「初為建威將軍，謂親朋曰：『聊欲絃歌為三徑之資。』」參見〔南朝·梁〕蕭統：《昭明太子文集》，收錄於嚴一萍選輯：《百部叢書集成三編》影印《常州先哲遺書》本，第2函，補遺，頁7。佚名：《蓮社高賢傳》，收錄於嚴一萍選輯：《百部叢書集成》影印《漢魏叢書》本，第1函，頁26。

〔註3〕〔南朝·梁〕沈約等著，楊家駱主編：《新校本宋書附索引》，頁2287。

〔註4〕〔南朝·梁〕蕭統：《昭明太子文集》，收錄於嚴一萍選輯：《百部叢書集成三編》影印《常州先哲遺書》本，第2函，補遺，頁7。

此事乃承《宋書‧隱逸傳》之記載而來。〔註5〕然《宋書》中僅言陶淵明悉令公田種秫稻，忽略粳之種植一事，並未明確寫出陶淵明種秫之目的。而蕭統〈陶淵明傳〉則以一句「吾常得醉於酒足矣！」更加清楚地寫出陶淵明欲廣種秫稻所表現出的，對任性自適之生活的喜好。

　　而在六朝的典籍中，陶淵明也被描述成一位有氣節的士人。此形象反映在其不為五斗米折腰，以及忠於晉室這兩件事蹟上。在此先言前者。陶淵明不為俸祿折腰之事，可見於沈約《宋書‧隱逸傳》、蕭統〈陶淵明傳〉、何法盛《晉中興書》、佚名《蓮社高賢傳》中，〔註6〕在此引《宋書》所載：

　　　　郡遣督郵至，縣吏白應束帶見之，潛嘆曰：「我不能為五斗
　　　　米折腰向鄉里小人。」即日解印綬去職。〔註7〕

按史傳之記載，陶淵明因不願向德行不正的督郵低頭行禮，故而辭去彭澤令一職。

　　除了不向小人低頭的氣節外，陶淵明也被刻劃為一心懷家國、忠於晉室的士人。如顏延之〈陶徵士誄〉言其：「孝惟義養，道必懷邦。」〔註8〕認為陶淵明心懷家國。而陶淵明忠於晉朝，此說法則可見於沈

〔註5〕《宋書‧隱逸傳》：「公田悉令吏種秫稻，妻子固請種粳，乃使二頃五十畝種秫，五十畝種粳。」參見〔南朝‧梁〕沈約等著，楊家駱主編：《新校本宋書附索引》，頁2287。

〔註6〕蕭統〈陶淵明傳〉：「歲終，會郡遣督郵至，縣吏請曰：『應束帶見之。』淵明歎曰：『我豈能為五斗米，折腰向鄉里小兒！』即日解綬去職。」、何法盛《晉中興書》：「陶潛為彭澤令，督郵察縣，縣吏入白當板屨而就詣，潛曰：『吾不能為五斗米，折腰向鄉里小豎。』于是挂冠而去。」佚名《蓮社高賢傳》：「郡遣督郵至，縣吏白應束帶見之，潛歎曰：『吾不能為五斗米折腰拳拳事鄉里小人耶！』」參見〔南朝‧梁〕蕭統：《昭明太子文集》，收錄於嚴一萍選輯：《百部叢書集成三編》影印《常州先哲遺書》本，第2函，補遺，頁7。〔南朝‧宋〕何法盛《晉中興書》，收錄於〔唐〕房玄齡等著，楊家駱主編：《新校本晉書并附編六種》（臺北：鼎文書局，1990年），第5冊，頁434。佚名：《蓮社高賢傳》，收錄於嚴一萍選輯：《百部叢書集成》影印《漢魏叢書》本，第1函，頁26。

〔註7〕〔南朝‧梁〕沈約等著，楊家駱主編：《新校本宋書附索引》，頁2287。

〔註8〕〔南朝‧梁〕蕭統編，〔唐〕李善注：《文選》，頁2473。

約《宋書・隱逸傳》、蕭統〈陶淵明傳〉及佚名《蓮社高賢傳》，在此引《宋書》所言：

> 自以曾祖晉世宰輔，恥復屈身後代，自高祖王業漸隆，不復肯仕。所著文章，皆題其年月，義熙以前，則書晉氏年號，自永初以來唯云甲子而已。〔註9〕

傳中言陶淵明因其祖陶侃（259～334 年）事於晉朝，故而不願在劉宋為官。且又言陶淵明寫作文章時習慣標註年月，東晉義熙年之前皆書晉朝年號，但在劉裕即位代晉後，便只書甲子而已。〔註10〕

有關六朝陶淵明「出仕者」之形象接受，除上述任有官職而心懷丘壑、不為五斗米折腰、晉室忠臣這幾件事蹟外，便少見到其他相關的記載。當時對陶淵明形象的描述，主要著重在其「隱逸者」的身分上。以下試論之。

二、陶淵明「隱逸者」的形象

關於陶淵明的隱者形象，六朝文人多將之描繪成任性自適、真率自然、安貧、遺榮利的隱者。而有些文人，也會點出其作為隱居者明哲保身的一面。以下逐條論之。

首先，從六朝時描述陶淵明退隱動機的相關記載，便可一窺陶淵明作為隱者的形象側影之一。對於陶之隱居動機，六朝時相關的文獻記有幾項原因，即是任己性情而為，以及明哲保身等等。如顏延之〈陶徵士誄〉，便言陶之隱居，一來是依己之性分而作的決定，二來是為保全己身：

> 道不偶物，棄官從好。遂乃解體世紛，結志區外，定跡深棲，

〔註9〕〔南朝・梁〕沈約等著，楊家駱主編：《新校本宋書附索引》，頁 2288～2289。

〔註10〕蕭統〈陶淵明傳〉及佚名《蓮社高賢傳》未言陶淵明在劉裕即位代晉後，著作記年只書甲子之事。參見〔南朝・梁〕蕭統：《昭明太子文集》，收錄於嚴一萍選輯：《百部叢書集成三編》影印《常州先哲遺書》本，第 2 函，補遺，頁 8。佚名：《蓮社高賢傳》，收錄於嚴一萍選輯：《百部叢書集成》影印《漢魏叢書》本，第 1 函，頁 27。

於是乎遠。……。隱約就閑，邅延辭聘。非直也明，是惟道
性。糾纆斡流，冥漠報施。孰云與仁？實疑明智。〔註11〕
顏延之認為，陶淵明之棄官歸隱，是從己所好。而其所好，便是遠離
紛擾的世間。而陶淵明於隱居後，便推辭一切做官的機會。顏延之認
為，其之所以推辭官爵，是為了不讓是非禍福近身。由此可見陶淵明
作為隱士之明哲保身的態度。

　　由陶淵明之隱居動機，可見其明智自保、任性而為的人格特質。
而其隱居生活，又更能描繪其作為隱者的形象。於六朝，文人多以任
性自適、安貧、遺榮利等特質來描寫陶淵明之隱者形象。以下逐條論
之。首先，陶淵明任真自得的生活方式，是文人建構其隱逸生活、形
象的重要內容。而文人在描寫此真率的生活時，往往聚焦在飲酒、撫
琴、讀書等閒暇逸事上，且尤以前者為最。

　　關於陶淵明之飲酒，如顏延之〈陶徵士誄〉言其「心好異書，性
樂酒德，簡棄煩促，就成省曠。」〔註12〕沈約《宋書・隱逸傳》載有陶
淵明與飲酒相關之事蹟共五條，如其與王弘共飲一事：「嘗九月九日無
酒，出宅邊菊叢中坐久，值弘送酒至，即便就酌，醉而後歸。」〔註13〕
王弘身為江州刺史，又是世家大族子弟，具有相當的社會地位。然陶淵
明與其飲酒，並未因其身分而有所拘束，反而在喝醉之後直接告辭，可
見其性情之真率。而蕭統〈陶淵明傳〉所載之五條陶淵明飲酒事蹟，則
從《宋書・隱逸傳》繼承而來，如：「貴賤造之者，有酒輒設。淵明若
先醉，便語客：『我醉欲眠，卿可去！』其真率如此。」〔註14〕不論來
客之貴賤，只要有酒，陶淵明都會出之待客。而一旦主人先喝醉，便請

〔註11〕〔南朝・梁〕蕭統編，〔唐〕李善注：《文選》，頁2473。
〔註12〕〔南朝・梁〕蕭統編，〔唐〕李善注：《文選》，頁2471。
〔註13〕此五條分別為：王弘令龐通之齎酒邀請陶淵明、顏延之與陶淵明飲
　　　　酒、王弘重陽節送酒予陶淵明、陶淵明以酒待客，醉後云：「我醉欲
　　　　眠卿可去。」、陶淵明以葛巾漉酒。參見〔南朝・宋〕沈約等著，楊
　　　　家駱主編：《新校本宋書附索引》，頁2288。
〔註14〕〔南朝・梁〕蕭統：《昭明太子文集》，收錄於嚴一萍選輯：《百部叢
　　　　書集成三編》影印《常州先哲遺書》本，第2函，補遺，頁7。

客人自去。由此可知陶之性情任真自得，不拘泥於禮數。除了以上典籍外，如孫盛《晉陽秋》、檀道鸞《續晉陽秋》，也錄有王弘於重陽節送酒予陶淵明一事，且與《宋書》所載有所不同的是，此二書之記載多加上陶淵明在王弘未至之前，曾因無酒可飲而把玩菊花以資消遣。〔註15〕

　　而除了飲酒之外，撫琴、讀書也是陶淵明閒適隱居生活的內容之一。〈陶徵士誄〉便以：「陳書輟卷，置酒絃琴。」〔註16〕來寫陶之隱居生活片影。而關於陶淵明之撫琴，沈約《宋書·隱逸傳》、蕭統〈陶淵明傳〉、佚名《蓮社高賢傳》，則有更進一步的，不同於〈陶徵士誄〉的描繪。以《宋書》所記來說，陶淵明實不解音聲，故其撫琴並非彈奏樂音，而只是寄其情意而已。且因為彈琴的目的不在於鳴奏樂曲，故陶淵明之琴並無琴弦：「潛不解音聲，而畜素琴一張，無絃，每有酒適，輒撫弄以寄其意。」〔註17〕而《蓮社高賢傳》則更進一步地以陶淵明撫琴時所自言，來更具體地刻劃其任性自得的性格：「性不解音，畜素琴一張，弦徽不具，每朋酒之會，則撫而扣之曰：『但識琴中趣，何勞弦上聲。』」〔註18〕

〔註15〕　《晉陽秋》：「陶潛九月九日無酒，宅邊摘菊盈把，望見白衣人至，乃王弘送酒，便飲，醉而歸。」《續晉陽秋》：「陶潛九月九日無酒，出宅邊菊叢中摘菊盈把，坐其側久。望見白衣人至，乃王弘送酒也。即便就酌，醉而後歸。」參見〔晉〕孫盛：《晉陽秋》，收錄於嚴一萍選輯：《百部叢書集成三編》影印《黃氏逸書攷》本（臺北：藝文印書館，1971年10月），第21函，頁58。〔南朝·宋〕檀道鸞：《續晉陽秋》，收錄於嚴一萍選輯：《百部叢書集成三編》影印《黃氏逸書攷》本，第21函，頁20。蕭統〈陶淵明傳〉中也有相同之記載：「嘗九月九日出宅邊菊叢中坐，久之，滿手把菊，忽值弘送酒至。即便就酌，醉而歸。」參見〔南朝·梁〕蕭統：《昭明太子文集》，收錄於嚴一萍選輯：《百部叢書集成三編》影印《常州先哲遺書》本，第2函，補遺，頁7。

〔註16〕　〔南朝·梁〕蕭統編，〔唐〕李善注：《文選》，頁2473。

〔註17〕　〔南朝·梁〕沈約等著，楊家駱主編：《新校本宋書附索引》，頁2288。蕭統〈陶淵明傳〉也有相同之記載，參見〔南朝·梁〕蕭統：《昭明太子文集》，收錄於嚴一萍選輯：《百部叢書集成三編》影印《常州先哲遺書》本，第2函，補遺，頁7。

〔註18〕　佚名：《蓮社高賢傳》，收錄於嚴一萍選輯：《百部叢書集成》影印《漢魏叢書》本，第1函，頁27。

除以上事典外，六朝時期尚有幾項與陶之任性自適有關的典故，即是陶淵明任憑王弘隨從為其造履，以及臥於北窗，自比羲皇上人二事。前者可見於檀道鸞《續晉陽秋》中：

> 江州刺史王弘造陶淵明。淵明無履，弘從人脫履以給之，語左右為彭澤作履。左右請履度，淵明於眾坐申腳，令度。及履至，著而不疑。〔註19〕

於此記載中，陶淵明任性自得的一面，表現在不因王弘江州刺史的身分而有所顧慮，欣然接受其好意，直接伸出腳讓王弘左右為其製鞋一事上。而陶淵明臥於北窗，自比為羲皇上人一事，可見於《蓮社高賢傳》：

> 嘗言夏月虛閑，高臥北窗之下，清風颯至，自謂羲皇上人。〔註20〕

傳中所載陶淵明自言其為羲皇上人，乃出於陶所作〈與子儼等疏〉：「常言：五六月中，北窗下臥，遇涼風暫至，自謂是羲皇上人。」〔註21〕文中言自己少時臥於北窗，因涼風暫至而感到愜意，不覺將自己比擬為上古時候，過著無憂生活的初民。《蓮社高賢傳》便是本於陶淵明此般自述，將此任性自適的隱者形象寫入傳中。

　　至於對陶淵明安貧、遺榮利之生活的描述，也可見於六朝文人的著作中。如顏延之〈陶徵士誄〉便言其：「居備勤儉，躬兼貧病。人否其憂，子然其命。」〔註22〕而蕭統〈陶淵明傳〉，則記有：「其妻翟氏亦能安勤苦，與其同志。」〔註23〕以陶淵明之妻能與丈夫同安於勤苦的生活，來側寫陶淵明之安於貧困。

〔註19〕〔南朝·宋〕檀道鸞：《續晉陽秋》，收錄於嚴一萍選輯：《百部叢書集成三編》影印《黃氏逸書攷》本，第21函，頁32。

〔註20〕佚名：《蓮社高賢傳》，收錄於嚴一萍選輯：《百部叢書集成》影印《漢魏叢書》本，第1函，頁27。

〔註21〕〔晉〕陶淵明著，袁行霈箋注：《陶淵明集箋注》，頁529。

〔註22〕〔南朝·梁〕蕭統編，〔唐〕李善注：《文選》，頁2473。

〔註23〕〔南朝·梁〕蕭統：《昭明太子文集》，收錄於嚴一萍選輯：《百部叢書集成三編》影印《常州先哲遺書》本，第2函，補遺，頁8。

　　由上文之論述可見，六朝時人於描述陶淵明出仕者之形象時，多將其視為有氣節、忠於晉室的士人，然也同時點出其對仕途恐非十分熱衷，而是身在官場，心懷隱居之志。而對陶淵明隱者身分的描寫，則多著眼在其任性自適的性格，及安於貧困、遺榮利之生活態度，且特喜描繪其真率的個性。而值得一提的是，如將陶之出仕者、隱逸者之形象統合觀之，便可發現，這兩類形象皆有描述陶淵明任己性分而為的人格特質。如陶淵明於任職彭澤令時，於公田種秫，直言自己「常得醉於酒足矣！」（見前引蕭統〈陶淵明傳〉），便是其出仕者形象中，與任性自適相關者。而其隱者形象中，如飲酒、弄無弦琴、高臥北窗自謂羲皇上人等等，也是與之相關的形象記載。由此可見，六朝時人在刻劃陶之形象時，多喜聚焦在其任性自適、真率的性格上。尤其對陶淵明作為一位隱者的自適形象，更是樂於稱賞之。

　　不過，雖六朝時期留有陶淵明形象記載的相關史料，然當時對陶淵明的形象進行構築的文人，在數量上並不算多。由上文所引之史料可見，六朝時期有關陶淵明形象的相關記載，多出現於當時的史書，以及文人為陶淵明所作的傳記中。而文人的詩文創作中，則相當少見對陶淵明形象的建構。由此可見，六朝時期較少有文人構築陶淵明的形象。而在唐代，此般接受情況則出現改變。

第二節　唐代的陶淵明形象構築

　　唐人對陶淵明之認識，雖多承繼自六朝，然而，唐時的陶淵明形象接受情況，與前代又有所差異。首先，唐時開始有文人對陶淵明的形象，提出不同的描述與看法。再者，唐代開始有更多文人建構陶淵明的形象。與六朝時期不同，唐代對陶淵明形象的記錄，不只出現於史書，同時也出現於時人編纂的類書中。且當時開始有文人將陶淵明作為歌詠對象，或是進一步將其形象作為典故，運用在詩文寫作中。〔註24〕

〔註24〕雖然典故的使用，無法直接反映出作者對陶淵明的看法。然而由於用典能保存陶淵明的形象，並呈顯出陶淵明的相關事蹟、形貌為後

而由於唐時有更多文人描述陶淵明形象，或以其為典故，因此更能確認當時的文人，對陶淵明之認識是否存在普遍的傾向；以及當時最為文人所傳播的陶淵明形象為何者。以下試析之。

一、陶淵明「出仕者」的形象

　　唐人對於陶淵明出仕者形象之認識，基本上承繼前代，然也有少數新添增者。值得一提的是，唐時開始有史書針對陶淵明既有的事蹟進行潤色，從而加強其形象特點。首先，陶淵明具氣節之士人形象，也為唐人所接受。先言其不為官祿折腰一事。唐代史書、類書如李延壽《南史・隱逸傳》、虞世南（558～638 年）《北堂書鈔》，皆載有陶淵明此事蹟。〔註25〕而房玄齡（579～648 年）《晉書・隱逸傳》，不僅承前人之說，更加上一些文辭，令陶淵明形象更具立體性：

> 素簡貴，不私事上官。郡遣督郵至縣，吏白應束帶見之，潛歎曰：「吾不能為五斗米折腰，拳拳事鄉里小人邪！」義熙二年，解印去縣。〔註26〕

此傳在書寫陶淵明拒絕折腰一事之前，特加上「素簡貴，不私事上官。」直接寫出陶不逢迎官長的性格。如此書寫，除為下文不折腰之事預先鋪墊外，也再次刻劃了陶淵明自尊自重、不逢迎官長的個性。

　　而陶淵明具如此氣節之形象，也出現在唐人的詩歌中。如吳筠〈高士詠・陶徵君〉、胡曾（約 840 年～？）〈詠史詩・彭澤〉，便寫及陶不向鄉里小人低頭一事：

　　　　人所傳播的情況。是故筆者將典故運用，納入本章的討論中。

〔註25〕　陶淵明不為五斗米折腰之事，可見於《南史・隱逸傳》：「郡遣督郵至縣，吏白應束帶見之。潛歎曰：『我不能為五斗米折腰向鄉里小人。』即日解印綬去職。」《北堂書鈔》引《晉中興書》：「陶潛為彭澤令，督郵察縣，吏入白當板履而就謁。潛曰：『吾不能為五斗米折腰向鄉里小人。』於是掛冠而去。」參見〔唐〕李延壽著，楊家駱主編：《新校本南史附索引》（臺北：鼎文書局，1985 年 3 月），頁 1857。〔唐〕虞世南著，孔廣陶校註：《北唐書鈔》（臺北：宏業書局，1974 年 10 月），頁 345。

〔註26〕　〔唐〕房玄齡等著，楊家駱主編：《新校本晉書并附編六種》，頁 2461。

吾重陶淵明，達生知止足。怡情在樽酒，此外無所欲。

彭澤非我榮，折腰信為辱。歸來北窗下，復採東籬菊。〔註27〕（吳筠〈高士詠・陶徵君〉）

英傑那堪屈下僚，便栽門柳事蕭條。鳳皇不共雞爭食，莫怪先生懶折腰。〔註28〕（胡曾〈詠史詩・彭澤〉）

前詩先言陶淵明無欲自足的形象，再來便言其不為五斗米折腰一事。吳筠認為，陶淵明不向鄉里小人低頭，因而保住了作為士大夫的氣節。而後詩以陶淵明辭彭澤令歸隱一事為書寫主題，其中也寫及陶淵明「懶折腰」的事蹟。詩中將陶淵明比喻為與凡雞有所別的鳳凰，認為其所表現出的，不向小人折腰的氣節，令其與世俗官僚有所區別。

除了直接描述外，陶淵明不為俸祿折腰之事，也作為典故出現在唐人詩文中。如劉長卿（約 726～790 年）〈硃石遇雨宴前主簿從兄子英宅〉：「折腰五斗間，偃僂隨塵埃。秩滿少餘俸，家貧仍散財。」〔註29〕詩中將折腰五斗作為對薄宦的妥協。作者感嘆從兄為養家而屈居下寮，然俸祿仍不足貼補家用。而黃滔（？～911 年）〈贈鄭明府〉：「莫起陶潛折腰歎，才高位下始稱賢。」〔註30〕也將折腰之典，用於書寫屈居位卑之官職。此二句意在勉勵鄭明府，認為對方懷才而願居卑位，實為賢者之表現。同樣之典故運用又有李商隱（約 813～858年）〈上張雜端狀〉：

保定賢弟昨至，纘獲披承，已欽夷雅，是觀玉季，如對金昆。陸有機、雲；劉惟縣、岱，豈惟昔日，獨有齊名？況不羞小官，無辭委吏，一枝桂既經在手，五斗米安可折腰？候館屈才，固難維縶，前籌佇美，卽議轉遷。〔註31〕

〔註27〕〔清〕彭定求等編：《全唐詩》，頁 2092。

〔註28〕〔清〕彭定求等編：《全唐詩》，頁 1634。

〔註29〕〔唐〕劉長卿著，儲仲君箋注：《劉長卿詩編年箋注》（北京：中華書局，1996 年 7 月），頁 60。

〔註30〕〔清〕彭定求等編：《全唐詩》，頁 1778。

〔註31〕〔唐〕李商隱著，錢振倫箋，錢振常注：《樊南文集補編》（臺北：臺灣中華書局，1965 年 11 月），卷 7，頁 3。

觀上下文意可知，李商隱認為，像保定賢弟這樣的人才，雖願屈居下寮，然實該有所施展。由此可見此處之折腰五斗，也意指位居卑職。

　　至於陶淵明忠於晉室的出仕者形象，也受到唐人的接受。陶之忠晉，雖未出現在《晉書·隱逸傳》中，然《南史·隱逸傳》仍有所記載：

> 自以曾祖晉世宰輔，恥復屈身後代，自宋武帝王業漸隆，不復肯仕。所著文章，皆題其年月。義熙以前，明書晉氏年號，自永初以來，唯云甲子而已。〔註32〕

此傳之敘述幾乎直承《宋書》中的陶淵明傳，將陶淵明不事劉宋，以及在著作記年上透露對晉室之忠誠二事，收入其中。至於唐人的詩歌中，也可見到陶淵明作為晉室忠臣的形象。如顏真卿〈詠陶淵明〉、白居易〈訪陶公舊宅〉：

> 張良思報韓，龔勝恥事新。狙擊不肯就，舍生悲縉紳。
> 嗚呼陶淵明，奕葉為晉臣。自以公相後，每懷宗國屯。
> 題詩庚子歲，自謂羲皇人。手持山海經，頭戴漉酒巾。
> 興逐孤雲外，心隨還鳥泯。〔註33〕（顏真卿〈詠陶淵明〉）

> 垢塵不汙玉，靈鳳不啄羶。嗚呼陶靖節，生彼晉宋間：
> 心實有所守，口終不能言。永惟孤竹子，拂衣首陽山；
> 夷齊各一身，窮餓未為難。先生有五男，與之同飢寒。
> 腸中食不充，身上衣不完。連徵竟不起，斯可謂真賢。〔註34〕（節錄自白居易〈訪陶公舊宅〉）

前詩先寫出意欲向滅韓的秦朝報復，因而派人行刺秦始皇的張良（約西元前250～186年），以及忠於西漢，不肯事於新莽政權的龔勝（西元前68～11年），〔註35〕兩位忠於生養祖先與自己之國家的士人，來

〔註32〕〔唐〕李延壽著，楊家駱主編：《新校本南史附索引》，頁1858～1859。
〔註33〕〔清〕彭定求等編：《全唐詩》，頁361。
〔註34〕〔唐〕白居易著，顧學頡校點：《白居易集》，頁128～129。
〔註35〕《漢書·王貢兩龔鮑傳》：「莽既篡國，遣五威將帥行天下風俗，將帥親奉羊酒存問勝。明年，莽遣使者即拜勝為講學祭酒，勝稱疾不應徵。後二年，莽復遣使者奉璽書，太子師友祭酒印綬，安車駟馬迎

與忠於晉朝的陶淵明相比，以彰顯出其心懷前朝的忠臣形象。而後一
首詩則以美玉、靈鳳來比喻陶淵明，認為其對晉朝的忠誠，就如同心
懷商朝的伯夷、叔齊一般。由於陶淵明推辭在劉宋朝為官的機會，一
心忠於晉室，故而白居易認為其是真正的賢者。

　　而陶淵明雖然任官，然心存隱居之想，此出仕者形象也可見於唐
人的典籍中。如《晉書・隱逸傳》、《南史・隱逸傳》，皆承六朝典籍之
記載，錄有陶淵明於任有官職時，向親友表示「聊欲絃歌，以為三徑
之資」的歸隱之志；以及在任職彭澤令時，於公田種秫一事。〔註36〕
而在唐人的詩文中，也可見到與此相關之形象記載。如韋莊（836～
910 年）〈江邊吟〉：

　　陶潛政事千杯酒，張翰生涯一葉舟。若有片颿歸去好，可堪
　　重倚仲宣樓。〔註37〕（節錄自韋莊〈江邊吟〉）

詩中所言「陶潛政事千杯酒」，應是典出於《宋書・隱逸傳》等典籍所

勝，即拜，秩上卿，先賜六月祿直以辦裝，使者與郡太守、縣長吏、
三老官屬、行義諸生千人以上入勝里致詔。……勝對曰：『素愚；加
以年老被病，命在朝夕，隨使君上道，必死道路，無益萬分。』使者
要說，至以印綬就加勝身，勝輒推不受。使者卽上言：『方盛夏暑熱，
勝病少氣，可須秋涼乃發。』有詔許。使者五日壹與太守俱問起居，
為勝兩子及門人高暉等言：『朝廷虛心待君以茅土之封，雖疾病，宜
勔移至傳舍，示有行意，必為子孫遺大業。』暉等白使者語，勝自知
不見聽，即謂暉等：『吾受漢家厚恩，亡以報，今年老矣，旦暮入地，
誼豈以一身事二姓，下見故主哉？』」參見〔漢〕班固著，楊家駱主
編：《新校本漢書并附編二種》（臺北：鼎文書局，1986 年 10 月），
頁 3084～3085。

〔註36〕 《晉書・隱逸傳》：「復為鎮軍、建威參軍，謂親朋曰：『聊欲絃歌，
以為三徑之資可乎？』執事者聞之，以為彭澤令。在縣公田悉令種秫
穀，曰：『令吾常醉於酒足矣。』妻子固請種秔。乃使一頃五十畝種
秫，五十畝種秔。」、《南史・隱逸傳》：「後為鎮軍、建威參軍，謂親
朋曰：『聊欲絃歌，以為三徑之資，可乎？』執事者聞之，以為彭澤
令。……公田悉令吏種秫稻，妻子固請種粳，乃使二頃五十畝種秫，
五十畝種粳。」參見〔唐〕房玄齡等著，楊家駱主編：《新校本晉書
并附編六種》，頁 2461。〔唐〕李延壽著，楊家駱主編：《新校本南史
附索引》，頁 1857。

〔註37〕 〔清〕彭定求等編：《全唐詩》，頁 1761。

載之，陶淵明為彭澤令時於公田種秫一事。而將此句與「張翰生涯一葉舟」合而觀之，便可知作者欲以此二人之事典，表達歸隱之思。〔註38〕由韋莊將陶之公田種秫，解釋為無心於政事，甚至產生歸隱之念想，可知此詩所用之典，其所反映之陶淵明隱士形象，便是身任官職，而心懷丘壑。

　　除了上述在六朝時便已出現的陶淵明形象，唐時尚有前代相對少見的，對陶淵明出仕者形象的新描述。以筆者目前所見之文獻而言，如楊炯（650 年～？）〈唐上騎都尉高君神道碑〉中，便將陶淵明寫作一位為官治理，有若行上古純樸之教者：

　　　祖赦，周襄郡南和縣長。陶元亮攝官於彭澤，道契羲皇；陳

　　　仲弓曆職於太邱，德符星緯。〔註39〕

楊炯以陶淵明及東漢陳寔（104～186 年）治縣之德，來讚頌上騎都尉高則（601～676 年）之祖高赦。而陶淵明在楊炯筆下之所以有如此形象，筆者推測，應是其將陶淵明素來予以世人的印象——任性自適，套用在其為官治理上。即是，認為陶淵明之性情如此，故而其治理也會依此性情而為。

　　以筆者目前可見之史料而言，六朝與唐代皆少有文人描述陶淵明治理州縣的行事風格。而楊炯之所以用「陶元亮攝官於彭澤，道契羲皇」二句讚美高赦，筆者以為，雖其描寫陶之為官治理風格，然實際的著眼點並非陶之治縣，而是其任性自適的人格特質。之所以有此推論，乃是因為楊炯所處的初唐，有以隱逸之高情，來稱美他人的風氣。如劉洎（？～646 年）〈安德山池宴集〉：「平陽擅歌舞，金谷盛招攜。何如兼往烈，會賞叶幽棲。已均朝野致，還欣物我齊。」〔註40〕長孫

〔註38〕　「張翰生涯一葉舟」一句，典出於《晉書・文苑傳》：「翰因見秋風起，乃思吳中菰菜、蓴羹、鱸魚膾，曰：『人生貴得適志，何能羈宦數千里以要名爵乎！』遂命駕而歸。」參見〔唐〕房玄齡等著，楊家駱主編：《新校本晉書并附編六種》，頁 2384。

〔註39〕　〔清〕董誥等編：《全唐文》（北京：中華書局，1983 年 11 月），頁 1959。

〔註40〕　〔清〕彭定求等編：《全唐詩》，頁 119。

正隱〈晦日宴高氏林亭〉:「晦晚屬煙霞,遨遊重歲華。歌鐘雖戚裏,林藪是山家。」〔註41〕此兩首詩皆以作者參加的文人集宴為書寫主題。前詩先描述集宴之盛大,再來則稱賞參與宴會的賓主「已均朝野致,還欣物我齊。」劉洎認為,能在朝為官,卻不失有如隱逸的高情,是相當可貴而值得稱譽的。而後詩則以「歌鐘雖戚裏,林藪是山家。」讚美宴會主人的宅第雖位處繁華的人境,卻不失山林棲隱之地的雅致。這類書寫宴賞集會的詩歌,之所以將隱逸作為讚美之詞,乃是因當時人企慕隱逸的風尚所致。如查正賢所言:

> 休沐宴賞詩的產生,是晉宋以來山水文化和隱逸風尚在初
> 唐時期的繼續發展,又與當時具體的社會變化緊密聯繫在
> 一起,是唐代隱逸風尚的重要組成部分。初唐詩人創作以
> 隱逸為雅言的休沐宴賞詩,塑造了順應當時社會心理期待
> 的「丘壑夔龍,衣冠巢許」的理想人格,使之成為盛唐士
> 人人格理想的核心內容之一,促進了唐代隱逸風尚的發
> 展。〔註42〕

初唐文人承繼六朝希企隱逸的風尚,故而同樣視隱逸為高尚嫻雅之事。因此,當時人便將「兼吏隱」視為理想人格典範之一,乃至於以能兼吏隱,作為讚美之詞。

　　除了以隱逸的高情稱讚他人外,唐人也會直接以隱士逸人來比擬、讚譽他者。如王維〈暮春太師左右丞相諸公于韋氏逍遙谷讌集序〉:「上客則冠冕巢由,主人則弟兄元愷。」〔註43〕以巢父、許由雅稱與會的賓客。李白(701~762年)〈贈閭丘宿松〉:「夫子理宿松,浮雲知古城。掃地物莽然,秋來百草生。飛鳥還舊巢,遷人返躬耕。何慚宓子賤,不減陶淵明。吾知千載後,却掩二賢名。」〔註44〕則是

〔註41〕〔清〕彭定求等編:《全唐詩》,頁189。

〔註42〕查正賢:〈論初唐休沐宴賞詩以隱逸為雅言的現象〉,《文學遺產》第
　　　　6期,(2004年11月),頁36。

〔註43〕〔唐〕王維著,〔清〕趙殿成箋注:《王右丞集箋注》,頁339。

〔註44〕〔唐〕李白著,〔清〕王琦注:《李太白全集》(臺北:華正書局,1979
　　　　年3月),頁559。

以任真自得的陶淵明，來形容同具閒適之情的友人。〔註45〕由上文的論述可推測，楊炯在文章中以陶淵明來讚美高赦，該是出於當時以隱逸、隱者來稱譽他人的風氣。而「陶元亮攝官於彭澤，道契羲皇」二句，所欲表達的，便是高赦具有「兼吏隱」之高情。

　　綜合以上史料可見，唐人對於陶淵明出仕者的形象，雖基本上承襲前代之認識，不過又另有不同之處。首先，有些唐代史書，如房玄齡《晉書》，會將六朝時期已有之陶淵明事蹟加以增色，從而使陶淵明的形象得到強化。再者，唐時開始出現對陶淵明出仕者形象的新描述，如楊炯即言陶淵明為官治理「道契羲皇」。不過陶淵明作為出仕者之形象，也未受到唐時文人的強化、突出。唐代對陶淵明形象的構築焦點，仍置於其隱者身分上。下文試析之。

二、陶淵明「隱逸者」的形象

　　唐人對陶淵明隱者形象的認識，雖多承繼前代，不過，唐時尚出現新的陶淵明事蹟記載，以及依據陶詩文與六朝既有的陶淵明形象，所創造出的，與陶淵明形象相關的典故。此外，唐時開始有文人評論陶淵明，並提出對陶淵明居士形象的不同描述、想像。下文將依序統整出唐人對陶淵明隱逸動機、隱者生活的認識，透過以上資料彙整，期能一探唐人對陶淵明隱者形象的認識，以及時人對此形象的了解，是否具有共通之處。同時，也欲探析唐時所出現之新的陶淵明隱者形象，其產生的原因所在。

　　首先，唐人對陶淵明歸隱動機之認識，與六朝基本上相符，然也有不同之處。相同者如李德裕（787～849 年）〈畏途賦〉，其中寫及陶淵明歸隱的原因之一，便是為了保全自身，遠離官場的紛擾：

〔註45〕　《呂氏春秋·察賢篇》載有宓子賤事蹟：「宓子賤治單父，彈鳴琴，身不下堂而單父治。」由此事蹟可知，李白在此將宓子賤與陶淵明並舉，應是著眼於兩人悠然自適的形象，以此來稱譽友人在治理州縣之餘，不失閒情逸致。參見〔戰國〕呂不韋著，陳奇猷校釋：《呂氏春秋新校釋》（上海：上海古籍出版社，2002 年 4 月），頁 1452。

> 訪潯陽之故里，懷靖節之舊居。陳一樽以遙奠，悲三徑之久
> 蕪。當其辭簪組，返蓬廬。逸妻賓敬，稚子歡娛。臨流賦詩，
> 臥壑觀書。對南山之幽靄，蔭嘉木之扶疎。不為軒冕之累，
> 焉得風波之虞。〔註46〕

文中書寫陶淵明歸隱後自在的生活，同時也點出這般遠離世俗官場的生
活，令其不被人世風波所擾。由此可見，作者認為陶淵明之辭官，有躲
避官場風波，明哲保身的用意。而陶淵明隱居是出於己之性分，則可見
於白居易〈効陶潛體詩十六首・其十二〉、孟郊（751～814年）〈隱士〉：

> 吾聞潯陽郡，昔有陶徵君：愛酒不愛名，憂醒不憂貧。
> 嘗為彭澤令，在官纔八旬；愀然忽不樂，掛印著公門。
> 口吟歸去來，頭戴漉酒巾；人吏留不得，直入故山雲。
> 〔註47〕（節錄自白居易〈効陶潛體詩十六首・其十二〉）

> 陶公自放歸，尚平去有依。草木擇地生，禽鳥順性飛。
> 青青與冥冥，所保各不違。〔註48〕（節錄自孟郊〈隱士〉）

前詩中先言陶淵明好飲酒而不愛名聲，再寫出其歸隱是因「愀然忽不
樂」。雖作者未言明陶淵明突然不樂之原因，然依上下文推測，該是
因為其較喜自適自在的生活所致。作者於詩作開頭就寫出陶淵明好飲
酒，之後又寫及其頭戴漉酒巾歸隱。陶淵明以頭巾漉酒一事，可見於
六朝典籍如沈約《宋書・隱逸傳》：「郡將候潛，值其酒熟，取頭上葛
巾漉酒，畢，還復著之。」〔註49〕此事與陶之自得的隱士形象相關，

〔註46〕〔清〕董誥等編：《全唐文》，頁7154。
〔註47〕〔唐〕白居易著，顧學頡校點：《白居易集》，頁107。
〔註48〕〔清〕彭定求等編：《全唐詩》，頁928。
〔註49〕〔南朝・梁〕沈約等著，楊家駱主編：《新校本宋書附索引》，頁2288。
除《宋書》外，陶淵明以頭巾漉酒之事，尚可見於蕭統〈陶淵明傳〉、
唐代李延壽《南史・隱逸傳》，以及白居易《白氏六帖》中。參見〔唐〕
李延壽著，楊家駱主編：《新校本南史附索引》，頁1858。〔南朝・梁〕
蕭統：《昭明太子文集》，收錄於嚴一萍選輯：《百部叢書集成三編》
影印《常州先哲遺書》本，第2函，補遺，頁7。〔唐〕白居易著：
《白氏六帖》，見〔唐〕白居易著，〔宋〕孔傳續傳：《白孔六帖》，收
錄於〔清〕永瑢、紀昀等纂修：《景印文淵閣四庫全書》（臺北：臺灣
商務印書館股份有限公司，1986年3月），第891冊，頁194。

因此可知，詩中陶淵明頭戴漉酒巾歸隱之因，該是出於己之性分所致。而後詩則言陶淵明與東漢向長一樣，皆順己之性情而隱，一如自然中的草木禽鳥，依己之性生長。〔註50〕

　　由陶淵明之隱逸動機，可見其明哲保身、任性而為的隱者形象。此般認識在六朝時便已出現，而唐人則承繼之。不過，在唐時尚有文人提出對陶淵明歸隱動機的不同看法。如韓愈（768～824年）於〈送王秀才序〉中，便認為陶淵明之所以隱居，乃是因心有所感，而口不能言：

> 吾少時讀《醉鄉記》，私怪隱居者無所累於世，而猶有是言，豈誠旨於味耶？及讀阮籍、陶潛詩，乃知彼雖偃蹇不欲與世接，然猶未能平其心，或為事物是非相感發，於是有托而逃焉者也。〔註51〕

韓愈認為，陶淵明與阮籍（210～263年）一樣，雖遠離俗世，然而胸中卻有未平之處。韓愈以為，他們之所以不能平其心，乃是因對人世是非有所感觸，卻又未能擺脫此心情，故而便以隱居脫世來逃避之。此種對陶淵明隱居之因的說法，與忠於晉室故而不事劉宋朝的不同處，在於後者是以隱作為反抗手段，較為積極；而前者則是以隱來逃避世道，相較起來顯得消極。韓愈之所以對陶淵明之隱做出此般詮釋，該是導因於其閱讀陶詩後的感觸。韓愈表示，在閱讀阮籍、陶淵明的文章後，方知〈醉鄉記〉的作者王績，為何身為隱者，本應「無所累於世」，卻著此文章的原因。由此可見，韓愈對於陶淵明形象的認識，與其閱讀陶詩文有所關聯。

　　相對於陶淵明歸隱之因，唐人更喜描繪其隱居生活。而他們對陶

〔註50〕　《後漢書·逸民列傳》：「向長字子平，河內朝歌人也。隱居不仕，性尚中和，好通老、易。……王莽大司空王邑辟之，連年乃至，欲薦之於莽，固辭乃止。潛隱於家。」參見〔南朝·宋〕范曄著，楊家駱主編：《新校本後漢書并附編十三種》（臺北：鼎文書局，1987年5月），頁2758～2759。

〔註51〕　〔唐〕韓愈著，馬通伯校注：《韓昌黎文集校注》（臺北：華正書局，1975年4月），頁151。

之歸隱生活的認識，多承繼自前代。首先，與六朝人一樣，唐人也多以任性自適之性格，來描述陶淵明的隱士形象。此外，唐代也出現新的陶淵明事蹟記載。這些事蹟，有些是為既有陶淵明隱者形象的再刻畫；而有些則是前代較少寫及的陶徵士形象。這些新添的陶淵明事蹟，皆令其隱逸者形象更為豐富。以下將逐條論之。

首先，在唐代，陶淵明真率自得的隱士形象，常與飲酒聯繫在一起。此種對陶之印象，屢見於史書、類書，及唐人的詩文中。如李延壽《南史・隱逸傳》承沈約《宋書・隱逸傳》，記有陶之飲酎事蹟共五條。〔註52〕而房玄齡《晉書・隱逸傳》則載有《宋書》中王弘令龐通之齎酒邀請陶淵明一事，並將此與《續晉陽秋》中，王弘令左右為陶淵明造履之事合併（見前引此書），改寫成新的陶淵明事蹟：

> 刺史王弘以元熙中臨州，甚欲遲之，後自造焉。潛稱疾不見……弘每令人候之，密知當往廬山，乃遣其故人龐通之等齎酒，先於半道要之。潛既遇酒，便引酌野亭，欣然忘進。弘乃出與相見，遂歡宴窮日。潛無履，弘顧左右為之造履。左右請履度，潛便於坐申腳令度焉。弘要之還州，問其所乘，答云：「素有腳疾，向乘籃輿，亦足自反。」乃令一門生二兒共舉之至州，而言笑賞適，不覺其有羨於華軒也。〔註53〕

《晉書》中先言王弘拜訪陶淵明未果，為接下來令龐通之邀請陶淵明一事預先鋪墊。之後便以陶淵明的飲酒、伸腳讓王弘左右造履等等任性自適的行徑，來描繪其形象。此外，《晉書・隱逸傳》又新增兩項陶之飲酎故事：

> 既絕州郡觀謁，其鄉親張野及周旋人羊松齡、寵遵等或有酒要之，或要之共至酒坐，雖不識主人，亦欣然無忤，酣醉便反。〔註54〕

其親朋好事，或載酒肴而往，潛亦無所辭焉。每一醉，則大

〔註52〕 見前文注引《宋書・隱逸傳》所載陶淵明飲酒事蹟。
〔註53〕 〔唐〕房玄齡等著，楊家駱主編：《新校本晉書并附編六種》，頁2462。
〔註54〕 〔唐〕房玄齡等著，楊家駱主編：《新校本晉書并附編六種》，頁2462。

　　適融然。又不營生業，家務悉委之兒僕。未嘗有喜慍之色，

　　惟遇酒則飲，時或無酒，亦雅詠不輟。〔註55〕

前一條寫出陶淵明任真自適的性格，而後一條則在此個性之外，又間
雜寫出六朝時較少記錄的，陶淵明不營生業的隱士生活，及喜怒不形
於色的人格特質。而在唐代類書中，也常見陶淵明與飲酒有關的故事，
這些事蹟皆可顯現出其率真的性情。如《晉陽秋》、《續晉陽秋》所錄
王弘在重陽節送酒予陶淵明一事，便可見於歐陽詢《藝文類聚》、徐
堅《初學記》，以及白居易《白氏六帖》中。〔註56〕而《宋書》中陶淵
明以葛巾漉酒之事，則可見於《藝文類聚》及《白氏六帖》。〔註57〕

　　陶淵明好飲酒、真率自得的形象，也可見於時人的詩歌中。唐代
詩歌中對陶淵明的飲酒形象進行直接描寫者，如錢起（710～782 年）
〈酬陶六辭秩歸舊居見柬〉：「淵明醉乘輿，閑門祇掩扉。」〔註58〕張
繼（《全唐詩》一作郎士元詩）（約 715～779 年）〈馮翊西樓〉：「陶令
好文常對酒，相招那惜醉為眠。」〔註59〕崔曙（？～739 年）〈九日登
望仙台呈劉明府容〉：「且欲近尋彭澤宰，陶然共醉菊花杯。」〔註60〕
便是例證。而唐時歌詠陶淵明其人的詩篇，也多在其中寫及其悠然自

〔註55〕〔唐〕房玄齡等著，楊家駱主編：《新校本晉書并附編六種》，頁
　　　　2462。

〔註56〕《藝文類聚》、《初學記》皆引《續晉陽秋》記有此事，而《白氏六帖》
　　　　則引《晉陽秋》之記載，參見〔唐〕歐陽詢等著：《藝文類聚》（臺北：
　　　　文光出版社，1974 年 8 月），頁 81。〔唐〕徐堅等著，楊家駱主編：
　　　　《初學記》（臺北：鼎文書局，1976 年 10 月），頁 80。〔唐〕白居易
　　　　著：《白氏六帖》，見〔唐〕白居易著，〔宋〕孔傳續傳：《白孔六帖》，
　　　　收錄於〔清〕永瑢、紀昀等纂修：《景印文淵閣四庫全書》，第 891 冊，
　　　　頁 69。

〔註57〕《藝文類聚》引《宋書》載有此事；《白氏六帖》也有相同之事蹟。
　　　　參見〔唐〕歐陽詢等著：《藝文類聚》，頁 1187。〔唐〕白居易著：《白
　　　　氏六帖》，見〔唐〕白居易著，〔宋〕孔傳續傳：《白孔六帖》，收錄於
　　　　〔清〕永瑢、紀昀等纂修：《景印文淵閣四庫全書》，第 891 冊，頁
　　　　194。

〔註58〕〔清〕彭定求等編：《全唐詩》，頁 590。

〔註59〕〔清〕彭定求等編：《全唐詩》，頁 612。

〔註60〕〔清〕彭定求等編：《全唐詩》，頁 365。

適的飲酌，如王維〈偶然作六首・其四〉、白居易〈効陶潛體詩十六首・其十二〉：

> 陶潛任天真，其性頗耽酒。自從棄官來，家貧不能有。
> 九月九日時，菊花空滿手。中心竊自思，儻有人送否。
> 白衣攜壺觴，果來遺老叟。且喜得斟酌，安問升與斗。
> 奮衣野田中，今日嗟無負。兀傲迷東西，蓑笠不能守。
> 傾倒彊行行，酣歌歸五柳。生事不曾問，肯愧家中婦。
> 〔註61〕（王維〈偶然作六首・其四〉）

> 吾聞潯陽郡，昔有陶徵君：愛酒不愛名，憂醒不憂貧。
> 嘗為彭澤令，在官纔八旬；愀然忽不樂，掛印著公門。
> 口吟歸去來，頭戴漉酒巾；人吏留不得，直入故山雲。
> 歸來五柳下，還以酒養真；人間榮與利，擺落如泥塵。
> 先生去已久，紙墨有遺文。篇篇勸我飲，此外無所云。
> 我從老大來，竊慕其為人。其他不可及，且傚醉昏昏。
> 〔註62〕（白居易〈効陶潛體詩十六首・其十二〉）

王維之詩一開頭便寫出陶淵明的嗜酒，之後便借前代諸多典籍中所載王弘於重陽送酒與陶一事，來描寫其率性。詩之後半則寫陶淵明醉酒歸家，即使不營生事，也無愧於其妻。此般行為，再次凸顯出此人任己性情而為、自在自適的隱者形象。而白居易之詩，也在起首處寫及陶之愛酒。之後又以陶淵明漉酒巾的典故，將其與酒之聯繫再次加強。接著，白居易再度強調陶之飲酒形象，不只言其以酒來養真率性情，又指出陶之文章，篇篇與酒有關。於詩之末尾，作者更是直接表示自己企慕陶淵明的為人。然隱士之風實難企及，於是也就退而願己至少在飲酒上，與陶淵明有所契合。

　　而陶淵明之飲酒事蹟，也為唐人作為典故，運用在詩文寫作中。由此也可見其飲酒之閒適形象，深為時人所知悉。唐時詩文中常見的，與陶淵明飲酒相關之典故，有漉酒巾、重陽節之飲酌等，在此先言前

〔註61〕〔唐〕王維著，〔清〕趙殿成箋注：《王右丞集箋注》，頁74。
〔註62〕〔唐〕白居易著，顧學頡校點：《白居易集》，頁107。

者。陶淵明漉酒巾之典出現於文人作品中，如盧綸〈無題〉：「才大不應成滯客，時危且喜是閑人。高歌猶愛思歸引，醉語惟誇漉酒巾。」〔註63〕此詩在抒發自己懷才不遇，不得升遷的同時，也同時表示自己未任要職，或可做為保身之道。因此下一句便帶出歸隱之思，表示自己願與陶淵明一樣得醉於酒，過著閒適的生活。而此典故也可見於牟融〈題孫君山亭〉：「吟對琴樽庭下月，笑看花木檻前春。閑來欲著登山屐，醉裏還披漉酒巾。」〔註64〕白居易〈早春西湖閑遊，悵然興懷，憶與微之同賞。因思在越官重事殷，鏡湖之遊，或恐未暇，偶成十八韻寄微之〉：「立換登山屐，行攜漉酒巾。逢花看當妓，遇草坐為茵。」〔註65〕二詩同以謝靈運登山屐，以及陶淵明漉酒巾之事典，來描寫閒暇之樂。〔註66〕此外，司空圖〈五十〉，也是一例：

閑身事少只題詩，五十今來覺陡衰。清秩偶叨非養望，丹方頻試更堪疑。

髭鬚強染三分折，弦管遙聽一半悲。漉酒有巾無黍釀，負他黃菊滿東籬。〔註67〕

詩中之漉酒巾，以及東籬黃菊，皆為與陶淵明相關之典故，代表著閒適之趣。而作者所感嘆的，便是年歲已增，卻無法即時享受飲酒賞菊的快樂，來消解年華老去之哀傷。

而重陽節之飲酌，也是唐人文章中常見的，與陶淵明之飲酒相關的典故。且此事典，往往也與菊花這一物象有所連結。之所以如此，乃是因諸多六朝典籍中。如孫盛《晉陽秋》、沈約《宋書・隱逸傳》、蕭統〈陶淵明傳〉、檀道鸞《續晉陽秋》等等，皆載有陶淵明於重陽時

〔註63〕〔清〕彭定求等編：《全唐詩》，頁698。
〔註64〕〔清〕彭定求等編：《全唐詩》，頁1185。
〔註65〕〔唐〕白居易著，顧學頡校點：《白居易集》，頁506。
〔註66〕謝靈運之登山屐，典出於《南史・謝靈運傳》：「尋山陟嶺，必造幽峻，巖嶂數十重，莫不備盡。登躡常著木屐，上山則去其前齒，下山去其後齒。」參見〔唐〕李延壽著，楊家駱主編：《新校本南史附索引》，頁540。
〔註67〕〔清〕彭定求等編：《全唐詩》，頁1594。

坐於菊叢，然後與送酒之王弘飲酌一事。（見前所引諸文）而在陶淵明所作之文章中，如〈九日閑居一首〉，便有敘及其在重陽節時，觀滿園秋菊，意欲飲酒之事。〔註68〕由於陶淵明於文章中的自白，以及後世典籍之記載，故而陶淵明重陽節飲酒事典，常與菊花此物象有關，深為唐人所熟知。

　　唐人文章中對此典故之運用，如王績〈九月九日贈崔使君善為〉：「映巖千段發，臨浦萬株開。香氣徒盈把，無人送酒來。」〔註69〕王勃（約650～676年）〈九日〉：「九日重陽節，開門有菊花。不知來送酒，若箇是陶家。」〔註70〕二首詩皆運用王弘送酒予陶淵明之典。王績之詩描寫黃菊盛開，而無人送酒之淡然失落。詩中之「香氣徒盈把」，即是運用《晉陽秋》等典籍中所載陶淵明因無酒可飲，而把菊以資消遣的故事（見前引《晉陽秋》等）。而王勃所作，則反用此典故。詩中將造訪的送酒者比喻為陶淵明，以陶在典故中所表現出的任真自適，來烘托出全詩所描寫之愉悅的佳節氣氛。

　　而有些唐代文人在運用陶淵明重陽節飲酌之典故時，不只承繼六朝時既有的事蹟，還會將陶淵明的詩文加入其中，成為新的典故加以使用。如唐人常將陶淵明〈飲酒二十首・其五〉：「採菊東籬下，悠然見南山。」〔註71〕其中之東籬，與陶淵明重陽節之飲酌事典結合，以醉酒東籬作為典故。〔註72〕例如王昌齡（約？～756年）〈九日登高〉：「茱萸插鬢花宜壽，翡翠橫釵舞作愁。謾說陶潛籬下醉，

〔註68〕　〈九日閑居一首〉之序有言：「余閑居，愛重九之名。秋菊盈園，而持醪靡由。」參見〔晉〕陶淵明著，袁行霈箋注：《陶淵明集箋注》，頁71。

〔註69〕　〔唐〕王績著，金榮華校注：《王績詩文集校注》，頁165。

〔註70〕　〔唐〕王勃著，〔清〕蔣清翊註：《王子安集註》（上海：上海古籍出版社，1995年11月），頁103。

〔註71〕　〔晉〕陶淵明著，袁行霈箋注：《陶淵明集箋注》，頁247。

〔註72〕　筆者以為，陶淵明之重陽節飲酒事典，之所以能與其「採菊東籬下」之詩句相結合，成為後來文人使用的典故。該是因為後世文人著眼於陶淵明重陽飲酌故事中，與閒適之情相繫的菊花。而「採菊東籬下」此句中的菊花也與閒情相關，故而將兩者結合。

何曾得見此風流。」〔註73〕詩中以陶淵明醉酒籬下，來襯托作者佳節之樂。王昌齡於此作中自言，重陽佳節時於鬢上插茱萸、觀舞之事，比起陶之飲酌，顯得更加風流自適。而劉脊虛（714年～？）〈九日送人〉：「流水意何極，滿尊徒爾為。從來菊花節，早已醉東籬。」〔註74〕詩中懷想與友人醉酒重陽的往事。作者以陶淵明醉酒東籬，來形容當時的快樂。而杜甫〈復愁十二首・其十一〉，也是相同的例證：「每恨陶彭澤，無錢對菊花。如今九日至，自覺酒須賒。」〔註75〕此詩以陶淵明於重陽節無酒可飲來自況，表達出作者無酒可渡佳節的無奈心情。從以上諸多例證可見，唐人對陶真率自得之隱士形象的認識，常與飲酒相關。

　　不只飲酌，陶之撫琴、高臥北窗並自謂羲皇上人，也是為唐人所熟識的，與陶淵明之任天真有關的形象。且唐人也會將菊花與陶之自適相互繫連，刻劃出陶淵明的隱士形象。由此可知陶淵明任性自適的隱者形象，廣為許多文人認識、推崇。

　　在此先言陶淵明撫琴之形象。陶淵明撫琴的居士形象，可上溯至顏延之〈陶徵士誄〉、沈約《宋書・隱逸傳》等諸多文獻中，其中又以《宋書》等史料中所載陶淵明撫無弦琴的隱者姿態，較常出現在後人描寫陶淵明的文章中。如李延壽《南史・隱逸傳》，即承《宋書》記有此事。〔註76〕而房玄齡《晉書・隱逸傳》，則是承《蓮社高賢傳》之記載，寫出陶淵明之獨白：「但識琴中趣，何勞絃上聲！」。此句話將陶淵明彈琴不設弦的原因清楚道出，也為後人提供了更加清晰的陶淵明性格側影——任性而為，不拘泥於既定的規則。〔註77〕陶淵明之撫無弦

〔註73〕〔唐〕王昌齡著，李國勝校注：《王昌齡詩校注》（臺北：文史哲出版社，1973年10月），頁123。

〔註74〕〔清〕彭定求等編：《全唐詩》，頁644。

〔註75〕〔唐〕杜甫著：《杜工部集》（臺北：臺灣學生書局，1971年2月），頁682。

〔註76〕〔唐〕李延壽著，楊家駱主編：《新校本南史附索引》，頁1858。

〔註77〕〔唐〕房玄齡等著，楊家駱主編：《新校本晉書并附編六種》，頁2463。

琴，也可見於文人的作品中，如高郢（740～811 年）〈無聲樂賦〉：「得意貴於忘言，得魚貴於忘荃。堯人致歌於擊壤，陶令取逸於無弦。」〔註78〕杜牧（803～852 年）、趙嘏〈同趙二十二訪張明府郊居聯句〉：「陶潛官罷酒缾空，門掩楊花一夜風。古調詩吟山色裏，無弦琴在月明中。」〔註79〕黃滔（？～911 年）〈贈友人〉：「超達陶子性，留琴不設弦。」〔註80〕以上詩文皆將陶淵明自適真率的個性，與撫弄無弦琴相互繫連。

　　而此撫無弦琴之形象，也常作為一閒適之意象，出現在唐人的文章中。如王昌齡〈趙十四兄見訪〉：「客來舒長簟，開閣延清風。但有無絃琴，共君盡樽中。」〔註81〕作者借陶淵明撫琴之任真自得的形象，以無弦琴來點出此次與友人會面的悠然自適。李白〈贈崔秋浦三首・其二〉：「崔令學陶令，北窗常晝眠。抱琴時弄月，取意任無絃。」〔註82〕以陶淵明來形容崔秋浦，並融入陶淵明高臥北窗、彈弄無弦琴之事典，來寫出友人自適自在的高情。此外，又有陸龜蒙（？～881 年）〈奉和襲美夏景冲澹偶作次韻二首〉：「壚中有酒文園會，琴上無弦靖節家。」〔註83〕詩中運用無弦琴之典，寫出作者所參與的文人聚會，其所在之處正是如陶淵明居處般，優雅閒靜之地。而白居易〈贈蘇鍊師〉中，也有相關的典故使用：

> 兩鬢蒼然心浩然，松窗深處藥爐前。攜將道士通宵語，忘却花時盡日眠。
> 明鏡懶開長在匣，素琴欲弄半無絃。猶嫌莊子多詞句，唯讀逍遙六七篇。〔註84〕

詩中敘寫作者在蘇鍊師居處與之通宵言談、白日晝眠的逍遙快樂。而詩中之無弦琴，則與懶開的明鏡一樣，皆用以描寫主人家慵然自

〔註78〕〔清〕董誥等編：《全唐文》，頁 4590。
〔註79〕〔清〕彭定求等編：《全唐詩》，頁 1945。
〔註80〕〔清〕彭定求等編：《全唐詩》，頁 1783。
〔註81〕〔唐〕王昌齡著，李國勝校注：《王昌齡詩校注》，頁 31。
〔註82〕〔唐〕李白著，〔清〕王琦注：《李太白全集》，頁 549。
〔註83〕〔清〕彭定求等編：《全唐詩》，頁 1578。
〔註84〕〔唐〕白居易著，顧學頡校點：《白居易集》，頁 443。

適的生活氣氛。

　　於唐代，陶淵明悠然的居士形象，又常與其高臥北窗，自擬為羲皇上人一事相關聯。陶淵明自比羲皇上人一事，出自其所作〈與子儼等疏〉。六朝之典籍，如《蓮社高賢傳》，便載有此事。而唐代史書也將之收入其中。如《晉書‧隱逸傳》：「嘗言夏月虛閑，高臥北窗之下，清風颯至，自謂羲皇上人。」〔註85〕即是。唐人於使用此典時，或僅用「高臥北窗」，或用「自稱羲皇上人」，當然也有將二者一起寫入文中者。

　　以臥於北窗為閒情意象者，如李商隱〈上李尚書狀〉：「某始在弱齡，志惟絕俗，每北窗風至，東皋暮歸。彭澤無絃，不從繁手；漢陰抱甕，寧取機心？」〔註86〕文中敘寫自己年少時，志在過著超於俗世之外的生活。而為形容此般理想，作者運用陶淵明臥於北窗之典，來敘述自己對躬耕、自適生活的嚮往。其後又以陶之無弦琴，以及《莊子‧天地篇》所載漢陰老人以甕汲井水澆菜之事，來表達自己人生價值的取向，在於簡單而毫無心機。〔註87〕而張說（667～731年）〈雜詩四首‧其三〉：「夕臥北窗下，夢歸南山園。白雲愁幽谷，清風愧泉源。」〔註88〕儲光羲（706～760年）〈酬綦毋校書夢耶溪見贈之作〉：「校文在仙掖，每有滄洲心。況以北窗下，夢遊清溪陰。」〔註89〕二

〔註85〕　〔唐〕房玄齡等著，楊家駱主編：《新校本晉書并附編六種》，頁2462
　　　　　～2463。
〔註86〕　〔唐〕李商隱著，錢振倫箋，錢振常注：《樊南文集補編》，頁22。
〔註87〕　《莊子‧天地篇》：「子貢南遊於楚，反於晉，過漢陰，見一丈人方將
　　　　　為圃畦，鑿隧而入井，抱甕而出灌，搰搰然用力甚多而見功寡。子貢
　　　　　曰：『有械於此，一日浸百畦，用力甚寡而見功多，夫子不欲乎？』
　　　　　為圃者卬而視之曰：『奈何？』曰：『鑿木為機，後重前輕，挈水若
　　　　　抽，數如泆湯，其名為橰。』為圃者忿然作色而笑曰：『吾聞之吾師，
　　　　　有機械者必有機事，有機事者必有機心。機心存於胸中，則純白不
　　　　　備；純白不備，則神生不定；神生不定者，道之所不載也。吾非不
　　　　　知，羞而不為也。』參見〔清〕郭慶藩編，王孝魚整理：《莊子集釋》
　　　　　（臺北：木鐸出版社，1982年9月），頁433～434。
〔註88〕　〔清〕彭定求等編：《全唐詩》，頁222。
〔註89〕　〔清〕彭定求等編：《全唐詩》，頁317。

詩皆由臥於北窗，夢遊適合棲逸的清境地，來表達對歸隱的嚮往。至於孟浩然〈春晚題永上人南亭〉：「給園支遁隱，虛寂養身和。春晚群木秀，關關黃鳥歌。林棲良士竹，池養右軍鵝。炎月北窗下，清風期再過。」〔註90〕周賀〈贈皎然上人〉：「竹庭瓶水新，深稱北窗人。講罷見黃葉，詩成尋舊隣。」〔註91〕前詩敘寫永上人之南亭環境清幽，頗有隱士之風。由於永上人生活在如此閒適之自然中，故而作者在詩末，便化用陶淵明臥於北窗之典，來形容其生活的自得自適。而後一首詩則書寫皎然上人（730～799 年）清閒的日常生活，並以北窗之典，稱許其如陶淵明般逍遙自得。此二首詩雖非描寫隱居，然仍以北窗此典來做為閒適意趣的象徵。

　　而以自稱羲皇上人為典者，有孟浩然（689～740 年）〈仲夏歸漢南園寄京邑舊游〉：「嘗讀高士傳，最嘉陶徵君。日睹田園趣，自謂羲皇人。」〔註92〕孟郊〈奉報翰林張舍人見遺之詩〉：「品松何高翠，宮殿沒荒榛。苔趾識宏制，沙漵遊崩津。忽吟陶淵明，此即羲皇人。」〔註93〕前者道出作者欣賞陶淵明如羲皇上人般，自適自在的田園生活情趣。而後者書寫作者遊終南山所見所感。作者將遊山的閒適之情，與陶淵明之悠然相比，故而忽然感嘆自己如陶一般，皆像羲皇上人一般自得。另外又有岑參（715～770 年）〈南池夜宿思王屋青蘿舊齋〉：「池上臥煩暑，不櫛復不巾。有時清風來，自謂羲皇人。」〔註94〕白居易〈偶作二首‧其二〉：「日午脫巾簪，燕息窗下床。清風颯然至，臥可致羲皇。」〔註95〕二詩皆將閒適之樂，與陶淵明之自稱羲皇上人相繫。

〔註90〕〔唐〕孟浩然著，佟培基箋注：《孟浩然詩集箋注》（上海：上海古籍出版社，2000 年 5 月），頁 91。
〔註91〕〔清〕彭定求等編：《全唐詩》，頁 1273。
〔註92〕〔唐〕孟浩然著，佟培基箋注：《孟浩然詩集箋注》，頁 330。
〔註93〕〔清〕彭定求等編：《全唐詩》，頁 940。
〔註94〕〔唐〕岑參著，陳鐵民、侯忠義校注：《岑參集校注》（上海：上海古籍出版社，2004 年 9 月），頁 286。
〔註95〕〔唐〕白居易著，顧學頡校點：《白居易集》，頁 492。

而將高臥北窗與自稱羲皇上人合用者，如盧照鄰（約 634～689年）〈山林休日田家〉：「南澗泉初冽，東籬菊正芳。還思北窗下，高臥偃羲皇。」〔註96〕李白〈戲贈鄭溧陽〉：「陶令日日醉，不如五柳春。素琴本無絃，漉酒用葛巾。清風北窗下，自謂羲皇人。」〔註97〕盧照鄰於詩中敘寫作者於田家休沐的愜意。〔註98〕文中不只援引陶淵明「採菊東籬下，悠然見南山。」（見前引〈飲酒二十首·其五〉）之籬菊典故，又以北窗高臥之典，來進一步書寫此休沐生活的自在自適。至於李白以飲酒、撫弄無弦琴等舉動來描寫陶淵明自適的隱者生活。而後又直接描繪陶淵明於北窗下自謂羲皇上人一事，為其自得自樂添增另一筆描述。此事典的運用也可見於皮日休（834～883 年）〈江南道中懷茅山廣文南陽博士三首·其一〉：

> 寒嵐依約認華陽，遙想高人臥草堂。半日始齋青飯，移時空印白檀香。
>
> 鶴雛入夜歸雲屋，乳管逢春落石牀。誰道夫君無伴侶，不離窗下見羲皇。〔註99〕

此詩敘寫山中道士清幽靜寂的生活。〔註100〕作者以回歸高人家的鶴雛，以及滴水於石床的鐘乳石，來營造此居處不同凡俗的氛圍。而在詩末，作者則認為，雖然高人之生活寂寥而無伴侶，然卻也因此得到如羲皇上人般的安然自適。由上述諸多文獻可見，陶淵明高臥北窗，自比羲皇上人的閒適形象，廣為許多唐人所熟悉。

〔註96〕〔唐〕盧照鄰著，李雲逸校注：《盧照鄰集校注》（北京：中華書局，2005 年 9 月），頁 132。

〔註97〕〔唐〕李白著，〔清〕王琦注：《李太白全集》，頁 541。

〔註98〕休沐即是唐時官員的休假時分，如葛曉音於《山水田園詩派研究》所言：「唐時朝官有休沐的制度，五日或十日一休沐。官員們在京洛附近置山莊田園以作休息之所，初唐已有此風，至盛唐更普遍。」參見葛曉音：《山水田園詩派研究》（瀋陽：遼寧大學出版社，1997 年 3月），頁 119。

〔註99〕〔清〕彭定求等編：《全唐詩》，頁 1551。

〔註100〕按此組詩其三：「將開丹灶那防鶴，欲算碁圖卻望雲。」可推測詩中高人應為道士。參見〔清〕彭定求等編：《全唐詩》，頁 1551。

　　而在唐時，陶淵明之閒適印象又跟菊花有所繫連。此形象之所以與菊有關，可從陶淵明之文章，以及後人所記的陶淵明事典論起。首先，在陶詩文中，便可見到菊花與其閒情的繫連。如〈飲酒二十首〉其五及其七：「採菊東籬下，悠然見南山。」、「秋菊有佳色。裛露掇其英。汎此忘憂物，遠我遺世情。」〔註101〕即是。而在六朝文人的典籍中，也可見到菊花與陶淵明閒適之情的繫連。如孫盛《晉陽秋》、檀道鸞《續晉陽秋》、蕭統〈陶淵明傳〉載有陶淵明因重陽佳節無酒可飲，故而坐在菊叢中，把弄菊花以排遣心情一事。而唐時類書也載有此事，如《藝文類聚》、《初學記》、《白氏六帖》等皆是。（見前文注所引）由於菊花在陶淵明之作品，以及六朝、唐代的典籍中，常與陶之閒情有所關聯，故而唐人的詩文也常在刻劃陶淵明的自適之樂時，將菊這個物象，或陶淵明與菊之互動，寫入其中。如唐中宗李顯（656～710 年）〈九日登高詩序〉：「淵明抱菊，且浮九醞之觴；畢卓持螯，須盡一生之興。」〔註102〕將陶淵明的閒適之興，以抱菊、飲酒來書之。而錢起〈九日田舍〉：「今日陶家野興偏，東籬黃菊映秋田。浮雲暝鳥飛將盡，始達青山新月前。」〔註103〕詩中以陶家來比喻自己的田舍，而陶家野趣之一，便是籬邊黃菊。至於雍陶〈寄永樂殷堯藩明府〉：「古縣蕭條秋景晚，昔年陶令亦如君。頭巾漉酒臨黃菊，手扙支頤向白雲。」〔註104〕詩中將友人殷堯藩與陶淵明相比，又在之後以陶淵明頭戴漉酒巾賞菊，支頤望雲的悠閒模樣，來比擬友人之高情。

　　除以上事典外，在唐代尚有陶淵明不營生事，這項與陶淵明任性自適之形象相關的事蹟。陶淵明不營生事，此般形象記錄在六朝尚為少見。事實上，如蕭統〈陶淵明傳〉，便載有陶淵明「躬耕自資」、「其妻翟氏，志趣亦同，能安苦節，夫耕於前，妻鋤於後云。」等與

〔註101〕　〈飲酒二十首·其七〉參見〔晉〕陶淵明著，袁行霈箋注：《陶淵明集箋注》，頁 252。
〔註102〕　〔清〕董誥等編：《全唐文》，頁 212。
〔註103〕　〔清〕彭定求等編：《全唐詩》，頁 604。
〔註104〕　〔清〕彭定求等編：《全唐詩》，頁 1312。

農作營生相關的事蹟。不過降及唐時，卻出現與此不同的陶淵明形象。如《晉書‧隱逸傳》便言陶淵明：「又不營生業，家務悉委之兒僕。」而唐人的文章中也可見到此形象，如王維〈偶然作六首‧其四〉：「生事不曾問，肯愧家中婦。」白居易〈贈內〉：「陶潛不營生，翟氏自爨薪。梁鴻不肯仕，孟光甘布裙。」〔註105〕即是。筆者認為，此形象或可視為對陶淵明任性自適之隱士生活的加強。之所以如此推論，乃是因上述載有陶淵明不營生事的文獻，如房玄齡《晉書‧隱逸傳》、王維〈偶然作六首‧其四〉，其中所刻劃之陶淵明形象，便以任性自適為主。如《晉書‧隱逸傳》中，載有許多陶之飲酒故事，及其撫弄無弦琴的閒適生活側影，然對於陶之營生，比如躬耕，僅有「州召主簿，不就，躬耕自資，遂抱羸疾。」〔註106〕而王維〈偶然作六首‧其四〉，詩中泰半書寫陶淵明飲酒的逍遙自得，強調其「任天真」之個性。即使詩中有「奮衣野田中，今日嗟無負。兀傲迷東西，蓑笠不能守。」四句，然筆者認為，此主要是欲點出陶淵明的田園之樂，而非聚焦於其農事營生（見前引此詩）。因此，筆者推論，唐時出現的陶淵明不營生一事，或與其任真之隱者形象有關。

　　由上文所引種種史料可知，陶淵明任天真的隱者形象，深為唐人所接受。而陶淵明作為一位隱士，其安於貧困、遺榮利的隱者風範，也成為許多唐代文人所刻劃的側影。以下詳論之。

　　陶淵明安於貧窮的隱者風範，在六朝便受到許多文人稱許。而降及唐代，此般形象仍為文人所傳頌。如《南史‧隱逸傳》承蕭統〈陶淵明傳〉之記載，錄有陶淵明夫妻一同安於勤苦之事：「其妻翟氏，志趣亦同，能安苦節，夫耕於前，妻鋤於後云。」〔註107〕而《晉書‧隱逸傳》，則將六朝典籍中所載王弘欲拜訪陶淵明而不得一事加以增色，賦予陶淵明更加具體的，遺世榮而不親權貴的隱者形象：

〔註105〕〔唐〕白居易著，顧學頡校點：《白居易集》，頁15。
〔註106〕〔唐〕房玄齡等著，楊家駱主編：《新校本晉書并附編六種》，頁2461。
〔註107〕〔唐〕李延壽著，楊家駱主編：《新校本南史附索引》，頁1859。

刺史王弘以元熙中臨州，甚欽遲之，後自造焉。潛稱疾不見，
既而語人云：「我性不狎世，因疾守閑，幸非潔志慕聲，豈
敢以王公紆軫為榮邪！夫謬以不賢，此劉公幹所以招謗君
子，其罪不細也。」〔註108〕

六朝時的典籍如《宋書·隱逸傳》，對於王弘訪陶淵明未果，僅言：
「江州刺史王弘欲識之，不能致也。」〔註109〕而《晉書》則加上陶淵
明之所以拒絕的原因，並透過陶之所言，道出其遠離俗世、不慕榮華
富貴的性格。除了史書，唐人的文章中也可見到此陶淵明形象，如白
居易〈訪陶公舊宅〉：「不慕尊有酒，不慕琴無弦。慕君遺榮利，老死
此丘園。」崔塗（854～？年）〈過陶徵君隱居〉：「陶令昔居此，弄琴
遺世榮。田園三畝綠，軒冕一銖輕。」〔註110〕即寫出作者對陶淵明捨
棄富貴的欽佩。而李商隱〈自眤〉：「陶令棄官後，仰眠書屋中。誰將
五斗米，擬換北窗風？」〔註111〕則結合陶令不為五斗米折腰的典故，
寫其棄官歸隱，捨去官爵利祿，換得一身清閒。

由上文之論述可見，唐時文人對陶淵明隱者形象的認識，與六朝
人基本上差異不大。然而，唐時已開始有文人提出對陶淵明既有形象
的不同看法。如杜甫、王維、顧況（約725～814年）便認為，陶淵
明恐非如此通達自適之人。

在此先言杜甫，其〈遣興五首·其三〉便對陶淵明任真自得的形
象提出不同的見解：

陶潛避俗翁，未必能達道。觀其著詩集，頗亦恨枯槁。

達生豈是足，默識蓋不早。有子賢與愚，何其掛懷抱。〔註112〕

杜甫認為，陶淵明雖為避俗之隱士，然卻非真能通達大道，豁達而無
所牽掛之人。而他之所以認為陶淵明對現實有所遺憾，乃是因其從陶

〔註108〕〔唐〕房玄齡等著，楊家駱主編：《新校本晉書并附編六種》，頁2462。
〔註109〕〔南朝·梁〕沈約等著，楊家駱主編：《新校本宋書附索引》，頁2288。
〔註110〕〔清〕彭定求等編：《全唐詩》，頁1707。
〔註111〕〔唐〕李商隱著，〔清〕馮浩箋注：《玉谿生詩集箋注》（臺北：里仁
　　　　書局，1981年8月），頁252。
〔註112〕〔唐〕杜甫著，〔宋〕郭知達集註：《九家集註杜詩》，頁382。

之作品裡，發現陶淵明對於枯槁的現實生活仍無法全然釋懷。由〈遣興五首‧其三〉的內容可見，令杜甫產生如此想法的陶詩作之一，應是〈責子詩一首〉。〔註113〕此詩書寫陶淵明對自己五個孩子的不好學感到煩惱，而杜甫便是由此認為陶淵明實對現實人生有所遺憾，故而並非通達之人。

　　除杜甫之外，王維、顧況也對陶淵明任天真的形象提出不同的見解。二者於〈與魏居士書〉、〈擬古三首‧其三〉中就言：

> 近有陶潛，不肯把板屈腰見督郵，解印綬棄官去。後貧，《乞食詩》云：『叩門拙言詞』，是屢乞而多慙也。〔註114〕（王維〈與魏居士書〉）

> 浮生果何慕，老去羨介推。陶令何足錄，彭澤歸已遲。
> 空負漉酒巾，乞食形諸詩。吾惟抱貞素，悠悠白雲期。〔註115〕（顧況〈擬古三首‧其三〉）

王維、顧況二人之所以對陶淵明有如此看法，乃是因陶淵明作〈乞食一首〉，於詩中敘及其在向他人乞求飲食時「叩門拙言辭」的羞慚心情。〔註116〕而王維便在〈與魏居士書〉中引陶淵明此詩，寫出陶在棄官歸隱後，因貧困而不得不乞食，卻為自己的行為感到羞慚。除王維外，顧況於〈擬古三首‧其三〉中也寫及此陶淵明隱者形象。顧況將介之推（？～西元前636年）與陶淵明相互比較，認為介之推不接受爵祿，直接歸隱，較先仕後隱的陶淵明，來得更為高風亮節。而在詩中，他又批評陶淵明之乞食，實有損其所的樹立的自適自在之隱者形象。詩中先以陶淵明漉酒巾之事典，來點出陶給予後人之自得的居士

〔註113〕陶淵明〈責子詩一首〉，敘述作者對孩子的不好學感到無奈：「白髮被兩鬢，肌膚不復實。雖有五男兒，總不好紙筆。阿舒已二八，懶惰故無匹。阿宣行志學，而不愛文術。雍端年十三，不識六與七。通子垂九齡，但覓梨與栗。天運苟如此，且進杯中物。」參見〔晉〕陶淵明著，袁行霈箋注：《陶淵明集箋注》，頁304。

〔註114〕〔唐〕王維著，〔清〕趙殿成箋注：《王右丞集箋注》，頁334。

〔註115〕〔清〕彭定求等編：《全唐詩》，頁657。

〔註116〕〔晉〕陶淵明著，袁行霈箋注：《陶淵明集箋注》，頁103。

形象，再以對乞食一事的批評，來打破此形象的建立。由此可見，顧況對於陶淵明既有的任真自得之隱士形象，提出批評。

由上文所統整之論述可見，唐人雖與六朝時人一樣，皆將陶淵明視為任真自得、安貧遺榮利之隱者。不過在唐時，開始有文人提出對陶淵明隱逸者形象的新認識。如韓愈即認為陶淵明無法擺脫掛懷世事的心情，故而以隱為逃。而有些唐代文人，如杜甫、王維、顧況等，則對陶淵明任真自適的形象有所存疑。不過，此般不同的看法並未明顯動搖當時人對陶淵明隱者形象的主流認識。唐人仍與六朝時人一樣，以任性自適的性格為陶淵明隱者形象的最大特徵。

由唐時之史料可知，時人對於陶淵明出仕者、隱逸者形象之描述，多承六朝而來，且也將焦點置諸於其隱者身分上。不過，唐代的陶淵明形象構築，仍與前代有所不同。首先，對於陶淵明出仕者、隱逸者的形象，在唐時尚增加新的形象記載，如楊炯言陶淵明治縣「道契羲皇」；《晉書・隱逸傳》新增兩條陶淵明的飲酒事蹟；以及王維等人所寫陶淵明不營生事，即是例證。再者，唐時又出現經過潤色、改編的陶淵明事蹟，如《晉書》陶淵明傳之內容多有在承繼前代典籍之餘，另作改編者。此外，唐時開始有文人提出對陶淵明的新看法，其中不乏對陶之既有印象的存疑。而值得一提的是，唐人對陶淵明的認識，不只出於六朝的史料，尚且包括陶淵明的詩文，如韓愈、杜甫等人對陶淵明的認識，便是出於閱讀陶詩文。由此可見得唐代的陶淵明形象構築，與六朝之差異所在。

綜合本章之論述，比對六朝與唐時之陶淵明形象塑造可知，此兩個時代對陶淵明的認識，雖差異不大，然也出現不同之處。在六朝，文人傾向將陶淵明視為任真自得的隱者。而在唐時，文人也常將焦點置諸於陶淵明的隱士身分上，並傾向於將陶刻劃成一任真自適之人。不過，唐代又有文人對陶淵明曠達之形象有所存疑，只是未對當時陶淵明形象的主流認識產生明顯的影響。此外，六朝與唐代在陶淵明形象的接受情況上，另有一差異，即是此兩個時代中，對陶淵明進行描

述、書寫的文人，在數量上有著顯著的落差。於唐代，有許多文人會在文章中描寫、評論陶之形象，然此舉在六朝卻相對少見。而由於唐代對陶淵明進行描寫的文人增多，故而更能看出該時代對陶之形象的認識，所具有的趨向。至於六朝為何少有人描繪陶淵明的形象，而唐代則與之相反？且唐時對陶淵明形象的建構，為何特別著重、放大其任真之性格？筆者以為，此或許與當時之隱逸觀、審美視域有所繫連。此部分將於第四章詳細論述。

第三章　六朝至唐代陶淵明詩文
接受的差異

　　由上一章之論述可知，陶淵明其人在唐代受到更多文人的描繪，反映其在唐時受到更大的欣賞和推崇。而陶淵明之詩文，也是在唐時方受到更多文人的賞愛。下文將先理出陶淵明文章於六朝之接受情況，﹝註1﹞此將以對陶詩文之評價，以及時人在詩文創作上，對陶淵明之作的擬仿，做為討論的對象。透過以上論析，以得出六朝時期之陶淵明詩文接受情況。接著，再進一步討論唐人對陶淵明文章的接受，並透過討論當時對陶淵明文章之唱和、繼作、擬仿，來一探唐時的陶詩文接受情況。接著，最後再來論析，唐代陶詩文之接受，其對當時整體的陶淵明接受所產生的影響。﹝註2﹞

第一節　六朝的陶淵明詩文接受

　　在六朝，陶淵明之詩文並未受到廣大文人的欣賞。當時少有文人對陶詩文進行評價；另外，也少見六朝人在創作上受陶淵明影響，如

﹝註1﹞　由於北朝、隋代陶詩文接受情況近乎六朝，因此本章如論及北朝、隋代文人對陶詩文的接受情況，會將此兩個時代的文士一併納入六朝進行討論。

﹝註2﹞　此所謂唐代整體陶淵明接受情況，即是綜合唐時陶淵明其人、其詩文之接受，所呈顯而出的陶淵明接受狀況。

當時便少見擬作陶詩、以陶詩文為典故者。而六朝部分文人對陶詩文的欣賞，也未進一步帶起一個時代賞愛陶淵明文章的風氣。在此先討論六朝時人對陶淵明文章的評價，以一窺當時對陶淵明文章的接受情況。

陶淵明詩文於六朝較少得到文人品評，當時文人祖述前代文學，常論及者為顏延之、謝靈運。如沈約《宋書・謝靈運傳》末，述及由漢至劉宋朝文學之流變，提及顏、謝，卻未言及陶淵明。而劉勰《文心雕龍》、蕭子顯《南齊書・文學傳論》與之相同，在論及顏、謝的同時，並未評及陶淵明（參見第一章之注）。綜觀當時之文章，確實罕有品評陶詩文者。依筆者所見，當時對陶淵明之作品做出評價者，僅有顏延之、鍾嶸、蕭統、陽休之等人。顏延之於〈陶徵士誄〉中，指出陶淵明之作品風格為「文取指達」〔註3〕，點出其文章能清楚表達作者的意旨。此外便無更多評語。而在其後，鍾嶸、蕭統、陽休之皆對陶之詩文進行評價，甚至可說是有所欣賞，茲錄於下以方便論述：

> 文體省淨，殆無長語。篤意真古，辭興婉愜。每觀其文，想其人德。世嘆其質直。（鍾嶸《詩品》）

> 其文章不羣，詞采精拔，跌蕩昭章，獨超眾類，抑揚爽朗，莫之與京。橫素波而傍流，干青雲而直上。語時事則指而可想，論懷抱則曠而且真。（蕭統〈陶淵明集序〉）

> 辭采雖未優，而往往有奇絕異語，放逸之致，棲託仍高。（陽休之〈陶潛集序錄〉）

鍾嶸認為，陶詩之特色，在於樸實的語言風格，以及能夠忠實地反映作者的思想、人格。另外，他也指出當時人多認為陶詩之語言風格「質直」。而蕭統認為陶詩文「詞采精拔」，且相當真誠地抒發作者的懷抱。至於陽休之，則言陶之作品雖辭采未優，但風格放達超逸，往往有令人覺得驚奇的語句，且有所寄託。

縱觀顏延之等四人的評論可知，陶之作品於六朝時人眼中，所

〔註 3〕〔南朝・梁〕蕭統編，〔唐〕李善注：《文選》，頁 2470。

具之特點為簡潔而能表達作者的情志。如顏延之所謂「文取指達」，
即是文章著重在清楚表意。而鍾嶸、蕭統所言「文體省淨，殆無長
語」、「詞采精拔」，則是指出陶詩文之精簡超拔。以上之評論，實帶
出陶詩文語言風格質樸的特色。事實上，六朝人多對此提出一些批評，
如鍾嶸所言之「世歎其質直。」而陽休之則直言陶淵明辭采未優。至
於陶詩文所寄託之作者情志，則多受到文人肯定，如鍾嶸、蕭統、陽
休之便言：「每觀其文，想其人德」、「論懷抱則曠而且真」、「往往有
奇絕異語，放逸之致，棲託仍高。」鍾嶸認為，陶淵明之文章反映其
品德；而蕭統、陽休之則認為，陶之文章，反映出他曠達真誠、放曠
自適的性格。

　　在六朝，陶淵明之詩文除較少得到文人的評價外，也少有人將其
詩文作為模仿對象，或是作為典故，以此創作詩歌。依筆者所見之文
獻而言，六朝擬陶之作，有王僧達的擬陶詩、鮑照〈學陶彭澤體詩〉
與江淹〈雜體詩三十首‧陶徵君潛田居〉。王僧達所作之詩今已佚失
（參見第一章之注）。而鮑照及江淹擬陶之作，其內容分別書寫人生
貴適意，宜保全己身；以及隱居田園的生活：

　　　　長憂非生意，短願不須多。但使尊酒滿，朋舊數相過。
　　　　秋風七八月，清露潤綺羅。提琴當戶坐，歎息望天河。
　　　　保此無傾動，寧復滯風波。〔註4〕（鮑照〈學陶彭澤體〉）

　　　　種苗在東皋，苗生滿阡陌。雖有荷鋤倦，濁酒聊自適。
　　　　日暮巾柴車，路闇光已夕。歸人望煙火，稚子候簷隙。
　　　　問君亦何為，百年會有役。但願桑麻成，蠶月得紡績。
　　　　素心正如此，開逕望三益。〔註5〕（江淹〈雜體詩三十首‧
　　　　陶徵君潛田居〉）

鮑照與江淹之擬作所書寫的內容，皆為陶詩常見的題材，可見二人對
陶淵明作品之風貌，有一定的認識。以下試舉陶淵明所作〈飲酒二十

〔註4〕〔南朝‧宋〕鮑照著，黃節注：《鮑參軍詩注》，收錄於《謝康樂詩注；
　　　　鮑參軍詩注》，頁357。
〔註5〕逯欽立輯校：《先秦漢魏晉南北朝詩》，頁1577。

首‧其七〉、〈和郭主簿二首‧其一〉，來加以說明之：

> 秋菊有佳色，裛露掇其英。汎此忘憂物，遠我遺世情。
> 一觴聊獨進，杯盡壺自傾。日入羣動息，歸鳥趣林鳴。
> 嘯傲東軒下，聊復得此生。〔註6〕（〈飲酒二十首‧其七〉）
> 藹藹堂前林，中夏貯清陰。凱風因時來，回飆開我襟。
> 息交遊閑業，臥起弄書琴。園蔬有餘滋，舊穀猶儲今。
> 營己良有極，過足非所欽。春秫作美酒，酒熟吾自斟。
> 弱子戲我側，學語未成音。此事真復樂，聊用忘華簪。
> 遙遙望白雲，懷古一何深！〔註7〕（〈和郭主簿二首‧其一〉）

陶詩中所表現的閒適之情，常伴隨著飲酒，且沒有奢靡的物質享受，而是在大自然以及平凡的生活中獲得心靈的滿足。這幾項特點，在鮑照的擬作中皆可見得。而陶淵明描繪田園隱居生活的詩篇，常寫及農家生活的片影，或是天倫之樂。而江淹的擬陶詩也將此忠實地呈現出來。由此可見，鮑照、江淹二人，應是對陶詩有相當的認識，故而能把握其最主要的特色，並擬仿之。

而在六朝時期，使用陶淵明之詩文作為典故者並不多。依筆者所見，有以陶淵明〈五柳先生傳〉、〈桃花源記〉為事典者。前者如費昶〈贈徐郎詩〉：「紡績江南，躬耕谷口。庭中三徑，門前五柳。」〔註8〕詩中之「五柳」不僅是單純的景物，也藉以點出此為隱士的居處。而庾肩吾〈謝東宮賜宅啟〉：「況乃交垂五柳，若元亮之居，夾石雙槐，侶安仁之縣。」徐孝克〈天台山修禪寺智顗禪師放生碑〉：「白難路出，青髓巖開。攀桂結宇，蕭然憩止。林交五柳，既馥旃檀之氣。」此二作則是以五柳來代稱隱者。至於以陶淵明〈桃花源記〉為典故者，如徐陵〈山齋詩〉：「桃源驚往客，鶴嶠斷來賓。復有風雲處，蕭條無俗人。」庾信〈奉報趙王惠酒詩〉：「梁王脩竹園，冠蓋風塵喧。行人忽枉道，直進桃花源。」其中之桃花源，皆用以形容遠離塵囂的清靜之

〔註6〕〔晉〕陶淵明著，袁行霈箋注：《陶淵明集箋注》，頁 252。
〔註7〕〔晉〕陶淵明著，袁行霈箋注：《陶淵明集箋注》，頁 144～145。
〔註8〕逯欽立輯校：《先秦漢魏晉南北朝詩》，頁 2084。

地。而李巨仁〈登名山篇〉:「寓目幽棲地,駕言追綺季。避世桃源士,忘情漆園吏。」〔註9〕其中以「桃源士」作為隱者的代稱。此外,六朝時又有文人以陶淵明〈飲酒二十首‧其五〉:「採菊東籬下,悠然見南山。」其中之「東籬菊」為典故者。依筆者目前所見,如張正見〈秋晚還彭澤詩〉:「自有東籬菊,還持泛濁醪。」〔註10〕即是一例。

　　即使在六朝,有部分文人對陶詩文投以欣賞的目光,然他們對陶詩文的賞愛,並未帶起一個時代推崇陶淵明文章的風氣。首先,如鍾嶸將陶淵明列入《詩品》,予以正面的評價,甚至讚美其詩句「『歡言酌春酒』,『日暮天無雲』,風華清靡,豈直為田家語耶!」〔註11〕,又言其「詠貧之製」,與一些前代文人所作,都是「五言之警策者也。所以謂篇章之珠澤,文采之鄧林。」〔註12〕;而蕭統、陽休之也對陶詩文有所讚美,並為其編纂作品集。然而儘管陶淵明的文章得到稱譽及流傳,也並未使其詩文受到當時普遍文人的欣賞。由此可見,六朝時期推崇陶詩文之風氣未興。而此情況,則在唐代出現改變。

第二節　唐代的陶淵明詩文接受

　　於六朝時期,諸如蕭統、陽休之分別編有《陶淵明集》、《陶潛集》。而蕭統所主編的,六朝時期重要的詩文選集──《昭明文選》,又載有陶詩文共計九篇。〔註13〕由於陶淵明之作品得到編纂流傳,因此唐人才得以閱覽其文章。

　　陶淵明詩文在唐代之接受情況,有與六朝相同者,卻也有異於前

〔註9〕逯欽立輯校:《先秦漢魏晉南北朝詩》,頁2726。

〔註10〕逯欽立輯校:《先秦漢魏晉南北朝詩》,頁2498。

〔註11〕〔南朝‧梁〕鍾嶸著,陳延傑注:《詩品注》,頁41。

〔註12〕〔南朝‧梁〕鍾嶸著,陳延傑注:《詩品注》,頁5。

〔註13〕蕭統《昭明文選》,共錄有陶詩文九篇,分別為:〈始作鎮軍參軍經曲阿作〉、〈辛丑歲七月赴假還江陵夜行塗口〉、〈挽歌詩〉、〈雜詩二首〉、〈詠貧士詩〉、〈讀山海經詩〉、〈擬古詩〉、〈歸去來〉。這些作品分別收錄在「行旅上」、「挽歌」、「雜詩下」、「雜擬上」,以及「辭」等文類中。

朝之處。相同者便是，唐時一些祖述前代文學發展的文章，也未提及陶淵明。如盧藏用（664～713年）〈右拾遺陳子昂文集序〉由孔子寫起，至唐初文士上官儀（608～665年），以及文集之作者陳子昂（661～702年），述及歷代為文之大家，但未寫及陶淵明。另外，韓愈〈薦士〉、陸龜蒙〈襲美先輩以龜蒙所獻五百言既蒙見和復示榮唱至於千字提獎之重蔑有稱實再抒鄙懷用伸酬謝〉，於綜論前代文學時，也未提及之。〔註14〕可見，部分唐人可能尚未將陶淵明的詩文，視為前代諸家作品中，特別值得討論，或加以標舉之對象。而唐時也較罕見對陶淵明詩文進行具體評價者。所謂具體評價，即是點出陶詩文所具之風格、優缺點等等。以筆者所見的文獻而言，對陶詩文進行品評者，有白居易〈題潯陽樓〉：「常愛陶彭澤，文思何高玄。」〔註15〕言陶淵明為文之高遠玄妙；以及〈與元九書〉：「以淵明之高古，偏放於田園。」〔註16〕則表示陶之為文，雖高古，然多限於書寫田園。此外，又有皎然〈講古文聯句〉：「陶令田園，匠意真直。春柳寒松，不凋不飾。」〔註17〕於詩中，皎然認為陶淵明的田園詩篇真率自然，而未斧鑿雕琢。

〔註14〕盧藏用〈右拾遺陳子昂文集序〉：「昔孔宣父以天縱之才，自衛返魯，迺刪詩書述易道而修春秋，數千百年文章粲然可觀也。……其後班張崔蔡曹劉潘陸，隨波而作，雖大雅不足，其遺風餘烈，尚有典型。宋齊之末，蓋顛頓矣。迢迢陵頹，流靡忘返，至於徐庾，天之將喪斯文也。後進之士若上官儀者繼踵而生，於是風雅之道，掃地盡矣。」列舉漢至唐初之諸作家，未及陶淵明。韓愈〈薦士〉：「建安能者七，卓犖變風操。迢迢抵晉宋，氣象日凋耗。中間數鮑謝，比近最清奧。」陸龜蒙〈襲美先輩以龜蒙所獻五百言既蒙見和復示榮唱至於千字提獎之重蔑有稱實再抒鄙懷用伸酬謝〉：「吾祖仗才力，革車蒙虎皮。手持一白旄，直向文場麾。……刻鵠尚未已，雕龍奮而為。劉生吐英辯，上下窮高卑。……梁元盡索虜，後主終亡隋。哀音但浮脆，豈望分雄雌。」也未言及陶淵明。以上文章參見〔清〕董誥等編：《全唐文》，頁2402。〔唐〕韓愈著，錢仲聯集釋：《韓昌黎詩繫年集釋》（上海：上海古籍出版社，1998年3月），頁527～528。〔清〕彭定求等編：《全唐詩》，頁1561。

〔註15〕〔唐〕白居易著，顧學頡校點：《白居易集》，頁128。

〔註16〕〔唐〕白居易著，顧學頡校點：《白居易集》，頁961。

〔註17〕〔清〕彭定求等編：《全唐詩》，頁1949。

此類對陶之評論，在唐代相對少見。

　　雖然部分唐人在論及前代文章時，未將陶淵明視為品評對象。且在當時，也較少見對陶詩文作出具體評價者。然相比於六朝，唐代已開始有許多文人欣賞陶詩文。如白居易〈與元九書〉，與盧藏用等人的文章一樣，皆言及前代文學。不過，白居易便將陶淵明納入評論對象，而非忽略不論。〔註18〕除此之外，陶之文章在唐代頗受欣賞，這點尚可從唐人將其與謝靈運並稱見得。於六朝，謝靈運常與顏延之合稱為顏、謝，〔註19〕而在唐朝，則出現陶、謝並稱的情形。如杜甫〈夜聽許十誦詩愛而有作〉：「陶謝不枝梧，風騷共推激。」〔註20〕、李群玉〈送鄭子寬棄官東遊便歸女几〉：「新詩山水思，靜入陶謝格。」、〔註21〕李白〈早夏於江將軍叔宅與諸昆季送傅八之江南序〉：「侯篇章驚新，海內稱善，五言之作，妙絕當時。陶公愧田園之能，謝客慚山水之美。」〔註22〕等即是例證。

　　另外，唐人也會以陶詩文作為典故，運用在創作中。如六朝時期即已被文人使用的，〈五柳先生傳〉、〈桃花源記〉、〈飲酒二十首・其五〉之相關典故，也出現於唐人的詩文中。以「五柳」為典者，如劉長卿〈過前安宜張明府郊居〉：「解印孤琴在，移家五柳成。」〔註23〕

〔註18〕白居易〈與元九書〉，於論及晉宋之際的文學時，有云：「晉、宋已還，得者蓋寡。以康樂之奧博，多溺於山水；以淵明之高古，偏放於田園。」參見〔唐〕白居易著，顧學頡校點：《白居易集》，頁961。

〔註19〕六朝人常將顏延之、謝靈運合稱顏、謝，如陸厥〈與沈約書〉：「（沈約云）『張蔡曹王，曾無先覺，潘陸顏謝，去之彌遠。』」蕭綱〈答湘東王和受試詩書〉：「但以當世之作，歷方古之才人，遠則楊、馬、曹、王，近則潘、陸、顏、謝，而觀其遣辭用心，了不相似。」以上文章參見〔清〕嚴可均：《全上古三代秦漢三國六朝文》，第6冊，《全齊文》第24卷，頁6。〔南朝・梁〕蕭綱著，肖占鵬、董志廣校注：《梁簡文帝集校注》（天津：南開大學出版社，2015年7月），頁717。

〔註20〕〔唐〕杜甫著：《杜工部集》，頁35。

〔註21〕〔清〕彭定求等編：《全唐詩》，頁1450。

〔註22〕〔唐〕李白著，〔清〕王琦注：《李太白全集》，頁1277。

〔註23〕〔唐〕劉長卿著，儲仲君箋注：《劉長卿詩編年箋注》，頁303。

以「移家五柳成」代指張明府的歸隱。而司空曙〈逢江客問南中故人因以詩寄〉:「五柳終期隱,雙鷗自可親。應憐折腰吏,冉冉在風塵。」〔註24〕其中的五柳則代稱隱居之地。至於以「桃源」為典故者,有盧照鄰〈三月曲水宴得樽字〉:「門開芳杜逕,室距桃花源。」〔註25〕、武元衡(758~815年)〈春齋夜雨憶郭通微〉:「桃源在在阻風塵,世事悠悠又遇春。」〔註26〕前詩以桃花源形容宴集之地的美好,而後詩則將屋舍比擬為有如桃源的清幽之地。而將「東籬菊」作為典故者,則有岑參〈九日使君席奉餞衛中丞赴長水〉:「為報使君多泛菊,更將絃管醉東籬。」〔註27〕此詩結合陶淵明於重陽節飲酌之事典(見前引《晉陽秋》等),以醉酒東籬來描寫餞別宴會的歡快。〔註28〕另外,皎然〈九日與陸處士羽飲茶〉:「九日山僧院,東籬菊也黃。俗人多泛酒,誰解助茶香。」〔註29〕則以陶淵明的詩文典故,為僧院添增一股有如隱者居處的清靜氛圍。

而從唐人的創作,又可見到他們對陶詩文的賞愛,比六朝來得更為顯著。比起前代,唐時有更多文人承繼陶淵明的文章,來進行創作。所謂承陶淵明的文章來寫作,便是對其詩文進行唱和、繼作,以及擬作等等。所謂唱和,是專指詩歌而言。唱和詩之寫作規則,在於沿用所唱和之詩歌的韻腳,進行書寫。而繼作,於本文中,則是指承繼陶淵明之作品,進行再次創作。至於擬作,也是以陶淵明之文章作為模仿對象,進行創作。然擬作與繼作不同的是,繼作是以陶之詩文內容加以改寫,而擬作是書寫一全新的詩文內容,並未依陶淵明原本的文章內容進行改作。於唐代,開始有更多文人對陶之文章進行上述創作行為,此可

〔註24〕 〔清〕彭定求等編:《全唐詩》,頁739。
〔註25〕 〔唐〕盧照鄰著,李雲逸校注:《盧照鄰集校注》,頁51。
〔註26〕 〔清〕彭定求等編:《全唐詩》,頁789。
〔註27〕 〔唐〕岑參著,陳鐵民、侯忠義校注:《岑參集校注》,頁288。
〔註28〕 陶淵明「採菊東籬下」之詩句,之所以能與其重陽節飲酒事蹟相結合,作為典故運用,其原因可參見本文第二章第二節「唐代陶淵明『隱逸者』形象」之注釋。
〔註29〕 〔清〕彭定求等編:《全唐詩》,頁2004。

證明陶淵明的文章於唐代受到更大的注目。下文將詳細論述之。

一、唐人對陶淵明詩文之唱和與繼作

如上文所言，唐人在實際創作上，對於陶淵明詩文的接受與承繼，反映在唱和、繼作、擬作等詩文作品上。於本節中，將先以前二者為分析對象。

（一）對陶淵明詩的唱和

六朝對陶詩的唱和與繼作，依筆者目前所見之文獻而言，並未有相關的作品。而在唐時，則開始出現此類作品。首先，唐代唱和陶詩的作品，雖然數量不多，然相較於幾不可見和陶之作的六朝，已可證明陶淵明之作在唐時得到更多文人的青睞。唐代和陶詩，以筆者目前所見，有唐彥謙（848～915 年）〈和陶淵明貧士詩七首〉。唐彥謙此作，乃是唱和陶淵明〈詠貧士七首〉。陶淵明此組詩，主要書寫不遇之嘆，以及在窮困的生活中以先賢為榜樣，勉勵自己安貧樂道。如第六首：

> 仲蔚愛窮居，遶宅生蒿蓬。翳然絕交游，賦詩頗能工。
> 舉世無知者，止有一劉龔。此士胡獨然？實由罕所同。
> 介焉安其業，所樂非窮通。人事固以拙，聊得長相從。〔註30〕

此詩以古時高士張仲蔚為榜樣，期勉自己能與其相同。詩之開頭先言張仲蔚之貧窮，而後寫出他的知音僅有劉龔一人。之後言張仲蔚雖貧困而罕有人賞識他，然其卻不以窮通為意，而能安於現況。於詩作末尾，陶淵明道出希望自己能與此人交往的願望。

陶淵明〈詠貧士七首〉，以不遇之貧士為書寫對象。而寫作的重心，多置於對古時先賢的追慕，以及貧士固窮之志節。而唐彥謙的〈和陶淵明貧士詩七首〉，則在內容上與陶淵明之作略有不同。唐彥謙之和詩敘寫自身的貧居生活，其中雖言及對貧困、不達之現況的適應，然更常寫出失意、不遇之悲嘆。前者如第二首：

〔註30〕〔晉〕陶淵明著，袁行霈箋注：《陶淵明集箋注》，頁 375。

我居在窮巷，來往無華軒。辛勤衣食物，出此二畝園。
薤菘鬱朝露，桑柘浮春煙。以茲亂心曲，智計無他奸。
擇勝不在奢，興至發清言。相逢樵牧徒，混混誰愚賢。〔註31〕

此詩書寫居於鄉里的樸實生活。開頭處先言居所無世俗之擾，可安靜度日。接著便寫出田居生活的自給自足。作者認為，這樣沒有奢靡物質、單純又無人心之虛偽的生活，相當滌淨心靈。除了此類作品外，唐彥謙之和詩中，又有書寫失意、不遇之悲歎者，如第一首及第三首：

貧賤如故舊，少壯即相依。中心不敢厭，但覺少光輝。
向來乘時士，亦有能奮飛。一朝權勢歇，欲退無所歸。
不如行其素，辛苦奈寒飢。人生繫天運，何用發深悲。〔註32〕

松風四山來，清宵響瑤琴。聽之不能寐，中有怨歎音。
旦起繞其樹，魂砢不計尋。清陰可敷席，有酒誰與斟。
由來大度士，不受流俗侵。浩歌相倡答，慰此霜雪心。〔註33〕

前一首詩書寫自己少時便與貧賤為伍，故而能安於如此之生活，只不過覺得現在窮困不達的處境無法滿足自己。而後又言榮利其實並不能久長，所以安貧守賤也未為不好。詩之末尾，則言現在之境遇是為天命，因此不必悲傷。由此來看，作者之心境於詩中多有轉折，而其對於人生不達的感傷，則於詩末表現而出。至於第二首詩，則隱約帶出知音不遇之感。詩作開頭書寫作者夜半聽琴，並由琴聲想見對方也可能是失意而心懷怨嘆之人。之後的「有酒誰與斟」，頗有知音未遇之感。因此詩作末尾，便敘寫作者高歌向不入流俗之士，以表達自己與他們志趣相投。

唐彥謙之〈和陶淵明貧士詩七首〉，與陶淵明〈詠貧士詩七首〉，在內容上有其不同，而在寫作手法上，也不見模仿陶淵明之影跡。不過，從唐彥謙選擇陶淵明詩作為唱和對象，便可知其對陶淵明應有景仰之情。畢竟，唐彥謙如欲抒發自身窮困不顯的生活，其實可不以唱

〔註31〕〔清〕彭定求等編：《全唐詩》，頁1687。
〔註32〕〔清〕彭定求等編：《全唐詩》，頁1686～1687。
〔註33〕〔清〕彭定求等編：《全唐詩》，頁1687。

和古人之方式表現而出；此外，他也可以選擇其他隱者，作為唱和對象。然唐彥謙卻以陶淵明為唱和對象，來書寫此組詩。筆者認為，唐彥謙應將陶淵明視作古時貧士的典範之一，故而在書寫自己的貧窮失意時，便以其詩為唱和對象。〔註34〕

（二）對陶淵明文章之繼作

除了對陶詩之唱和外，唐人也會直接承繼陶淵明之作品，來進行繼作。依筆者目前所見之文獻而言，唐人常繼作的陶淵明文章，有〈桃花源詩〉之序文〈桃花源記〉。〔註35〕唐代承〈桃花源記〉而寫作者，有包融（695～764 年）〈武陵桃源送人〉；王維〈桃源行〉；權德輿（759～818 年）〈桃源篇〉；韓愈〈桃源圖〉；劉禹錫〈桃源行〉、〈遊桃源一百韻〉等諸多作品。〔註36〕這些繼作，雖承襲〈桃花源記〉的內容，然卻也有所變化。以下試析之。

陶淵明之〈桃花源記〉，書寫武陵漁人因迷途而意外進入一世外之地，並受當地居民款待。事後想帶人造訪該地時，卻再也無法尋得那秘境。茲引原文於下，以方便論述：

> 晉太元中，武陵人捕魚為業。緣溪行，忘路之遠近。忽逢
> 桃花林，夾岸數百步，中無雜樹，芳華鮮美，落英繽紛。

〔註34〕陶淵明之貧士形象，可見於顏延之〈陶徵士誄〉：「少而貧病，居無僕妾。井臼弗任，藜菽不給。母老子幼，就養勤匱。」蕭統〈陶淵明集序〉：「加以貞志不休，安道苦節，不以躬耕為恥，不以無財為病。」以上文章參見〔南朝‧梁〕蕭統編，〔唐〕李善注：《文選》，頁 2470～2471。〔南朝‧梁〕蕭統：《昭明太子文集》，收錄於嚴一萍選輯：《百部叢書集成三編》影印《常州先哲遺書》本，第 2 函，卷 4，頁 4。

〔註35〕〈桃花源詩〉之序文為〈桃花源記〉。後人對此作之模仿，主要是以序文為主。然詩作之內容仍或多或少地影響後人之繼作。下文將論述之。

〔註36〕包融〈武陵桃源送人〉，收錄於〔清〕彭定求等編：《全唐詩》，頁 268。韓愈〈桃源圖〉、劉禹錫〈遊桃源一百韻〉分別參見〔唐〕韓愈著，錢仲聯集釋：《韓昌黎詩繫年集釋》，頁 911。〔唐〕劉禹錫著，卞孝萱校訂：《劉禹錫集》（北京：中華書局，2000 年 12 月），頁 293。其他諸作見下文所引。

漁人甚異之，復前行，欲窮其林。林盡水源，便得一山，
山有小口，髣髴若有光，便捨船從口入。初極狹，纔通人。
復行數十步，豁然開朗。土地平曠，屋舍儼然，有良田、
美池、桑竹之屬，阡陌交通，雞犬相聞。其中往來種作，
男女衣著，悉如外人。黃髮垂髫，並怡然自樂。見漁人乃
大驚，問所從來，具答之。便要還家，設酒殺雞作食。村
中聞有此人，咸來問訊。自云先世避秦時亂，率妻子邑人
來此絕境，不復出焉，遂與外人間隔。問今是何世，乃不
知有漢，無論魏晉。此人一一為具言所聞，皆歎惋。餘人
各復延至其家，皆出酒食。停數日，辭去。此中人語云：
「不足為外人道也。」既出，得其船，便扶向路，處處誌
之。及郡下，詣太守說如此。太守即遣人隨其往，尋向所
誌，遂迷不復得路。南陽劉子驥，高尚士也。聞之，欣然
規往。未果，尋病終。後遂無問津者。〔註37〕

此文對於遠離人世之秘境——桃花源之描寫，著重在其中居民樸實自
得的生活。而全作之書寫重點，則在於建構彷若唐、虞之世的理想世
界，藉以寄託作者心中所嚮往的理想社會、生活樣態。而唐人之繼作，
一方面承此內容進行書寫，一方面又或多或少地加入神仙色彩。在此
先討論仙化色彩較低者，如王維〈桃源行〉：

漁舟逐水愛山春，兩岸桃花夾去津。坐看紅樹不知遠，行盡
青溪不見人。
山口潛行始隈隩，山開曠望旋平陸。遙看一處攢雲樹，近入
千家散花竹。
樵客初傳漢姓名，居人未改秦衣服。居人共住武陵源，還從
物外起田園。
月明松下房櫳靜，日出雲中雞犬喧。驚聞俗客爭來集，競引
還家問都邑。
平明閭巷掃花開，薄暮漁樵乘水入。初因避地去人間，更聞
成仙遂不還。

───────────────────
〔註37〕〔晉〕陶淵明著，袁行霈箋注：《陶淵明集箋注》，頁479～480。

　　峽裏誰知有人事，世中遙望空雲山。不疑靈境難聞見，塵心
未盡思鄉縣。

　　出洞無論隔山水，辭家終擬長游衍。自謂經過舊不迷，安知
峰壑今來變。

　　當時只記入山深，青溪幾度到雲林。春來徧是桃花水，不辨
仙源何處尋。〔註38〕

此作所書寫之內容，不論是敘事結構，抑或是對桃花源（武陵源）
的描寫，幾乎與〈桃花源記〉無異。於此作中，桃花源裡的居民同
樣是秦朝人後代，同樣過著耕稼生活。然於此繼作中，又可見到一
絲神仙色彩的進入。「初因避地去人間，更聞成仙遂不還。」二句將
桃源中人寫為神仙；而「不疑靈境難聞見，塵心未盡思鄉縣。」、「春
來徧是桃花水，不辨仙源何處尋。」則將桃花源寫成非人間之地。
觀陶淵明〈桃花源記〉，其中並未將桃花源寫為仙境，也無與之相關
的暗示。然〈桃花源詩〉，則在用詞上略帶有神仙色彩。後人將桃花
源仙化，或從此詩作而來。〔註39〕陶淵明此詩中「奇蹤隱五百，一
朝敞神界。」〔註40〕即是以神界言桃花源。然綜觀該首詩，其中所
描繪的桃花源居民生活，其實並無神仙色彩，如：「相命肆農耕，日
入從所憩。桑竹垂餘蔭，菽稷隨時藝。春蠶收長絲，秋熟靡王稅。」
〔註41〕寫的即是平凡的農村生活。由此可推測，陶淵明無意將桃花
源塑造成仙界。其於詩中所用的「神界」一詞，或許僅用以表示桃

〔註38〕　〔唐〕王維著，〔清〕趙殿成箋注：《王右丞集箋注》，頁98～99。
〔註39〕　〈桃花源記〉中的武陵桃源，之所以為後人所仙化，如單從陶淵明原
　　　　　作之詩文來看，其原因又有：與外界流動的歷史、時間隔閡，令桃源
　　　　　中的世界宛若靜止、永恆。如歐麗娟所言：「正由於桃花源之塑造乃
　　　　　以不辨秦漢、悠遊於歷史時間的束縛之外為基本架構，而此一特色
　　　　　又與道教中仙壽不死的追求具有形式上和本質上都可以相通的地
　　　　　方，彼此之間極容易發生聯想，進而造成兩者的交融會通，這便是桃
　　　　　花源仙化的主要原因。」參見歐麗娟：《唐詩的樂園意識》（臺北：里
　　　　　仁書局，2000年2月），頁281。
〔註40〕　〔晉〕陶淵明著，袁行霈箋注：《陶淵明集箋注》，頁480。
〔註41〕　〔晉〕陶淵明著，袁行霈箋注：《陶淵明集箋注》，頁480。

花源不同於一般世俗世界。而王維之繼作也是如此。其中雖出現具有神仙色彩的字詞，然觀詩中所言的居人生活可知，王維主要還是以人間的樣態，來描寫桃花源。只是因其沒有世俗之紛擾，故以具仙界影跡之用語來書寫。

將桃花源賦予明顯之神仙色彩者，有權德輿〈桃源篇〉、劉禹錫〈桃源行〉：

> 小年嘗讀桃源記，忽覩良工施繪事。巖遷初欣繚繞通，溪風轉覺芬芳異。
> 一路鮮雲雜彩霞，漁舟遠遠逐桃花。漸入空濛迷鳥道，寧知掩映有人家。
> 龐眉秀骨爭迎客，鑿井耕田人世隔。不知漢代有衣冠，猶說秦家變阡陌。
> 石髓雲英甘且香，仙翁留飯出青囊。相逢自是松喬侶，良會應殊劉阮郎。
> 內子閑吟倚瑤瑟，慇此沉沉銷永日。忽聞麗曲金玉聲，便使老夫思閣筆。〔註42〕（權德輿〈桃源篇〉）

> 漁舟何招招，浮在武陵水。拖綸擲餌信流去，誤入桃源行數里。
> 清源尋盡花綿綿，躑花覓遷至洞前。洞門蒼黑烟霧生，暗行數步逢虛明。
> 俗人毛骨驚仙子，爭來致詞：何至此？須史皆破冰雪顏，笑言委曲問人間。
> 因嗟隱身來種玉，不知人世如風燭。筵羞石髓勸客餐，鐙爇松脂留客宿。
> 雞聲犬聲遙相聞，曉光蔥籠開五雲。漁人振衣起出戶，滿庭無路花紛紛。
> 翩然恐迷鄉縣處，一息不肯桃源住。桃花滿溪水似鏡，塵心如垢洗不去。

〔註42〕〔清〕彭定求等編：《全唐詩》，頁811。

　　仙家一出尋無蹤，至今流水山重重。〔註43〕（劉禹錫〈桃源
　　行〉）

權德輿的繼作與陶之原作略有不同，是以畫工所繪之桃源圖為吟詠對
象，而其中對桃源的描述，基本上承陶淵明之原作，而加以仙化。此
詩中的桃花源居民，為秦亡漢興之際人民的後代，依舊過著「鑿井耕
田」的生活。然他們招待漁人的餐食，卻非凡間之物。「石髓雲英甘且
香，仙翁留飯出青囊。相逢自是松喬侶，良會應殊劉阮郎。」權德輿
書寫「仙翁」以「石髓雲英」款待漁人。而後又言漁人與此地居民之
相遇，有如與仙人赤松子、王子喬相會，又或者如劉晨、阮肇入天台
山逢仙女一樣。〔註44〕權德輿將桃花源染上神仙色彩，而劉禹錫也是。
其繼作中將桃花源居民寫作「仙子」，而其後又言這些居民在此「種
玉」。由於過著與世隔絕的生活，故居民見到有外人來，便向他問人
間世事，又引入家中作客。「筵羞石髓勸客餐，鐙熱松脂留客宿。」之
待客場面，與權德輿所寫一樣，皆帶著仙界色彩。

　　〈桃花源記〉在唐代受到許多文人繼作，而唐人對此作品的繼
作，多帶有神仙色彩。輕者仍與原作相同，皆將桃花源寫為人間之
地。其中具仙化意味的詞語，至多是用以表示此地之不同凡俗。而
仙化程度較強者，則直接將桃花源寫成神仙世界，其中住民的生活

〔註43〕〔唐〕劉禹錫著，卞孝萱校訂：《劉禹錫集》，頁346。
〔註44〕劉晨、阮肇之入天台山，典出劉義慶《幽明錄》：「漢明帝永平五年，
　　　　剡縣劉晨、阮肇共入天台山取谷皮，迷不得返，經十餘日，糧食乏
　　　　盡，飢餒殆死。遙望山上有一桃樹，大有子實，而絕巖邃澗，了無
　　　　登路。攀葛乃得至，噉數枚而飢止體充。復下山，持杯取水，欲盥
　　　　漱，見蕪菁葉從山眼流出，甚鮮新。復一杯流出，有胡麻糝，相謂
　　　　曰：『此去人徑不遠。』度出一大谿，谿邊有二女子，姿質妙絕。
　　　　見二人持杯出，便笑曰：『劉、阮二郎，捉向所流杯來。』晨、肇
　　　　既不識之，二女便呼其姓，如與有舊，相見忻喜。問：「來何晚？」
　　　　即因要還家。……十日後，欲求還去，女云：『君已來此，乃宿福
　　　　所招，與僊女交接流俗，何所樂哉？』遂停半年。」參見〔南朝‧
　　　　宋〕劉義慶：《幽明錄》，收錄於嚴一萍選輯《百部叢書集成》影
　　　　印《琳琅秘室叢書》本（臺北：藝文印書館，1967年），第3函，
　　　　頁15～16。

與凡人有明顯的不同。

由上文可見，唐時開始出現唱和、繼作陶淵明詩文者。唐時對陶淵明詩歌之唱和尚不多見；而對於陶淵明文章的繼作，依筆者目前所見，僅有對〈桃花源記〉進行模仿者。這些創作在數量上並不算多，然相比於幾乎未見唱和、繼作陶詩文的六朝，仍可證明陶淵明的作品已成為唐時文人欣賞、注目，乃至於模仿之對象。下文將繼續探討唐時對陶淵明詩文之擬作，以進一步討論陶詩文在唐代的接受情形。

二、唐人對陶淵明詩文之擬作

於六朝，較罕見文人對陶詩文進行擬作。降及唐代，擬作陶淵明文章的士人則略有增加。依筆者所見，唐代擬作陶淵明之文者，有一篇仿〈五柳先生傳〉所作的〈五斗先生傳〉。而陶淵明詩，則有較多文人擬仿。唐代文人詩作中，題目具擬陶、效陶之意者，依筆者所見，共有二十三首（其中十六首為一組詩）。值得一提的是，這些詩文擬作所模仿的陶淵明文章內容，多具有相似之處，從中便可一窺唐人對陶詩文內容的偏好。以下試析之。

（一）對陶淵明文之擬仿

首先，唐人擬陶之文數量較少，以筆者目前所見的史料而言，有王績〈五斗先生傳〉。此文模仿〈五柳先生傳〉而作，茲錄二作之全文於下，以便分析：

> 先生不知何許人也，亦不詳其姓字。宅邊有五柳樹，因以為號焉。閑靖少言，不慕榮利。好讀書，不求甚解，每有會意，便欣然忘食。性嗜酒，家貧不能常得，親舊知其如此，或置酒而招之。造飲輒盡，期在必醉，既醉而退，曾不吝情去留。環堵蕭然，不蔽風日。短褐穿結，簞瓢屢空，晏如也。常著文章自娛，頗示己志。忘懷得失，以此自終。
> 贊曰：黔婁之妻有言：「不戚戚於貧賤，不汲汲於富貴。」極其言，茲若人之儔乎？酣觴賦詩，以樂其志。無懷氏之民

歟？葛天氏之民歟？〔註45〕（陶淵明〈五柳先生傳〉）

有五斗先生者，以酒德遊於人間。人有以酒請者，無貴賤皆往。往必醉，醉則不擇地斯寢矣，醒則復起飲也。嘗一飲五斗，因以為號。先生絕思慮，寡言語，不知天下之有仁義厚薄也。忽然而去，倏焉而來；其動也天，其靜也地，故萬物不能縈心焉。嘗言曰：「天下大抵可見矣！生何足養，而嵇康著論；塗何為窮，而阮籍慟哭？故昏昏默默，聖人之所居也。」遂行其志，不知所如。〔註46〕（王績〈五斗先生傳〉）

觀此傳之題名，便隱約可見得王績對陶淵明〈五柳先生傳〉的仿效。〈五斗先生傳〉對〈五柳先生傳〉的模仿，主要反映在人物形象的塑造上。首先，是對傳中人物飲酒之舉的模仿。文章一開頭，便盡寫五斗先生對於飲酒之喜好。其中「人有以酒請者，無貴賤皆往。往必醉，醉則不擇地斯寢矣，醒則復起飲也。」寫出此人任性自適的飲酌風範。而此處對於五斗先生之形象塑造，可說是從〈五柳先生傳〉而來。陶淵明對五柳先生之飲酒，如是言之：「性嗜酒，家貧不能常得，親舊知其如此，或置酒而招之。造飲輒盡，期在必醉，既醉而退，曾不吝情去留。」五柳先生在盡情痛飲乃至酒醉之後，便直接離開主人家，毫無半點拘束。此舉顯示出他任真自得的個性。而王績所描寫之五斗先生，也具有相似之性格。且此段對五斗先生飲酒行為之描寫，也與〈五柳先生傳〉一樣，皆描述傳主受人之邀前去飲酌，繼而寫其酒醉，最後再言酒醉後的舉動。由此更可證王績對於陶淵明之作的模仿。而五斗先生名號之由來：「嘗一飲五斗，因以為號。」也與五柳先生自取名號之方式：「宅邊有五柳樹，因以為號焉。」如出一轍。

除了對外在舉動之模仿外，王績對傳中人物性格之刻劃，也可隱約見到陶淵明筆下五柳先生之影跡。從飲酒行為便可發現，五斗

〔註45〕〔晉〕陶淵明著，袁行霈箋注：《陶淵明集箋注》，頁502。
〔註46〕〔唐〕王績著，金榮華校注：《王績詩文集校注》，頁306。

先生和五柳先生一樣，皆具有任真自得的個性。而他們的人生價值取向，也有近似之處。〈五柳先生傳〉中的傳主「忘懷得失，以此自終。」而文後之贊又稱許其曰：「黔婁之妻有言：『不戚戚於貧賤，不汲汲於富貴。』極其言，茲若人之儔乎？」可見五柳先生對於身外之物、個人得失，全不在乎。而五斗先生也具此特質。傳中言其「忽然而去，倏焉而來；其動也天，其靜也地，故萬物不能縈心焉。」點出五斗先生不為外物所羈。而其又有言：「天下大抵可見矣！生何足養，而嵇康著論；塗何為窮，而阮籍慟哭？故昏昏默默，聖人之所居也。」可見五斗先生隨順自然，不計個人得失的人格特質。王績於寫作此傳文時，對陶淵明〈五柳先生傳〉的模仿，大抵便是針對五柳先生的性格特點。

（二）對陶淵明詩之擬仿

接著，唐代擬陶詩中，於題目上清楚標示為擬作者，有崔顥（？～754 年）〈結定襄郡獄效陶體〉；〔註47〕韋應物〈與友生野飲效陶體〉、〈效陶彭澤〉、〔註48〕白居易〈効陶潛體詩十六首〉、〔註49〕劉駕〈效陶〉；〔註50〕曹鄴（約 816～875 年）〈山中效陶〉、〈田家効陶〉；〔註51〕司馬扎〈效陶彭澤〉。〔註52〕這二十三首詩作，在其內容上具有共通性，大抵可分為：死生之感（常與及時行樂相關）、自適之樂、安貧樂道，以及飲酒等。值得一提的是，飲酒為擬陶詩最常書寫的內容，常與其他主題一同穿插於詩內。以下便就上述唐人擬陶詩中的四個主題，來分析他們的書寫模式，並與陶詩做比對，來一窺擬陶者對陶詩內容之模仿與偏好。

首先，陶詩之中常抒發作者對死生的感觸，且往往由此帶出及時

〔註47〕〔清〕彭定求等編：《全唐詩》，頁 303。
〔註48〕〔唐〕韋應物著，陶敏、王友勝校注：《韋應物集校注》，頁 30、33。
〔註49〕〔唐〕白居易著，顧學頡校點：《白居易集》，頁 104～108。
〔註50〕〔清〕彭定求等編：《全唐詩》，頁 1493。
〔註51〕〔清〕彭定求等編：《全唐詩》，頁 1512。
〔註52〕〔清〕彭定求等編：《全唐詩》，頁 1516。

行樂的必要。而要盡情逸樂，莫過於飲酒，如〈諸人共遊周家墓柏下一首〉、〈遊斜川一首〉：

> 今日天氣佳，清吹與鳴彈。感彼柏下人，安得不為歡。
> 清歌散新聲，綠酒開芳顏。未知明日事，余襟良已殫。
> 〔註53〕（〈諸人共遊周家墓柏下一首〉）

> 開歲倏五十，吾生行歸休。念之動中懷，及辰為茲游。
> 氣和天惟澄，班坐依遠流。弱湍馳文魴，閑谷矯鳴鷗。
> 迴澤散游目，緬然睇曾丘。雖微九重秀，顧瞻無匹儔。
> 提壺接賓侶，引滿更獻酬。未知從今去，當復如此不。
> 中觴縱遙情，忘彼千載憂。且極今朝樂，明日非所求。
> 〔註54〕（〈遊斜川一首〉）

前詩由憶及亡者，帶出生命的短暫。而後描寫眾人飲酒之樂，並由此言及把握當下行樂的歡快。而後一首詩之敘事結構也與前詩相同，皆先點出生命的短促，並在末尾帶出及時行樂的必要。而唐人書寫死生之感的擬陶詩，也多如陶淵明那般，以飲酌作為忘懷生死的手法，並帶出需及時行樂的結論。如韋應物〈與友生野飲效陶體〉、劉駕〈效陶〉：

> 攜酒花林下，前有千載墳。於時不共酌，奈此泉下人。
> 始自玩芳物，行當念徂春。聊舒遠出踪，坐望還山雲。
> 且遂一歡笑，焉知賤與貧。〔註55〕（韋應物〈與友生野飲效陶體〉）

> 兩曜無停馭，蓬壺應有墓。何況北邙山，只近市朝路。
> 大恢生死網，飛走無逃處。白髮忽已新，紅顏豈如故。
> 我有杯中物，可以消萬慮。醉舞日婆娑，誰能記朝暮。
> 如求神仙藥，階下亦種黍。但使長兀然，始見天地祖。
> 〔註56〕（劉駕〈效陶〉）

前一首詩由作者與友人同遊時所見之墳塋，帶出人之年壽有限的事

〔註53〕〔晉〕陶淵明著，袁行霈箋注：《陶淵明集箋注》，頁106。
〔註54〕〔晉〕陶淵明著，袁行霈箋注：《陶淵明集箋注》，頁91。
〔註55〕〔唐〕韋應物著，陶敏、王友勝校注：《韋應物集校注》，頁30。
〔註56〕〔清〕彭定求等編：《全唐詩》，頁1493。

實，而後便言與朋友共酌的歡樂，並於最後帶出因飲酒而生的忘懷貧賤之感。而後一首詩也於開頭處，以墳墓寫出人生的有限與短暫。接著又以新生的白髮與老去的容顏點出人生歲月的流逝。最後則言應當飲酒行樂，以忘卻死生之憂。二人寫及死生之感的擬陶詩，與陶淵明此類作品的敘事結構相當雷同，皆先意識到生命的有限，以及隨之而來的，對死亡的憂懼，繼而帶出須及時享受人生的結論。而能使人歡快的，莫過於酒。

　　再來，陶詩中也多有以自適之樂為主題者。於這類詩中，常可見作者以讀書弄琴、飲酒，或是拜訪鄰里等方式，度過閒暇時間，如〈和郭主簿二首・其一〉、〈移居二首・其二〉：

> 藹藹堂前林，中夏貯清陰。凱風因時來，回飆開我襟。
> 息交遊閑業，臥起弄書琴。園蔬有餘滋，舊穀猶儲今。
> 營己良有極，過足非所欽。春秫作美酒，酒熟吾自斟。
> 弱子戲我側，學語未成音。此事真復樂，聊用忘華簪。
> 遙遙望白雲，懷古一何深！（〈和郭主簿二首・其一〉）
>
> 春秋多佳日，登高賦新詩。過門更相呼，有酒斟酌之。
> 農務各自歸，閑暇輒相思。相思則披衣，言笑無厭時。
> 此理將不勝，無為忽去茲。衣食當須紀，力耕不吾欺。
> 〔註57〕（〈移居二首・其二〉）

前一首詩描述作者以讀書、彈琴、飲酒，作為閒暇時分的娛樂。而於詩末，則帶出遺榮利，徜徉於此生活中的自適之情。至於後詩則書寫農忙之餘的悠閒生活。詩之開頭先言作者在春秋佳日，常喜登高賦詩。而後便描寫與鄰里飲酒、談笑的快樂。而在擬陶詩中，也可見對於這類題材的模仿，如白居易〈効陶潛體詩十六首・其三〉、曹鄴〈山中效陶〉：

> 朝飲一盃酒，冥心合元化。兀然無所思，日高尚閑臥。
> 暮讀一卷書，會意如嘉話。欣然有所遇，夜深猶獨坐。

〔註57〕〔晉〕陶淵明著，袁行霈箋注：《陶淵明集箋注》，頁133。

又得琴上趣，安絃有餘暇。復多詩中狂，下筆不能罷。

唯茲三四事，持用度畫夜。所以陰雨中，經旬不出舍。

始悟獨住人，心安時亦過。〔註58〕（白居易〈効陶潛體詩十

六首·其三〉）

落第非有罪，茲山聊歸止。山猿隔雲住，共飲山中水。

讀書時有興，坐石忘却起。西山忽然暮，往往遺巾屨。

經時一出門，兼候僮僕喜。常被山翁笑，求名豈如此。

齒髮老未衰，何如且求己。〔註59〕（曹鄴〈山中効陶〉）

白居易之擬作中，以飲酒、閒臥、讀書、彈琴，以及賦詩，作為雨天
的消遣。除了這些陶詩中常有的消遣方式外，從其內容也可看到擬陶
的影跡。如詩歌開頭之「朝飲一盃酒，冥心合元化。」其所表達的，
便是飲酒時所感受到的，與自然大化合和之趣。而此飲酒所感，在陶
詩中也可見得，例如〈飲酒二十首·其十四〉中：「不覺知有我，安知
物為貴。」〔註60〕即是寫出在飲酒後，頓覺物我兩忘，形體彷若消解
的體驗。此種醉酒之感，在白居易的擬作中便得到重現。而此擬作中
「暮讀一卷書，會意如嘉話。欣然有所遇，夜深猶獨坐。」寫出因沉
浸於讀書會意之快樂，而忘卻時間的流逝。此種閒適之趣，在陶詩中
也相當常見。如〈歸園田居·其五〉，敘述作者與鄰人飲酒之樂。其中
「日入室中閣，荊薪代明燭。歡來苦夕短，已復至天旭。」〔註61〕寫
出眾人歡聚達旦的快樂。而曹鄴詩中的閒適樂趣，則表現在讀書山野
之中。詩中寫出自己因忘情讀書，而不覺天色已晚，甚至在匆忙準備
離去時忘記自己的鞋帽。此忘懷之樂，皆可見於白居易、曹鄴的擬作，
而他們所模仿的，該是陶詩中常見的悠然自適。另外，曹鄴此詩末尾，
又道出與其追求功名，不如尋求自身安適的想法。此種放下對名利之
追求，轉而成全自我的價值取向，於陶詩中也可見得，如〈歸園田居

〔註58〕〔唐〕白居易著，顧學頡校點：《白居易集》，頁104。

〔註59〕〔清〕彭定求等編：《全唐詩》，頁1512。

〔註60〕〔晉〕陶淵明著，袁行霈箋注：《陶淵明集箋注》，頁268。

〔註61〕〔晉〕陶淵明著，袁行霈箋注：《陶淵明集箋注》，頁89。

五首・其一〉：「久在樊籠裏，復得返自然。」〔註62〕即點出對於自然之性的歸返。

至於陶詩中有關安貧樂道的主題，有些是盡呈貧窮之狀，並表示之所以能固窮，是因有古聖賢做為榜樣，如〈詠貧士七首・其二〉：

　　淒厲歲云暮，擁褐曝前軒。南圃無遺秀，枯條盈北園。
　　傾壺絕餘瀝，闚竈不見煙。詩書塞座外，日昃不遑研。
　　閑居非陳厄，竊有慍見言。何以慰吾懷？賴古多此賢。〔註63〕

詩中極陳貧苦之狀，而作者認為，自己之所以能接受貧困的生活，是因古時多有固窮之士。此種書寫方式常見於陶淵明與安貧樂道有關的作品中。而陶淵明之詩歌中，尚有另一種書寫貧困之狀的作品，如〈飲酒二十首・其十五〉、〈雜詩十二首・其八〉：

　　貧居乏人工，灌木荒余宅。班班有翔鳥，寂寂無行迹。
　　宇宙一何悠，人生少至百。歲月相催逼，鬢邊早已白。
　　若不委窮達，素抱深可惜。〔註64〕（〈飲酒二十首・其十五〉）

　　代耕本非望，所業在田桑。躬親未曾替，寒餒常糟糠。
　　豈期過滿腹，但願飽粳糧。禦冬足大布，麤絺以應陽。
　　政爾不能得，哀哉亦可傷！人皆盡獲宜，拙生失其方。
　　理也可奈何，且為陶一觴。〔註65〕（〈雜詩十二首・其八〉）

與〈詠貧士七首・其二〉不同的是，此二首詩並未盡書貧窮之狀，也未以前賢為榜樣勉勵自己安於窮困。此二首詩中的安貧之法，為委運任化，安於當下之際遇；以及用酒來自我安慰。前一首詩寫出作者受窮困與年歲已大之事實相催逼，最後以人生之窮達難以用人力掌握，因此唯有委順之，方能不負平素之懷抱，來勸勉自己安於現況。而後一首詩，先言己勤苦於躬耕，卻連最基本的溫飽都無法達到。於詩末，作者對此貧窮感到無可奈何，便也只能以酒來自我安慰。

〔註62〕〔晉〕陶淵明著，袁行霈箋注：《陶淵明集箋注》，頁76。
〔註63〕〔晉〕陶淵明著，袁行霈箋注：《陶淵明集箋注》，頁366。
〔註64〕〔晉〕陶淵明著，袁行霈箋注：《陶淵明集箋注》，頁269。
〔註65〕〔晉〕陶淵明著，袁行霈箋注：《陶淵明集箋注》，頁353。

安貧樂道此項主題，於擬陶詩中甚為少見，於上述寫作擬陶詩之
文人中，僅白居易寫有一首。筆者認為，此項主題之所以少見於擬陶
詩中，乃是因唐人偏好陶淵明書寫逸樂、自適之樂的文章，故而在擬
陶詩中，多以此為模仿對象。而以安貧樂道為主題的陶詩文，依筆者
所見，此類作品，較少寫及自適之樂。陶淵明與安貧相關的文章，幾
乎皆是書寫貧苦之狀，並以前賢為榜樣，或是抱持委運任化的心理，
勉勵自己安於貧困。由於唐人在模仿陶詩文上，存在著偏好的擬仿主
題──閒暇之趣、逸樂等，故而較少以陶淵明有關安貧樂道的作品，
作為擬仿對象。擬陶詩中與安貧樂道相關者，以筆者目前所見，有白
居易〈効陶潛體詩十六首·其十五〉。此詩對陶詩中固窮之模仿，主要
偏取於對窮達之委順，並結合陶詩中時時表現之遺榮利的精神，來進
行發揮：

> 南巷有貴人，高蓋駟馬車。我問何所苦，四十垂白鬚？
> 答云君不知，位重多憂虞。北里有寒士，甕牖繩為樞。
> 出扶桑藜杖，入臥蝸牛廬；散賤無憂患，心安體亦舒。
> 東隣有富翁，藏貨徧五都。東京收粟帛，西市鬻金珠；
> 朝營暮計算，晝夜不安居。西舍有貧者，匹婦配匹夫。
> 布裙行賃舂，短褐坐傭書；以此求口食，一飽欣有餘。
> 貴賤與貧富，高下雖有殊；憂樂與利害，彼此不相踰。
> 是以達人觀，萬化同一途。但未知生死，勝負兩何如？
> 遲疑未知間，且以酒為娛。〔註66〕

詩中以富人與窮者之間生活心態的對比，點出富貴未必是好，而貧窮
自有其樂。此中所表達的對榮利的否定，便是陶詩中常見的價值取向。
〔註67〕而詩中人物之所以能安於貧窮，便是因能委身於窮達之間，不
汲汲於富貴，因而能安於貧困。「是以達人觀，萬化同一途。」即點出

〔註66〕〔唐〕白居易著，顧學頡校點：《白居易集》，頁 107～108。
〔註67〕陶詩中對榮利的否定，如〈擬古九首·其四〉：「榮華誠足貴，亦復可
　　　　憐傷！」、〈雜詩十二首·其三〉：「榮華難久居，盛衰不可量。」即是
　　　　例證。參見〔晉〕陶淵明著，袁行霈箋注：《陶淵明集箋注》，頁 326、
　　　　344。

這種心態。而此種心境，可說是脫胎於陶詩。如上所言，陶詩中安貧樂道的方法之一，便是委順窮達，而不強求，如「若不委窮達，素抱深可惜。」即是一例。而白居易此首擬作最後，又化用《後漢書・逸民列傳》向長讀《易經》所感嘆的「吾已知富不如貧，貴不如賤，但未知死何如生耳。」，〔註68〕表示雖樂於貧居生活，然仍無法擺脫對死生之焦慮，故而以飲酒來消去憂慮。此種將死生之感與飲酒相結合之書寫內容，於陶詩中也相當常見。前文已有論述，茲不再討論。

　　最後，以飲酒為主題者，這類作品在陶詩中甚為少見。綜觀陶淵明之作，飲酒雖常出現在許多不同的主題中，然並非作為詩歌的主要書寫對象。如上引之〈遊斜川一首〉，其中之飲酌，是為忘卻對死生的憂慮；〈和郭主簿二首・其一〉中的飲酒，則是閒暇生活的一部份。這些詩中的飲酒行為，多依附在該詩的題旨之下，未獨立為作者的歌詠對象。如欲尋得陶詩中對飲酒有較多描寫者，則有〈飲酒二十首・其十四〉：

　　　故人賞我趣，挈壺相與至。班荊坐松下，數斟已復醉。
　　　父老雜亂言，觴酌失行次。不覺知有我，安知物為貴。
　　　悠悠迷所留。酒中有深味。〔註69〕

此詩書寫與朋友盡情飲酒之趣。全詩幾乎句句與酒有關，開頭處先寫故人提酒而至，接著眾人痛飲，不久便產生醉意。所有人言談開始雜亂，而斟酒之動作也不再按照次序。最後，作者寫出飲酒時所感受到的，形軀解消、物我兩忘的深味。全詩一方面寫飲酒之態，一方面抒發醉後感受，為陶詩中少見之以飲酒作為書寫主題者。而擬陶詩中，

〔註68〕白居易於此處引用向長之典故，應是著眼於其安貧之隱者形象。參見《後漢書・逸民列傳》：「向長字子平，河內朝歌人也。隱居不仕，性尚中和，好通老、易。貧無資食，好事者更饋焉，受之取足而反其餘。王莽大司空王邑辟之，連年乃至，欲薦之於莽，固辭乃止。潛隱於家。讀易至損、益卦，喟然歎曰：『吾已知富不如貧，貴不如賤，但未知死何如生耳。』」參見〔南朝・宋〕范曄著，楊家駱主編：《新校本後漢書并附編十三種》，頁2758～2759。

〔註69〕〔晉〕陶淵明著，袁行霈箋注：《陶淵明集箋注》，頁268。

以飲酒作為主題者也不多，上述擬陶詩人中，僅有白居易創作此類作品。如〈効陶潛體詩十六首〉其四與其五：

　　東家采桑婦，雨來苦愁悲。簇蠶北堂前，雨冷不成絲。
　　西家荷鋤叟，雨來亦怨咨：種豆南山下，雨多落為萁。
　　而我獨何幸？醞酒本無期；及此多雨日，正遇新熟時。
　　開瓶瀉樽中，玉液黃金脂；持玩已可悅，歡嘗有餘滋。
　　一酌發好容，再酌開愁眉；連延四五酌，酣暢入四肢。
　　忽然遺我物，誰復分是非？是時連夕雨，酩酊無所知。
　　人心苦顛倒，反為憂者嗤。〔註70〕（〈効陶潛體詩十六首・
　　其四〉）

　　朝亦獨醉歌，暮亦獨醉睡；未盡一壺酒，已成三獨醉。
　　勿嫌飲太少，且喜歡易致。一盃復兩盃，多不過三四：
　　便得心中適，盡忘身外事。更復強一盃，陶然遺萬累。
　　一飲一石者，徒以多為貴。及其酩酊時，與我亦無異。
　　笑謝多飲者，酒錢徒自費！〔註71〕（〈効陶潛體詩十六首・
　　其五〉）

前一首詩寫作者在雨天獨飲之趣。詩作開頭處先是書寫農家因連日下雨，無法正常收成蠶絲與作物。其中「種豆南山下，雨多落為萁」可說是化用陶淵明之「種豆南山下，草盛豆苗稀」〔註72〕而後則書寫自己在雨天飲酒之樂，先是言酒之消憂，再言酒使人全身暢快。接著，白居易又寫出飲酒時「忽然遺我物，誰復分是非？」的心境。此與陶詩中「不覺知有我，安知物為貴。」（見前引〈飲酒二十首・其十四〉）有異曲同工之妙。而後一首詩，則盡寫飲酒可使人歡快，消除萬慮。此中所言之飲酒功效，於陶詩中相當常見，像是飲酒以忘卻死生，或度過閒暇時分，即是。

　　由上文可見，唐人所作擬陶詩，多以陶詩中有關死生之感及自適

〔註70〕〔唐〕白居易著，顧學頡校點：《白居易集》，頁105。
〔註71〕〔唐〕白居易著，顧學頡校點：《白居易集》，頁105。
〔註72〕出自〈歸園田居五首・其三〉，參見〔晉〕陶淵明著，袁行霈箋注：
　　　　《陶淵明集箋注》，頁85。

之樂，這兩項主題為對象。而安貧樂道，以及將飲酒作為寫作對象者，則較為少見。值得一提的是，唐人擬陶詩中之飲酒，不僅自成一寫作對象，還時常出現在其他主題之中，為文人所吟詠。綜觀上所陳列的擬陶詩作，其中多有寫及飲酒者，而白居易還將飲酌獨立描寫，作為其詩歌的主旨。事實上，白居易的十六首擬陶詩，幾乎篇篇有飲酒之跡。〔註73〕以此結合上述唐人擬陶詩中多寫及飲酒一事，便可見，唐時文人對陶淵明詩中的飲酒內容相當喜愛，並將之視作陶詩的一大特色，於模擬其作時多不忘在詩中加入飲酌一事。

　　由上文可見，陶淵明之文章，在唐代確實受到更多文人注目。雖然唐時對陶淵明文章的具體評價並不多見，且時人於祖述前代文學時，也未必將之做為討論對象。不過，相比於六朝，唐代開始有文人將陶淵明置諸前代具代表性的文人中，加以討論。或是將其與稍晚的謝靈運並稱，抬高其於文學史上的地位。且值得一提的是，唐代開始有更多文士對陶之文章進行唱和、繼作、擬仿等等創作行為，此在六朝是相對少見的。由此可知唐代與前代不同的陶淵明詩文接受情形。

第三節　唐代陶淵明詩文接受的影響

　　與六朝有所不同的是，唐代陶淵明詩文接受，對當時整體的陶淵明接受情況有所影響。此可從兩方面論起。其一，是令當時的陶淵明接受更為全面。其二，則是與當時對陶淵明的認識相符合，從而再次形塑、加強那經由文人所揀取的，與唐人隱逸觀、審美趣尚相合的陶淵明形象（關於唐代隱逸觀、審美視域，將於第四章進行詳細的論述）。並因此，令當時人更加賞愛陶淵明。以下便就此二點來進行論述。

〔註73〕白居易擬陶詩中常言及飲酒，如〈効陶潛體詩十六首〉其一、其六：「幸及身健日，當歌一罇前；何必待人勸，念此自為歡。」、「今宵醉有興，狂詠驚四隣。獨賞猶復爾，何況有交親？」即是例證。參見〔唐〕白居易著，顧學頡校點：《白居易集》，頁104～105。

一、使陶淵明之接受更全面

　　首先，唐人對陶淵明詩文的接受，令當時的陶淵明接受，更為全面。所謂陶淵明接受，實包括對「其人」，及對「其詩文」的接受二部份。以下試論析六朝與唐代，在陶淵明整體接受情況上的差異。

　　於六朝，陶淵明其人的隱士之名，受到時人的肯定，並得到一定的流傳。然對於陶詩文，六朝則少有人欣賞之。首先，作為隱者的陶淵明，其隱士之名為六朝人所知悉，這點可由陶淵明在當時已成為典故，出現在士人的文章中得見。六朝人會以「五柳」來代稱隱士，或是藉以點出隱士的居所。而此五柳，典出於被六朝時人視為陶淵明自傳的〈五柳先生傳〉。〔註74〕故可由此推測，六朝人於文章中使用「五柳」此典，應是出於對陶淵明隱者身分的接受與推尊。上文所引之使用此典故的詩文，如費昶〈贈徐郎詩〉、庾肩吾〈謝東宮賜宅啟〉、徐孝克〈天台山修禪寺智顗禪師放生碑〉，此三篇文章，一是與友人贈答，二為寫予太子之書啟，三則是寺院之碑文。由此可知這些作品，並非寫予作者自己獨自欣賞，而是尚有另一個閱讀對象存在。倘若當時五柳尚非熟典，無法讓人想及陶淵明，並進一步知道此典與隱者相關。那麼，作者便不可能將之寫入作品中，因為會讓閱讀者不知其所言為何。由此該可見得，陶淵明其人之接受，在六朝應已具一定的普及程度。

　　而陶淵明詩文在六朝，則未受到普遍的欣賞。由上文之論述可見，當時甚少人賞愛陶之文章。這點反應在六朝時人祖述前代文學時，常未言及陶淵明，以及當時對陶詩文之評價並不多見，和承繼陶詩文創作、用陶詩文作為典故的文章相當稀少這幾點得見。六朝時論及前代文學之文章，如沈約《宋書・謝靈運傳》、劉勰《文心雕龍》、蕭子顯《南齊書・文學傳論》等，皆未提及陶淵明。至於當時對陶詩文進行品評的文人也不多見，依筆者所見之文獻而言，有蕭統、鍾嶸、陽休

〔註74〕　〈五柳先生傳〉被六朝人視為陶淵明之自傳，可參見第一章第一節「研究動機與目的」中的注釋。

之。此三人皆予以陶詩文欣賞的目光，其中又以蕭統最為推崇之。蕭統不僅為陶淵明作傳，又為其編纂作品集。且在其主導編輯的《昭明文選》中，又收有陶淵明詩文九篇。於當時推尊華美文風的情況下，風格樸實的陶詩文能收入《昭明文選》中，應有賴於蕭統的選擇。然而即使當時已有文人欣賞陶淵明的文章，於文論中予以其佳評、為其編纂作品集，或將之收入詩文選集中，然陶詩文在六朝之接受程度並未因此提升。

　　由上文可知，六朝時期陶淵明之接受，主要集中在對其人的接受上。至於其文章，則未受到普遍的重視。此般接受結果，自然使當時之陶淵明接受，側重在「其人」這部份，因而顯得相對不全面。而唐代則與之不同。唐人不僅欣賞陶淵明其人，又能賞愛其文章。因此唐代的陶淵明接受，比六朝更加全面。

　　於唐時，陶淵明隱者之名也為人所知。許多文人好以其人作為典故，融入創作中，如李白〈留別龔處士〉：「龔子棲閒地，都無人世喧。柳深陶令宅，竹暗辟彊園。」〔註75〕、岑參〈春尋河陽聞處士別業〉：「花明潘子縣，柳暗陶公門。」〔註76〕二作皆暗用〈五柳先生傳〉之「宅邊有五柳樹」，並結合陶淵明其人作為典故，令「陶令宅」、「陶公門」成為隱士之居處。於唐時，有更多文人以陶淵明作為典故入詩，甚至專詠其人，可見當時人對陶之賞愛，比起前代是有增無減的（此部分可參見第二章之論述）。

　　而陶淵明的詩文在唐代，雖不一定出現在時人祖述前代文學的文章中，也未得到許多文人的具體品評。然在當時，陶淵明的文章實受到比前代更多的注目。如上所言，有些唐人在評論前代文學時，已將陶淵明納入討論對象。而在當時，也有不少文人將陶淵明與謝靈運合稱為陶、謝。至於在唐代，承繼陶淵明作品進行寫作之文人，也比六朝時來得多。當時除了擬陶詩外，尚有唱和、繼作陶詩文的作品。可

〔註75〕〔唐〕李白著，〔清〕王琦注：《李太白全集》，頁732。
〔註76〕〔唐〕岑參著，陳鐵民、侯忠義校注：《岑參集校注》，頁20。

見陶之文章在當時受到文人矚目，地位有所抬升。唐人之所以更能欣賞陶淵明的文章，乃是因為當時審美視域之改變。且唐時人比起六朝，更能接受風格樸實的陶詩文。

　　以文學審美而言，陶淵明詩文以質樸見長。這類詩文在六朝，士人多喜華麗文風的情況下，自難受到重視。而唐人則不同。唐人之文學審美，不再以華美是尚，如葛曉音所言：

> 陶淵明之所以在唐代以後才愈益受到人們的重視，其重要原因之一是我國傳統的美學觀念到唐代才發生了根本的變化。這就是：對藝術的要求，從形似發展到神似，從刻板寫實發展到氣韻生動；而理想的境界則是形神兼備，融主客觀為一體，充分表現作家的個性。〔註77〕

唐人著詩，不再只要求字詞的修飾，而是會進一步將作者的主觀情志融於其中，就如嚴羽（？～約 1245 年）《滄浪詩話》所言：「南朝人尚詞而病於理；本朝人尚理而病於意興；唐人尚意興而理在其中。」〔註78〕是故唐人便比六朝人，更能欣賞不重藻飾，而直書己情的陶淵明詩文。

　　綜合以上之論述可知，因唐人審美視域以及文學觀念的改變，故而陶淵明詩文在唐代受到更多文人矚目。而接受陶淵明的文章，之所以對唐代陶淵明接受產生影響，乃是因為時人不再只是認可陶淵明其人，連帶其詩文作品也受到注目。同時接受陶淵明「其人」、「其詩文」，令唐代陶淵明接受更加全面，此便是影響之所在。

　　以上是從接受的全面與否，來言陶詩文接受與陶淵明接受情況的關聯。而從實際的作用來看，唐人之接受陶詩文，也對當時的陶淵明接受有所影響。下文便將論析，陶詩文的接受，是如何在實際層面，

〔註77〕 葛曉音：〈陶詩的藝術成就──兼論有關詩畫表現藝術的發展〉，收錄於葛曉音：《漢唐文學的嬗變》（北京：北京大學出版社，1990 年11 月），頁 261～262。

〔註78〕 〔宋〕嚴羽著，郭紹虞校釋：《滄浪詩話校釋》（臺北：里仁書局，1987 年 4 月），頁 148。

對陶淵明之接受有所作用。

二、加強唐人對陶淵明之形象刻劃

　　唐人之接受陶詩文，不僅令當時陶淵明的接受更為全面，同時，也對當世陶淵明的接受，起了實質上的作用。關於接受陶詩文，是如何影響陶淵明之接受，歷來學者論及此者，如羅秀美便認為，由於唐代同時重視陶淵明之「人品」與「詩品」，而在文學反映人格之觀念下，陶淵明之「人品」與「詩品」契合，故而其地位在唐代便有所提升：

> 唐人已經逐漸從仰慕「隱者的淵明」，發展到肯定「詩人的淵明」，使「陶體」（嚴羽《滄浪詩話・詩體》）初步成為一種可以學習的典範。這使得唐代詩人對淵明的認識開始產生重大的轉變，「人品」與「詩品」呈現並重的局面。在「文學是人格的具現」這一觀念的影響之下，淵明的地位產生了不同於南北朝時代的變化。〔註79〕

筆者認為，此說法有其參考價值，然也有需商榷之處。羅秀美認為，陶淵明的地位於唐代之所以有所提升，乃是因唐人注意到其詩文，且將其詩文與其人進行結合，在「文學是人格的具現」這個觀念的影響下，令當時文人比南北朝人更加推崇陶淵明。此說之問題在於，於南北朝時期，已有文人注意，甚至欣賞陶詩文，且這些賞愛陶詩文的人，也具有「文學是人格的具現」這一觀念。如鍾嶸《詩品》中有：「每觀其文，想其人德。」而蕭統〈陶淵明集序〉、陽休之〈陶潛集序錄〉又各自云：「語時事則指而可想，論懷抱則曠而且真。」、「往往有奇絕異語，放逸之致，棲託仍高。」可見，南北朝人已有「文學是人格的具現」此一觀念，並將之運用在文學批評上。既然在南北朝就有此觀念，且當時也不乏欣賞陶詩文者，何以陶淵明之接受在南北朝並未如唐代那般興盛？筆者認為，唐人開始重視陶淵明之「詩品」，確實影響當

〔註79〕羅秀美：《宋代陶學研究——一個文學接受史個案的分析》，頁64～65。

時的陶淵明接受。而之所以能夠產生影響，的確與「文學是人格的具現」這點有關。然而關鍵可能在於，陶淵明「其人」與「其詩文」所具之特質，符合唐人之喜好。而唐人有意識地揀選自己所喜好的陶淵明詩文風格，並與自己所構築出的陶淵明形象相結合，在「文學是人格的具現」之影響下，於吟詠他們所喜好的陶詩文之時，將作品與作者相連結，從而令他們所構築的陶淵明形象，更加符合他們的想像與偏好。（關於陶淵明其人其詩文所具的特質，之所以為唐人所接受並喜愛的原因，將留待第四章進行詳細的論述。）

從唐代擬陶詩文的創作，或可一窺唐代陶詩文之接受，是如何加強唐人對陶淵明形象的認識與刻劃。因此，下文將先分析擬作者對陶淵明的認識，是如何影響其寫作擬陶詩文。之後再來論述，擬作者所創作的擬陶詩文，又是如何反過來影響文人對陶淵明的認識。最後，再來論析擬陶詩文對陶淵明形象的刻劃與加強，是如何影響唐代陶淵明之接受。

首先，由上文的論述可知，唐代擬陶之文，如〈五斗先生傳〉，以〈五柳先生傳〉為模擬對象。而其模仿焦點，多置於五柳先生之飲酒行為，與任性自適的性格。而唐人的擬陶詩，則多以死生之感（常與及時行樂相關）、自適之樂為主題，其次則有安貧樂道、飲酒等。其中，飲酒此事，不僅自成一歌詠對象，也常出現在其他主題中。由以上擬陶詩文中所擬仿的陶詩文內容，或可一窺擬作者對陶淵明文章題材的偏好。而這些文人之所以有此偏好，則該導因於他們對陶淵明的認識。在此先以有在詩文中刻劃過陶淵明形象的王績與白居易為例，將他們擬陶詩文中所書寫的內容，與他們所描繪的陶淵明形象進行比對，來加以論證。

先以王績為例。王績〈五斗先生傳〉對陶淵明〈五柳先生傳〉的模仿，著重在人物的性格刻劃。其中之傳主，與五柳先生一樣，皆好飲酒，且個性任真自適。而王績筆下之陶淵明，也具有相似之特質。如〈醉後口號〉：「阮籍醒時少，陶潛醉日多。百年何足度？乘興且長

歌。」〔註80〕此詩寄託及時行樂之意，以陶潛之酒醉，言人生應當乘
興度過。此詩以閒適之情為書寫主題，而詩中的陶淵明則是醉酒的形
象。由此可見，王績所選擇模仿之陶詩文內容，與其所認知的陶淵明
形象，具有其相似性。而白居易也與之相同。

　　白居易筆底之陶淵明，如〈効陶潛體詩十六首·其十二〉：「吾聞
潯陽郡，昔有陶徵君：愛酒不愛名，憂醒不憂貧。」〔註81〕〈閑吟二
首·其一〉：「閑傾一盞酒，醉聽兩聲歌。憶得陶潛語，羲皇無以過。」
〔註82〕前一首詩刻劃的陶淵明，為好飲酒、遺榮利、安於貧困之隱者。
而後一首雖未直書陶淵明的形象，然該詩於書寫閒暇時分的飲酒之樂
時，將此快樂與陶淵明相連。詩中敘寫作者飲及酣暢時，想起陶淵明
所言「自謂是羲皇上人」一語（見前引〈與子儼等疏〉），又認為自己
現在的快樂，恐非自比為羲皇上人就能夠形容的。觀此詩將閒暇飲酒
與陶淵明相繫，可見作者所認知的陶淵明，其形象與閒適、飲酒有所
關聯。而白居易的擬陶詩，其所模擬之陶詩內容，也與其認知的陶淵
明形象相符。如〈効陶潛體詩十六首·其三〉書寫以飲酒、閒臥、讀
書等樂事組成的閒適生活。而此組詩其五，則以飲酒為書寫主題，寫
飲酌之快樂與醉後「遺萬累」之感受。又組詩第十五首，則寫安貧之
精神，與消弭貧富、委順窮達之境界（見前引諸作）。可見得，白居易
擬陶詩中所模仿的陶詩文內容，也與其所認知的陶淵明形象相符。

　　除了死生之感、閒適之情、安貧樂道等等的書寫主題外，陶淵明
詩文尚有其他書寫內容，如寫及無成之悲、不遇之感者。〔註83〕而王
績、白居易之所以會揀選特定的主題來進行擬作，該是導因於他們對

〔註80〕〔唐〕王績著，金榮華校注：《王績詩文集校注》，頁136。
〔註81〕〔唐〕白居易著，顧學頡校點：《白居易集》，頁107。
〔註82〕〔唐〕白居易著，顧學頡校點：《白居易集》，頁634。
〔註83〕陶淵明與此相關之作品，如〈榮木一首〉，寫及自己「徂年既流，業
　　　不增舊。」〈飲酒二十首·其十六〉，言己「行行向不惑，淹留自無
　　　成。」〈感士不遇賦〉，則自言是讀董仲舒〈士不遇賦〉、司馬遷〈悲
　　　士不遇賦〉之後，有感而作。參見〔晉〕陶淵明著，袁行霈箋注：《陶
　　　淵明集箋注》，頁13、271、431。

陶淵明之認識。如王績眼中的陶淵明，具有好飲酒之特質，故其在欣賞陶詩文時，便可能對陶淵明寫及飲酒的作品，分外感興趣。而同理也可應用在白居易對陶詩文的接受上。白居易所認知的陶淵明，同樣具有好飲酒、悠閒自適的特質。故其也可能因此，對陶詩文中書寫相關主題者，投以欣賞的目光。

　　上文所論者，為作者對陶淵明的認識，將可能影響他們對陶詩文內容、風貌上的偏好。而此偏好，又將影響他們創作擬陶詩文。此是言作者對陶之認識，影響其擬作。那麼，文人的擬作，又是如何影響他們對陶淵明的認識？筆者認為，如擬陶者根據自己所認知的陶淵明形象，來選擇欲擬仿的詩文內容與風貌。那麼倒過來說，他們所模擬的陶詩文風貌，也就反映了他們對陶淵明的想像與認識。由此可推論，當擬作者以自己對陶詩文內容的偏好，來創作擬仿陶淵明的文章時，便會再次加強他們對陶淵明特定形貌的認識。此乃因，擬陶之行為，在於將作者心目中的陶淵明詩歌風貌，再次呈現。而文人的擬仿，便是對特定陶淵明形象的再次塑造。在創作擬作的過程中，陶淵明的形象將得到強化。此為一交互的影響：作者對陶淵明其人的認識，可能影響其對陶詩文的偏好；而當他們以自己所偏好的陶詩文為基底進行擬作，又會因這般的擬仿行為，而再次認識陶淵明其人。此乃是因，在擬作完成後，此擬作將成為一符號，標示出被擬仿者所具之創作風格，從而影響作者，甚至是往後閱讀此擬作者，對陶淵明詩文的認識。

　　如以「文學是人格的具現」來觀之，則擬陶詩文所反映出的，陶淵明特定的詩文樣貌，將會影響擬作者、閱讀該擬作者對陶淵明的認識。而陶淵明的特定形象，也會因此得到強化。筆者認為，此被強化的陶淵明形象，與擬陶者，甚至是唐代文人對陶之形象的想像、偏好相契合。而當文人對陶淵明形象的偏好，藉由擬作得到肯定、加強，將使得文人更加賞愛與自己想像、喜好相符的陶淵明。

　　依上文所言，唐人對陶詩文的擬作，其擬仿之內容，多集中在幾個特定的主題上。如對死生之感觸（此類內容多在最後導向及時行樂

的結論）、閒適之情的描寫，是擬陶者相當喜愛模仿的內容。另外，飲酒此事，也常常出現在各個主題中。如從「文學是人格的具現」這點來觀之，則可見，擬陶詩文所刻劃、強化的陶淵明形象，主要為其閒情自適的一面。而唐代擬陶者，抑或是當時文人，對陶淵明的認識，也具有一定之共通性——多聚焦在其任性自適的一面。（此部分可參見第二章之論述。）而在文人所創作的擬陶詩文，於擬仿內容、風貌上所反映之陶淵明形象，與擬陶者或是閱讀擬作者，對陶之形象的想像、偏好相契合，將可能使當時對陶之認識，更趨於一致、趨於時人之所偏好。並因此，令當時人更加賞愛陶淵明（因文人心目中所傾向刻劃之陶淵明形象，透過擬作的創作與閱讀，得到肯定及強化。）此便是接受陶詩文，對陶淵明接受所產生的實質影響。

　　綜合以上論述可知，唐人對陶淵明詩文的接受，之所以影響當時的陶淵明接受，可從兩方面論起。其一，從接受之全面性來看，由於唐代不僅欣賞陶淵明其人，也能賞愛其文章。故而唐代的陶淵明接受，便比六朝時來得更全面。其二，則是接受陶詩文，將會對陶淵明之接受產生實質上的影響。此影響，便是加強陶淵明的形象刻劃，並因此令陶之形象，更加符合時人的想像與偏好，從而使陶淵明更為時人所喜愛、推崇。以「擬作」這項接受陶詩文的方式之一而言，由於擬作所模仿的內容，標示著作者對陶詩文之認識與喜好。而當擬作完成後，又成為被擬仿者——陶淵明之詩文風格——的一個符號，影響創作者，以及往後的閱讀者，對陶詩文的認識。此可說是一種重複刻劃：基於對被擬仿者的認識，而創作擬作（或是在對被擬仿者有一認識、想像之下，閱讀擬作）；又因擬作，而再次認識被擬仿者。而此被重複刻劃的陶淵明形象，與唐人對陶淵明之想像，甚至是對其形象之偏好，是相契合的，故而令時人更加喜歡陶淵明。此便是接受陶詩文，對陶淵明之接受產生的實質性影響。

　　綜合本章之論述可知，相比於六朝，陶淵明的文章在唐代獲得更多文人的欣賞與注目。雖然唐時文人於祖述前代文學時，並不一定將

陶淵明納入其中；且當時也較少有文人對陶淵明文章進行具體的評價。然於唐時，開始有文人承繼陶淵明之作品進行創作。唐人對陶詩文的唱和、繼作、擬作，在總體數量上雖不算特別多，然已可證明陶詩文得到時人矚目，甚至成為他們模仿的對象。此在六朝是相對罕見的。值得一提的是，從擬陶詩的創作可見，擬仿陶淵明之文章者，對於陶詩文之書寫內容，具有頗為一致的喜好。那便是，對陶淵明有關死生之感、自適之樂的作品倍感興趣。而由上文的論述又可見，唐人擬陶詩中關於死生之感的書寫，往往包含及時行樂之題旨。又擬陶詩中常穿插飲酒此事，並常與閒適之樂、逸樂相關聯。由此或可推論，唐人對陶淵明表現閒適之情的作品相當感興趣。而此對陶淵明作品內容的偏好，又與時人對陶淵明形象構築的傾向——任性自適之隱者——相當吻合，乃至於產生一現象：因文人於擬陶詩中，頻繁以陶淵明表現閒情自適之作品，作為擬仿對象。故而陶淵明此般形象，便藉由擬作這般行為，得到放大。從而影響、加強擬作者，乃至往後之閱讀者，對陶淵明的認識。而此認識，又與時人所偏好之陶淵明形象相吻合，以致使他們更欣賞陶淵明。而為何唐代比起六朝，有更多文人欣賞陶淵明的作品？又，唐人對於陶淵明任天真的形象，乃至於其所創作的，與閒情逸致相關之作品，為何會如此喜好？此將於第四章詳細論述。

第四章　六朝及唐代隱逸觀、審美視域與陶淵明接受的關係

　　由上文之論述可知，陶淵明其人、其詩文在唐代受到更多文人的欣賞。相比於六朝，唐代有更多文人對陶淵明之形象進行描繪。而陶淵明的詩文，也得到更多人的矚目。值得一提的是，唐人對陶淵明形象的構築，具有一傾向，便是將其視為任性自適之隱者。而唐人似也相當喜好陶淵明書寫閒情逸致的作品，如以擬陶詩文為觀察對象，便可發現擬陶之文人，多偏好陶淵明以閒適、逸樂為書寫主題的作品。為何陶淵明其人、其詩文在唐代為更多文人所喜愛？為何唐人對陶之任天真的形象，以及書寫自適、逸樂之情的作品特別偏好？下文將以六朝、唐代隱逸觀與審美視域作為切入點，來討論兩個時代認可陶淵明隱者身分的原因，以及造成兩個時代推崇陶淵明的程度，之所以有所差異的因素。在此先討論六朝、唐代的希企隱逸風氣，以及對於人境之隱的接受，藉此來一探兩個時代的隱逸觀。接著，再來分析六朝與唐代的審美視域，此將分作隱逸，以及文學之審美兩部分來進行討論。最後，再來論析六朝與唐代的隱逸觀，是如何令兩個時代的文人肯定陶淵明的隱士身分；以及，六朝、唐代的審美視域，如何讓這兩個時代，在陶淵明的推崇程度上產生差異。並也由此討論，唐時文人對陶淵明之想像所存在的偏好，與當時的隱逸觀、審美視域之關聯。

第一節　六朝、唐代希企隱逸之風與人境之隱

　　陶淵明之所以吸引六朝、唐代文人的注意，其隱者身分之所以為兩個時代的文人所承認，其原因在於，此兩個時代皆普遍存在著希企隱逸的風氣，且能接受人境之隱。與傳統所認知的隱逸方式──身隱──不同，唐代之隱逸觀念承繼六朝，出現「心隱」這般隱逸模式。由於心隱觀念的產生，使得文人能接受有別於傳統的「人境之隱」。〔註1〕於本節，筆者將先分析六朝隱逸思想形成的背景，再來討論當時的尚隱思潮，並由此論析當時人的隱逸觀，以及由此觀念衍生出的「隱於人境」之隱居方式。然後，再分析唐代隱逸思想的形成因素，包含對六朝隱逸思想的延續，以及當時社會思潮的影響，以探究唐時文人獨有的隱逸觀，是如何催生出當時的「人境之隱」。就筆者所見，六朝、唐代士人對人境之隱的接受，對兩個時代的文人認可陶淵明的隱者身分有所影響。是故，本節將集中討論，六朝、唐代隱逸觀與兩個時代接受人境之隱的關聯，並也藉此論及，六朝及唐人隱於人境的方式與理論依據。

一、六朝的希企隱逸之風與人境之隱

　　魏晉時期，因時人崇尚老莊之學，故而社會上普遍存在著希企隱逸之風。王瑤於〈論希企隱逸之風〉中就指出：

> 魏晉文人希企隱逸之風，也深受著當時玄學的影響。玄學標榜老莊，而老莊哲學本身就是由隱士行為底理論化出發的。玄者玄遠，宅心玄遠則必然超乎世俗，不以物務營心；而同時崇真，重自然，則當然會抗志塵表，希求隱逸。〔註2〕

由此可知，老莊思想影響魏晉人希企隱逸的社會風氣，同時，也讓時人對於自然心生嚮往。而這般時代思潮，自然帶動時人以隱為高的觀

〔註1〕本文中所謂「人境之隱」，即是與傳統所認知的隱逸型態──「山林之隱」相反的隱逸方式。隱者所居之處，不再是與世隔絕的深山幽林，而是與人世相接的城郊乃至於帝京等，能讓隱者與世間交流的地方。

〔註2〕王瑤：〈論希企隱逸之風〉，收錄於王瑤：《中古文學史論》，頁90。

念。由於這股思潮，當時便產生仕隱優劣的問題，而部分文人便認為，隱比仕更有價值。劉義慶（403～444 年）《世說新語・排調・32》就有如此記載：

> 謝公始有東山之志，後嚴命屢臻，勢不獲已，始就桓公司馬。于時人有餉桓公藥草，中有遠志。公取以問謝：「此藥又名小草，何一物而有二稱？」謝未即答。時郝隆在坐，應聲答曰：「此甚易解。處則為遠志，出則為小草。」謝甚有愧色。桓公目謝而笑曰：「郝參軍此過乃不惡，亦極有會。」〔註3〕

謝安放棄隱者身分，出山為桓溫（312～373 年）司馬。此舉受郝隆非議，而謝安本人也感到慚愧。由此能見晉時人有隱優於仕的思想。而同樣的價值觀也可見於孔稚珪（447～501 年）〈北山移文〉。於此文中，孔稚珪所欲批評的，便是先隱而後仕的周顒（？～493 年）：

> 夫以耿介拔俗之標，蕭灑出塵之想。度白雪以方絜，干青雲而直上。吾方知之矣。若其亭亭物表，皎皎霞外。芥千金而不眄，屣萬乘其如脫。聞鳳吹於洛浦，值薪歌於延瀨。固亦有焉。豈期終始參差，蒼黃翻覆。淚翟子之悲，慟朱公之哭。乍迴跡以心染，或先貞而後黷。何其謬哉！……世有周子，雋俗之士。既文既博，亦玄亦史。然而學遁東魯，習隱南郭。偶吹草堂，濫巾北岳。誘我松桂，欺我雲壑。雖假容於江皋，乃纓情於好爵。〔註4〕

文中假山神之口吻，先是稱讚真正隱者脫俗、遺榮利的高潔品格，再來批評周顒「假容於江皋，乃纓情於好爵」的虛偽隱士姿態。孔稚珪認為，既選擇隱逸，便應始終如一，不能「先貞而後黷」。由此可見，作者對於隱者出仕，抱持著非議的態度，從中該可見其在仕隱之間的價值衡量。

六朝之所以產生仕隱優劣論，其原因便是出於士人對隱逸的嚮往

〔註3〕〔南朝・宋〕劉義慶著，徐震堮校箋：《世說新語校箋》（北京：中華書局，1984 年 2 月），下冊，頁 430～431。

〔註4〕〔南朝・梁〕蕭統編，〔唐〕李善注：《文選》，頁 1957～1958。

或是推崇。如果隱逸對他們而言，並不是值得企羨的，那麼時人該也
不會將之與仕宦進行比較。不過，須特別一提的是，有些六朝人之所
以希企隱逸，並不是真的想居於深山幽林之中，過著與世隔絕的生活，
而是想體驗隱逸所帶來的逍遙脫俗之感。誠如王瑤所言：

> （南朝文人）慢慢地把隱逸的憂患背景取消了。單純地成了
> 對隱逸生活的崇高懷道，和逍遙超然的欣羨。又慢慢地認為
> 自己目前的從仕，早已超然獲得這種抗志塵表的意境，所差
> 少的只是居住山澤的形迹。〔註5〕

許多六朝文人或無法放棄官職，或無法斷絕與人世的往來，卻又嚮往
著隱逸情懷。以隱為高的觀念固然有之，但卻很難發展成真正的離世
之隱。順應這樣的希求，當時便產生「心隱」這般隱逸模式。心隱之
理論依據，可上溯至向秀、郭象（約252～312年）注《莊子‧逍遙
遊》時，所提出之「跡冥論」。向郭注針對《莊子》中的堯讓天下於許
由一事，所導出的堯與許由優劣問題，提出「跡冥論」，認為堯之境界
實在許由之上：

> 而或者遂云治之而治者堯也，不治而堯得以治者許由也，斯
> 失之遠矣。夫治之由乎不治，為之出乎無為也。取於堯而足，
> 豈借之許由哉？若謂拱默乎山林之中而後得稱無為者，此
> 莊老之談所以見棄於當塗。〔註6〕

如果執著於隱遁山林之中，才能稱作無為，便是不解老莊真義。而於
下文藐姑射山神人一段，向郭之注又言：

> 夫聖人雖在廟堂之上，然其心無異於山林之中，世豈識之
> 哉！徒見其戴黃屋，佩玉璽，便謂足以纓紱其心矣；見其歷
> 山川，同民事，便謂足以憔悴其神矣；豈知至至者之不虧
> 哉！〔註7〕

聖人即使身在廟堂，然心仍處於山林之中，故而能不被世事、名利所

〔註5〕王瑤：〈論希企隱逸之風〉，收錄於王瑤：《中古文學史論》，頁108。
〔註6〕〔清〕郭慶藩編，王孝魚整理：《莊子集釋》，頁24。
〔註7〕〔清〕郭慶藩編，王孝魚整理：《莊子集釋》，頁28。

羈累。「跡冥論」之要旨，如高晨陽所言，便是：

> 把游外與宏內、山林與廟堂、為與不為冥合為一，實際上是
> 把自然與名教視作一事，肯定了理想與現實、自由與道德、
> 個體與社會的統一。〔註8〕

由此思想所演繹出的隱逸觀，便是不執著於隱逸之跡，而講求心之逍遙無累。因此，六朝便出現「心隱」這般隱逸方式。所謂的心隱，與傳統上所認知的隱逸模式——身隱——的不同處，在於不講求是否避世隱居，而是看重「心」是否達到逍遙於塵世之外的境界，即如向郭注所言「雖在廟堂之上，然其心無異於山林之中」。由於這般隱逸思想的產生，使得六朝人能夠接受「人境之隱」。而當時一些隱逸模式，更是受到心隱觀念的影響，比如通隱或是朝隱便是例證。〔註9〕

　　首先，先言通隱的隱逸特色。通隱之觀念約莫於晉朝就已產生，依筆者目前所見之通隱者的隱逸樣態來說，該類隱者雖多拒絕仕宦，卻又未全然斷絕與世間，甚至是與達官貴人之間的往來。如戴逵（約331～396年）、周續之及何點（437～504年）的事蹟便是例證：

> 戴逵字安道，譙國人。少有清操，恬和通任，為劉真長所知。

〔註8〕高晨陽：《儒道會通與正始玄學》（濟南：齊魯書社，2000年1月），頁379。

〔註9〕心隱之一大特色，即是講求隱逸在於心之「得意」與否，而不在乎外在的行跡是在廟堂或山林。而通隱與朝隱皆具此特點，故可說是心隱的兩種不同型態。朱錦雄先生就認為：「『通隱』的隱逸型態並非是一種固定的行為模式，而是注重在『意』的部分。所以『通隱』者並不拘泥於外在的生活型態，而是著重於自身的觀念是否達至『通』的涵義。……從隱逸型態的角度來說，所謂的『通』，便是既不只局限於隱逸山林之生活型態，亦不限制在塵世之中。換句話說，『通隱』者既可隱居山林之中，亦可隱居塵世之內，當然也可以悠遊於二者之間。重『意』而無所拘束於固定化的型態，即是『通隱』在隱逸型態上最為特殊之處。」而王瑤也認為，朝隱之產生與心之「得意」相當有關聯：「現在既然隱逸的目的即在於隱逸本身的意義，則只要能『得意』，即使身在朝市，也可不失為隱逸了。魏晉人重意的理論，其勢必然要發展到這一點，於是就有所謂朝隱的說法了。」參見朱錦雄：《魏晉「會通」思潮下之「通隱」現象研究》，頁52～53。王瑤：〈論希企隱逸之風〉，收錄於王瑤：《中古文學史論》，頁96。

性甚快暢，泰於娛生。好鼓琴，善屬文，尤樂遊燕，多與高
門風流者遊，談者許其通隱。屢辭徵命，遂著高尚之稱。〔註
10〕（《世說新語·雅量·34》劉孝標注引《晉安帝紀》）

（周續之）養志閑居躬研老易，公卿交辟，無所就。入廬山
事遠公，預蓮社。……劉毅鎮姑熟，命為撫軍，復辟太學博
士俱不就。以嵇康高士傳得出處之正，為之註釋。宋武帝北
伐，太子居守，迎館安樂寺。入講禮，月餘復還山江州太守
劉柳薦于武帝，辟太尉掾不就。武帝踐祚，召至都間館東郭
外。乘輿行幸，問禮經愍不可長與我九齡射於蓍圍三義，辨
析精異，上甚說。或問：「身為處士，時踐王廷，何也？」
答曰：「心馳魏闕者，以江湖為桎梏。情致兩忘者，市朝亦
巖穴耳。」時號通隱先生。〔註11〕（《蓮社高賢傳·周續之
傳》）

（何點）家本甲族，親姻多貴仕。點雖不入城府，而遨遊人
世，不簪不帶，或駕柴車，躡草屩，恣心所適，致醉而歸，
士大夫多慕從之，時人號為「通隱」。……宋泰始末，徵太
子洗馬；齊初，累徵中書郎、太子中庶子，並不就。〔註12〕
（《梁書·何點傳》）

由上述文獻可知，通隱者不入仕宦之途，卻並未斷絕與人世的交流。
如戴逵「尤樂遊燕，多與高門風流者遊」；周續之得劉裕青睞，受其詔
於學館講學，與高祖多有互動；而何點也「遨遊人世，不簪不帶，或
駕柴車，躡草屩，恣心所適，致醉而歸，士大夫多慕從之。」

　　不同於拒絕仕宦的通隱者，朝隱者則是在朝為官的同時，又表明
自己「雖在廟堂之上，然其心無異於山林之中。」（見前引向郭注《莊
子·逍遙遊》），以此一遂他們對逍遙自適之隱者生活的嚮往。王康琚

〔註10〕〔南朝·宋〕劉義慶著，徐震堮校箋：《世說新語校箋》，上冊，頁209。
〔註11〕佚名：《蓮社高賢傳》，收錄於嚴一萍選輯：《百部叢書集成》影印《漢
　　　　魏叢書》本，第1函，頁21。
〔註12〕〔唐〕姚思廉等著，楊家駱主編：《新校本梁書附索引》（臺北：鼎文
　　　　書局，1990年7月），頁732。

〈反招隱詩〉中，便將廟堂之隱予以合理化，表示隱於市朝，方為境界較高的「大隱」：

> 小隱隱陵藪，大隱隱朝市。伯夷竄首陽，老聃伏柱史。
> 昔在太平時，亦有巢居子。今雖盛明世，能無中林士。
> 放神青雲外，絕迹窮山裏。鵾雞先晨鳴，哀風迎夜起。
> 凝霜凋朱顏，寒泉傷玉趾。周才信眾人，偏智任諸己。
> 推分得天和，矯性失至理。歸來安所期？與物齊終始。〔註13〕

「今雖盛明世，能無中林士。」二句肯定了隱者的價值。不過如真的隱居深山，不免「凝霜凋朱顏，寒泉傷玉趾。」於是就應該「歸來安所期？與物齊終始。」在〈反招隱詩〉中，隱居山林之人，反成為「偏智」者，因一味遠離人世而「矯性失至理」。〔註14〕由此可見王康琚意欲將大隱的地位提升至傳統隱逸之上。這般隱逸觀念為許多文人所接受，如沈約、任昉（460～508年）便於詩作中表現出對這般隱逸觀念的接受：

> 王喬飛鳧舄，東方金馬門。從宦非宦侶，避世不避諠。
> 揆予發皇鑒，短翮屢飛翻。晨趨朝建禮，晚沐臥郊園。
> 〔註15〕（節錄自沈約〈酬謝宣城朓詩〉）
> 散誕羈鞿外，拘束名教裏。得性千乘同，山林無朝市。
> 〔註16〕（節錄自任昉〈答何徵君詩〉）

沈約自言「從宦非宦侶，避世不避諠。」相當直接地表現出朝隱者的棲逸心態。而任昉則認為，只要「得性」，山林與市朝便沒有區別。朝隱觀念接受之廣，更可從其成為讚美之詞見得。如蕭子顯《南齊書·

〔註13〕　〔南朝·梁〕蕭統編，〔唐〕李善注：《文選》，頁1030～1031。
〔註14〕　按，「周才信眾人，偏智任諸己。」二句，《文選》李善注曰：「以出仕為周才，隱居為偏智。」而「推分得天和，矯性失至理。」二句，《文選》六臣注之李周翰注曰：「隨時而行曰推分，去人自苦曰矯性。」參見〔南朝·梁〕蕭統編，〔唐〕李善注：《文選》，頁1031。〔南朝·梁〕蕭統編，〔唐〕李善等注：《六臣文選》（臺北：華正書局，1981年5月），頁402。
〔註15〕　逯欽立輯校：《先秦漢魏晉南北朝詩》，頁1634～1635。
〔註16〕　逯欽立輯校：《先秦漢魏晉南北朝詩》，頁1597～1598。

王秀之傳》、李延壽《南史·王僧祐傳》，分別載有王瓚之、王僧祐獲得朝隱之名：

> 瓚之歷官至五兵尚書，未嘗詣一朝貴。江湛謂何偃曰：「王瓚之今便是朝隱。」及柳元景、顏師伯令僕貴要，瓚之竟不候之。〔註17〕（《南齊書·王秀之傳》）

> （王僧祐）為著作佐郎，遷司空祭酒，謝病不與公卿游。齊高帝謂王儉曰：「卿從可謂朝隱。」答曰：「臣從非敢妄同高人，直是愛閒多病耳。」經贈儉詩云：「汝家在市門，我家在南郭；汝家饒賓侶，我家多鳥雀。」儉時聲高一代，賓客填門，僧祐不為之屈，時人嘉之。〔註18〕（《南史·王僧祐傳》）

王瓚之、王僧祐雖任有官職，卻不結交朝貴，因而獲朝隱之名，為時人所稱賞。由此可見，朝隱之觀念相當普及於文人階層。

　　由上述之論證可知，六朝人相當能夠接受「人境之隱」，其原因可上溯至向、郭注《莊子》時所提出的「跡冥論」。跡冥論泯滅了山林與市朝之間差異，而六朝的隱逸觀便受此影響，開展出「心隱」這有別於傳統的隱逸方式。而此法一出，便受到許多文人認同、效法，運用在他們的出處進退上。「心隱」在六朝可謂大盛，而其影響力，則往下延續至唐代。

二、唐代的希企隱逸之風與人境之隱

　　唐代與六朝一樣，皆有著尊崇隱逸的風氣。這風尚不只是受前代思潮的影響，也與唐朝當時的社會風氣有所關聯。首先，唐人承繼六朝尚隱之思潮，對隱士及其生活方式相當景仰與羨慕。在六朝，隱逸行為已完成理論化的建立，而隱士地位的崇高也因此得到普遍的承認，按王瑤所言：

〔註17〕〔南朝·梁〕蕭子顯著，楊家駱主編：《新校本南齊書附索引》，頁800。

〔註18〕〔唐〕李延壽著，楊家駱主編：《新校本南史附索引》，頁580。

> 到隱士行為底理論化建立以後，隱士的崇高無條件地得到
> 了一般的承認，則就不必再考察他的動機，「隱」本身就是
> 好的。〔註19〕

當隱逸完成其理論化的建立後，隱逸本身便是值得被推崇的，至於其
動機，則顯得相對不需過問。而唐朝人之慕隱，也具有這樣的特質，
如劉翔飛所言：

> 人們希企隱逸，還可能是出於單純的對隱士的崇拜，而不必
> 是經過反省思維的結果。隱的高尚既然早已無條件地獲得
> 承認，則人們造訪山林隱逸乃至僧道之徒時，順口說上幾句
> 讚美豔羨的話，也是極尋常的。〔註20〕

希企隱逸是「不必是經過反思的結果」，亦即不必去過問隱逸的動機
目的，便得到隱逸是高尚之舉的結論。唐人與六朝人一樣，在對「隱」
的尊崇上，具有這項特徵。故而綜觀唐人的詩文作品，便常見到他們
對隱士的推崇，或是對隱者逍遙自適生活的企羨。如李白、白居易便
於詩中表現出對隱者的讚美，並嚮往他們的生活：

> 抱甕灌秋蔬，心閑遊天雲。每將瓜田叟，耕種漢水濱。
> 時登張公洲，入獸不亂羣。井無桔槔事，門絕刺繡文。
> 長揖二千石，遠辭百里君。斯為真隱者，吾黨慕清芬。
> 〔註21〕（李白〈贈張公洲革處士〉）
> 得道應無著，謀生亦不妨。春泥秧稻暖，夜火焙茶香。
> 水巷風塵少，松齋日月長。高閑真是貴，何處覓侯王？
> 〔註22〕（白居易〈題施山人野居〉）

李白對於革處士謝絕榮華富貴的真隱士行為感到欽佩；而白居易羨慕
施山人「高閑」清淨，沒有官場煩憂的生活。由此可見唐人對於隱士
及其生活相當尊敬與嚮往。

〔註19〕 王瑤：〈論希企隱逸之風〉，收錄於王瑤：《中古文學史論》，頁81。
〔註20〕 劉翔飛：〈論唐代的隱逸風氣〉，《書目季刊》，第12卷第4期（1979
　　　　年3月），頁29。
〔註21〕 〔唐〕李白著，〔清〕王琦注：《李太白全集》，頁513。
〔註22〕 〔唐〕白居易著，顧學頡校點：《白居易集》，頁270。

除了對六朝尚隱之風的承繼外，唐人之希企隱逸，尚受到佛道二教的影響。余恕誠（1939～2014 年）便認為：

> 唐代儒、釋、道三教並重，在山林修煉的僧道，有相當的社會地位，也助長了隱逸之風。〔註23〕

余恕誠認為，唐代尊尚隱逸之風，與佛道二教有所關聯。因為僧人道士在當時有一定的社會地位，而他們在山林中修行的行為，便助長了文人嚮往山林棲逸的心理。而文人與道士、僧人往來，之所以與隱逸風氣相關，乃是因為，居住於山林之中的僧道，其相對閑靜的生活，和隱士與世無爭的生活情調相當契合。劉翔飛認為：

> 他們（唐代文人）對於奧妙玄虛的理論及出世逍遙的生活，自然容易發生好奇與嚮往的心理，因此便常常在詩裏談禪說道，或對方外人表示欽仰之意。……文士好佛慕道本來是一時風尚，他們所真正嚮往的，毋寧是那種清淨自守的生活與悠閒自得的情調，而不見得是對教理的深契與擁抱。〔註24〕

按劉翔飛所言，唐代文人對遠離俗世的逍遙生活有所欽慕，而僧道所過的清靜生活，與他們所欣羨的無塵俗，有若隱逸的生活不謀而合。因此當時文人常在拜訪僧道、與其交遊之際，流露出對其生活的企慕。如白居易〈和微之詩二十三首‧和朝迴與王鍊師遊南山下〉、孟浩然〈題終南翠微寺空上人房〉：

> 晨從四丞相，入拜白玉除。暮與一道士，出尋青谿居。
> 吏隱本齊致，朝野孰云殊？道在有中適，機忘無外虞。
> 但愧煙霄上，鸞鳳為吾徒，又慚雲水間，鷗鶴不我疏。
> 坐傾數杯酒，臥枕一卷書。興酣頭兀兀，睡覺心于于。
> 以此送日月，問師為何如？〔註25〕（節錄自白居易〈和微之詩二十三首‧和朝迴與王鍊師遊南山下〉）

〔註23〕 余恕誠：《唐詩風貌及其文化底蘊》（臺北：文津出版社，1999 年 8 月），頁 201。

〔註24〕 劉翔飛：〈論唐代的隱逸風氣〉，頁 27。

〔註25〕 〔唐〕白居易著，顧學頡校點：《白居易集》，頁 488。

遂造幽人室，始知靜者妙。儒道雖異門，雲林頗同調。

〔註26〕（節錄自孟浩然〈題終南翠微寺空上人房〉）

前一首詩敘寫作者與王鍊師遊南山一事。白居易認為下朝後即是個人閒適自在、有如隱居的自適時刻，故與道士同遊，訪其居處。於詩之末尾，作者在與王鍊師飲酒讀書，感到昏昏然之際，不禁道出他對這般生活的欣慕。而在後一首詩裡，孟浩然記其拜訪空上人之房，對其靜謐的生活大感欣羨，認為雖然自己懷有仕進之心，與上人不同，但是對於近乎隱居之安閒生活的愛好，是一致的。由此可見，唐人與僧道交往，多慕其清淨自得的生活。而就在這來往之中，僧道的生活，又更加深他們對於此般生存方式的企慕。這般羨慕，又與他們對隱逸生活的嚮往重疊。故而尋訪僧人道士，也就與尚隱之風有所關聯。

　　唐人的尚隱之風，除了與崇慕佛道有關外，也大受當時的仕進方式影響。在如此尊崇隱者的時代風氣下，唐代帝王樂於徵召隱士入朝為官，如劉昫（888～947年）《舊唐書・隱逸傳》便載有帝王拜訪隱者之事：「高宗天后，訪道山林，飛書巖穴，屢造幽人之宅，堅迴隱士之車。」〔註27〕而在徐松（1781～1848年）《登科記考》，中，也記有唐太宗李世民（598～649年）下詔徵求隱士一事：「若有宏材異等，留滯末班，哲人奇士，隱淪屠釣，宜精加搜訪，進以殊禮。」〔註28〕事實上，在唐代的科舉考試科目中，就有專為蒐羅隱者而設的科目。就《登科記考》所載，唐高宗顯慶四年便有「養志邱園，嘉遯之風載遠科」；唐玄宗開元二年、天寶四年又有「哲人奇士，隱淪屠釣科」、「高蹈不仕科」；唐德宗貞元十一年則有「隱居邱園，不求聞達科」〔註29〕足可見在唐代，隱逸與仕進之途大有關聯。既已開此途徑，不少文人便樂於

〔註26〕　〔唐〕孟浩然著，佟培基箋注：《孟浩然詩集箋注》，頁38。

〔註27〕　〔五代・後晉〕劉昫等著，楊家駱主編：《新校本舊唐書附索引》（臺北：鼎文書局，1989年12月），頁5116。

〔註28〕　〔清〕徐松著，趙守儼點校：《登科記考》（北京：中華書局，1993年9月），頁17。

〔註29〕　〔清〕徐松著，趙守儼點校：《登科記考》，頁48、173、309、500。

嘗試此「以隱求仕」的入仕方式，如盧藏用：

> 始隱山中時，有意當世，人目為「隨駕隱士」。晚乃徇權利，
> 務為驕縱，素節盡矣。司馬承禎嘗召至闕下，將還山，藏用
> 指終南曰：「此中大有嘉處。」承禎徐曰：「以僕視之，仕宦
> 之捷徑耳。」藏用慚。〔註30〕

盧藏用之隱居，並非要遠離人世，而是「有意當世」。足可見其以隱求
名，進而求取仕宦的想法。「終南捷徑」成為文人求取顯達的方式，在
唐代可謂相當普遍，這點可由時人的批評略知一二。如皮日休《鹿門
子》：「古之隱也，志在其中。今之隱也，爵在其中。」〔註31〕、韓偓
〈招隱〉：「立意忘機機已生，可能朝市污高情。時人未會嚴陵志，不
釣鱸魚只釣名。」〔註32〕由當時文人之批評可見，當時不少士人入山
只為求名，以隱求仕之舉相當普遍地存在於文人階層中。

　　必須一提的是，產生這般取士方式的，並不單純只是唐代帝王尊
尚隱士的關係。畢竟，在唐代以前，如六朝，也相當尊崇隱者、希企隱
逸，有些帝王同樣會徵召、優禮隱士。〔註33〕不過，當時卻未見到帝王
以制度化的方式，招募山林中的隱逸之士；也未見得許多文士因追求
官爵而入山隱居。〔註34〕事實上，唐代之所以產生這般仕進之途，尚

〔註30〕〔宋〕歐陽修等著，楊家駱主編：《新校本新唐書附索引》（臺北：鼎
　　　　文書局，1989 年 12 月），頁 4375。

〔註31〕〔唐〕皮日休：《鹿門子》，收錄於嚴一萍選輯：《百部叢書集成》影
　　　　印《子彙》本（臺北：藝文印書館，1965 年），頁 6。

〔註32〕〔唐〕韓偓著，陳繼龍註：《韓偓詩註》（上海：學林出版社，2000 年
　　　　12 月），頁 309。

〔註33〕如沈約《宋書・隱逸傳》載有宋太祖徵召、禮遇隱者雷次宗之事：「元
　　　　嘉十五年，徵次宗至京師，開館於雞籠山，聚徒教授，置生百餘人。……
　　　　車駕數幸次宗學館，資給甚厚。又除給事中，不就。久之，還廬山，
　　　　公卿以下，並設祖道。」蕭子顯《南齊書・高逸傳》記有齊太祖徵褚
　　　　伯玉未果一事：「太祖即位，手詔吳、會二郡，以禮迎遣，又辭疾。上
　　　　不欲違其志，敕於剡白石山立太平館居之。」參見〔南朝・梁〕沈約
　　　　等著，楊家駱主編：《新校本宋書附索引》，頁 2293～2294。〔南朝・
　　　　梁〕蕭子顯著，楊家駱主編：《新校本南齊書附索引》，頁 927。

〔註34〕筆者以為，六朝時之所以未出現許多文人以隱求仕的原因之一，乃
　　　　是因六朝時期多以門第取士。而在唐代，平民寒士子弟也能有入仕

由於對道教的尊崇。道教與李唐王朝的建立有著密不可分的關係。在當時，老子被唐王室奉為聖祖，而道教則儼然成為國教。〔註35〕因此，道士便備受帝王禮遇，甚至有機會成為政治上的寵兒。如道士孫思邈（581～682年）備受唐太宗李世民、高宗李治（628～683年）優禮，而張果（596～735年）則受唐玄宗李隆基（685～762年）禮遇：

> 孫思邈，京兆華原人。通百家說，善言老子、莊周。……
> 太宗初，召詣京師，年已老，而聽視聰瞭。帝歎曰：「有道者！」欲官之，不受。顯慶中，復召見，拜諫議大夫，固辭。上元元年，稱疾還山，高宗賜良馬，假鄱陽公主邑司以居之。〔註36〕

> 張果者，不知何許人也。則天時，隱於中條山，往來汾、晉間，時人傳其有長年秘術，自云年數百歲矣。嘗著《陰符經玄解》，盡其玄理。……後懇辭歸山，因下制曰：「恆州張果先生，遊方外者也。跡先高尚，深入窈冥。是渾光塵，應召城闕。莫詳甲子之數，且謂羲皇上人。問以道樞，盡會宗極。今特行朝禮，爰昇寵命。可銀青光祿大夫，號曰通玄先生。」其年請入恆山，錫以衣服及雜綵等，便放歸山。乃入恆山，不知所之。玄宗為造棲霞觀於隱所，在蒲吾縣，後改為平山縣。〔註37〕

的機會。故而此種出仕途徑，較能於唐代見得。關於六朝與唐代文人仕進途徑的不同處，下文將有所論述。

〔註35〕按傅紹良所言：「道士在唐朝建立和鞏固時期的積極行為，使道教踏上了政治舞台；而出自奪取政權和鞏固政權的需要，唐王朝又充分利用了道教和道士，這樣，從唐朝建立起，道教便與政治有了密不可分的聯繫，這聯繫甚至還追溯到了血緣上。為了應『老君子孫治世』的讖語，唐王室自稱是老子的後裔，尊老子為聖祖，為了更具有感召力，李唐王室利用老子製造了一系列有利於唐王室的政治神話，以突出那種君權神授的意識。」參見傅紹良：《盛唐文化精神與詩人人格》（臺北：文津出版社，1999年6月），頁22。

〔註36〕〔宋〕歐陽修等著，楊家駱主編：《新校本新唐書附索引》，頁5596～5597。

〔註37〕〔五代·後晉〕劉昫等著，楊家駱主編：《新校本舊唐書附索引》，頁5106～5107。

唐太宗、高宗先後欲賜予孫思邈官爵，皆遭其推辭；而唐玄宗對張果相當賞識，於是便授予他銀青光祿大夫之職。可見，受帝王重視的道士，不只備受禮遇，還可能獲得官職。由於道士的地位於唐代有明顯的上升，於是不少唐代文人便熱衷於求仙訪道，其原因之一固然是對仙道的欣羨，然也無法排除企望仕進的可能。如李白便曾與道士吳筠一同隱於剡中，後吳筠得到召見，便在皇帝面前推薦李白，令其獲得仕進的機會：

> （李白）少與魯中諸生孔巢父、韓沔、裴政、張叔明、陶沔等隱於徂徠山，酣歌縱酒，時號「竹溪六逸」。天寶初，客遊會稽，與道士吳筠隱於剡中。既而玄宗詔筠赴京師，筠薦之於朝，遣使召之，與筠俱待詔翰林。〔註38〕

如李白自少時便堅決隱逸，則應會推辭皇帝的召見。然而，他最後卻是接受了待詔翰林的職位。由此可見，李白之隱，乃至於與道士吳筠的交流，可能都是為了博取聲名。畢竟唐玄宗對於隱逸之士、道士的優禮，應廣為時人所知。因此，在尚隱的時代風氣與對道士的尊禮之下，隱逸成為一種謀求官爵的方式。而許多意欲仕進的文人，則樂於嘗試此種方法。如此下來，便會形成一股希企隱逸佳遁的風氣。

　　由上述可見，唐人希企隱逸之風，除了是對六朝風尚的承繼外，也大受當時的時代風氣影響。崇慕佛道，以及對仕進的渴望，令唐人對隱逸產生濃厚的興趣。不過，唐人之隱與六朝的不同處，在於有時與仕途有著實質上的關聯。唐人的隱居動機之一——以隱求仕，便相當清楚地表現出這項特點。在隱與仕之間，唐人多傾向於將入仕為官做為人生目標。與六朝時期由世家大族掌控制政治權力，平民入仕相對困難的情況不同，唐代由於科舉制度的實施，令廣大庶民有機會躋身政治舞台。如傅璇琮（1933～2016 年）所言：

> 科舉制在唐代，是以南北朝豪門把持政權、阻止貧寒而有才

〔註38〕〔五代·後晉〕劉昫等著，楊家駱主編：《新校本舊唐書附索引》，頁5053。

能之士進入仕途的對立物而出現的，科舉制的實行，使得盛
行了幾百年的「平流進取，坐致公卿」的門閥世襲統治無最
終立足之地，這就極大地解放了人才，大批非士族出身的、
一般中小地主階級知識分子，想在政治上爭露頭角，從而也
力求在文化上施展其才藝。〔註39〕

在唐代，平民文士也有機會一展長才及抱負，這令有唐一代的士人對
於仕途抱持憧憬，並積極去實現這個抱負。廣開仕進之途給予人們晉
升的機會，而另一項誘人的因素，也導致士人對功名的渴望。在唐代，
只要九品以上官員，或是登科及第者，即不須課稅或是繇役。《新唐
書・食貨制》便記載：

> 凡主戶內有課口者為課戶。若老及男廢疾、篤疾、寡妻妾、
> 部曲、客女、奴婢及視九品以上官，不課。〔註40〕

而唐穆宗李恆（795～824年）於〈南郊改元德音〉中，又言登科第者
不必負擔繇役：

> 將欲化人，必先興學，苟昇名於俊造，宜甄異於鄉閭。各
> 委刺史縣令，招延儒學，明加訓誘，名登科第，即免征繇。
> 〔註41〕

一旦獲得官職，不但能得俸祿，又免被徵稅，這對士人而言無疑是一
大誘因。因此，這般制度應也是鼓勵唐人仕進的因素之一。

　　人生目的不一定是要長往山林的唐代文人，他們與六朝文士一
樣，皆有著欲平衡仕隱的煩惱。從上面的論述可知，唐人一方面企慕
隱逸，一方面卻放不下仕進的雄心，如劉翔飛所言：

> 唐代士人在儒、釋、道三家雜揉的思想背景下，一方面執著
> 於傳統的經世濟民、立功立業的理想，一方面又不能忘情於
> 逍遙出世、恬淡自得的怡然境界。〔註42〕

〔註39〕　傅璇琮：《唐代科舉與文學》（臺北：文史哲出版社，1994年8月），
　　　　　頁424。
〔註40〕　〔宋〕歐陽修等著，楊家駱主編：《新校本新唐書附索引》，頁1343。
〔註41〕　〔清〕董誥等編：《全唐文》，頁704。
〔註42〕　劉翔飛：〈論唐代的隱逸風氣〉，頁39。

唐代文人多吸收了三教思想，既有儒家濟世之心，又對佛道的逍遙出
世感到欣羨。這兩者對他們而言，是相當難取捨的。故而唐代與六朝
皆發展出一套融通仕隱的方式，以達成二者之間的平衡。六朝之「心
隱」理論，於唐代受到整全的接受，故而唐朝文人與六朝士子一樣，
皆能接受所謂的「人境之隱」。以下將就唐代文人的隱居方式及理論，
來討論他們隱於人境的思想依據。

　　唐代文人承繼六朝的仕隱觀，故而如朝隱這般隱逸理論，在當
時也受到不少文人的認同。從唐初士人的文章中，便可見當時人對
於「跡冥論」的接受。如王勃〈秋日宴季處士宅序〉、駱賓王〈晦日
楚國寺宴序〉：

> 若夫爭名於朝廷者，則冠蓋相趨；避迹於丘園者，則林泉見
> 托。雖語默非一，物我不同，而逍遙皆得性之場，動息匪自
> 然之地。〔註43〕（王勃〈秋日宴季處士宅序〉）
>
> 情均物我，緇衣將素履同歸；迹混汙隆，廊廟與江湖齊致。
> 〔註44〕（駱賓王〈晦日楚國寺宴序〉）

二人皆認為，雖仕與隱是截然不同的處世方式，然只要能彌合物我、汙
隆之界，則山林與廟堂都能是逍遙得性之場。唐代文人將仕與隱交融於
生活中的典型方式，便是在退朝或是休息之餘，回到自家的別業，享受
如同隱居一般的閒適之趣。葛曉音於《山水田園詩派研究》中便指出，
唐時官員常在自己的山莊別業中度過休假生活，並往往將之視為朝隱：

> 從初唐以來，朝官就把休沐田居看作是朝隱的最好方
> 式。……因休沐多在田園，所以又稱田假。別業大多在郊區，
> 有的甚至就建在城裡。〔註45〕

早在魏晉六朝時期，文人便多興建園林別業，以作為休憩之所，並一
遂自己希企隱逸生活的願想。而唐人也沿此風氣，來調和仕隱之間的

〔註43〕〔唐〕王勃著，〔清〕蔣清翊註：《王子安集註》，頁191。
〔註44〕〔唐〕駱賓王著，〔清〕陳熙晉箋注：《駱臨海集箋注》，頁319。
〔註45〕葛曉音：《山水田園詩派研究》（瀋陽：遼寧大學出版社，1997年3
　　　　月），頁180～181。

矛盾。如李紅霞所言：

> 魏晉以後，園林對士人身心的頤養以及士人人格構建的作
> 用日漸彰顯。唐代城郊園林的大量出現，實現了仕與隱的
> 渾融無間，使士人既能享受山林般的清風朗月，同時又不
> 用脫離市朝。對於既懷抱經濟理想又企慕隱逸逍遙的唐人
> 而言，它無疑是一種完滿境界的實現，調和化解了仕與隱
> 的矛盾。〔註46〕

既希望入仕為官以爭取功名，又企望隱居生活的逍遙自適，二者並行
的最好方式，便是建造園林，作為自己閒暇時的休憩之所。唐人的文
章中多有言及此「朝隱」、「大隱」之樂者，如儲光羲、盧僎便於詩中
言大隱之趣：

> 公府傳休沐，私庭效陸沈。方知從大隱，非復在幽林。〔註47〕
> （節錄自儲光羲〈同張侍御鼎和京兆蕭兵曹華歲晚南園〉）

> 外忝文學知，鴻漸鸂鷘間。內傾水木趣，築室依近山。
> 晨趨天日宴，夕臥江海閑。……。
> 雖曰坐郊園，靜默非人寰。時步蒼龍闕，寧異白雲關。
> 〔註48〕（節錄自盧僎〈初出京邑有懷舊林〉）

二詩皆寫出在下朝休憩時，於自家庭園享受近乎隱逸生活的靜謐安閒
之感。由此可見，仕宦與隱逸已交融於文人的日常之中，是當時人尋
常的一種生活方式。隱逸到了唐時，已漸成為一種享樂，為文人公事
之餘的休閒。如葛曉音與李紅霞所言：

> 從別業的普遍性來看，這類「隱居」方式主要還是反映了
> 整個官僚階層在盛世文明中的享樂生活。只是山林田園使
> 他們的享受汰洗了浮華世俗之氣，變得更為優雅高尚罷
> 了。〔註49〕

〔註46〕　李紅霞：〈論唐代園林與文人隱逸心態的轉變〉，《中洲學刊》第 3 期
　　　　（2004 年 5 月），頁 121。

〔註47〕　〔清〕彭定求等編：《全唐詩》，頁 324。

〔註48〕　〔清〕彭定求等編：《全唐詩》，頁 250。

〔註49〕　葛曉音：〈盛唐田園詩和文人的隱居方式〉，收錄於葛曉音：《詩國高
　　　　潮與盛唐文化》（北京：北京大學出版社，1998 年 5 月），頁 94～95。

> 唐代開明的政治淡化了隱逸憂生畏禍的心理，科舉制的實
> 行拓寬了庶族地主的入仕途徑，「京官加別業」為宦模式的
> 盛行為大隱提供了滋生的豐沃土壤。〔註50〕

在唐代，隱逸漸漸淡化其「憂生畏禍」的性質，而被文人視為一種心
靈調適的方式。這點可從時人大興園林別業看出。而這一個普遍的時
代風尚，更反映出唐時對於人境之隱的接受。

由於能接受隱於人境，唐人與六朝士子一樣，皆發展出隱於吏中
的棲逸行為，並使這般「隱逸」方法，成為文人生活的一部份。就如
李小蘭所言：

> 仕與隱之間的森嚴壁壘完全被拆除，二者之間可以互相轉
> 換、溝通。出仕與隱居在價值內涵上也不再存有高下之別，
> 隱而復仕、仕而復隱、邊仕邊隱不但成了無可非議的現象，
> 而且成了唐代文人人生軌跡的準確概括。這樣，既能努力去
> 實現自己兼濟天下、安世救民的壯志，又能享受山居的情趣
> 與精神的自由與適意。在塵世的喧囂與紛擾中，獲得心靈的
> 寧靜與平衡。道與勢、個人與社會、物質與精神、兼濟與獨
> 善之間的關系都得到了協調，封建文人找到了最佳的處世
> 方式。〔註51〕

唐人已可接受在仕隱之間互相轉換的出處模式，且唐時文人又多在用
心仕途的同時，心懷對隱逸逍遙生活的企慕。故而在唐代，便出現
「吏隱」這個詞彙，其所意指的，便是亦官亦隱的生活模式。〔註52〕

〔註50〕 李紅霞：〈從小隱、大隱到中隱——論隱逸觀念的遞嬗及其文化意
　　　　蘊〉，《深圳大學學報（人文社會科學版）》，第23卷第5期（2006年
　　　　9月），頁113。

〔註51〕 李小蘭：《中國隱士的精神蛻變》，頁4。

〔註52〕 按李紅霞所言，吏隱這著詞彙的定義，目前學界尚有爭議：「目前學
　　　　界對『吏隱』的界定和使用還很模糊，一種觀念認為吏隱即亦官亦
　　　　隱，其與大隱、朝隱、中隱、官隱含意大致相同；另一種觀點認為吏
　　　　隱特指地位不高的小官僚詩人居官如隱的一種處事態度。」由此可
　　　　見吏隱有廣狹兩意。本文為方便討論，將採廣義之吏隱，意即亦官亦
　　　　隱，來進行論述。參見李紅霞：〈論唐詩中的吏隱主題〉，《深圳大學
　　　　學報（人文社會科學版）》，第26卷第6期（2009年11月），頁93。

如權德輿〈寄臨海郡崔穉璋〉、姚合（781～？年）〈寄永樂長官殷堯藩〉便言及吏隱生活：

> 美酒步兵廚，古人嘗宦遊。赤城臨海嶠，君子今督郵。
>
> 吏隱豐暇日，琴壺共冥搜。新詩寒玉韻，曠思孤雲秋。
>
> 〔註53〕（節錄自權德輿〈寄臨海郡崔穉璋〉）
>
> 故人為吏隱，高臥簿書間。遶院唯栽藥，逢僧只說山。
>
> 〔註54〕（節錄自姚合〈寄永樂長官殷堯藩〉）

二首詩中所描寫的為官者，都能在兼顧吏職之餘，又能一遂隱逸的逍遙自適之情。正如李紅霞所言：

> 吏隱的根本要義是在不廢君臣大義的前提下保證士人人格的獨立和心靈的超脫，它折衷了唐人「終日系塵纓」而又追求「蕭條遺世情」的衝突。〔註55〕

吏隱可謂是許多唐代文人樂於接受的一種生活方式，而其背後的理論依據，便是盛行於六朝的「跡冥論」。根基於跡冥論而產生的朝隱思想，其影響力一直延續到唐代，為許多文人所接受。從而在當時，又誕生出「吏隱」這個詞彙，為這般隱於人境的方式冠上一個稱呼。

　　不過唐代的隱逸思想，除了承繼六朝之跡冥論外，尚受到流行於當時的佛教所影響。茲在此以王維及白居易的隱逸思想為範例，來說明他們在身任官職而同時享有隱逸之安閒時，所依據的佛教思想。

　　居官而享隱逸之趣，這般亦官亦隱的出處之道，常見於王維仕宦生涯中。在張九齡（678～740年）被罷相後，王維就先後在終南山及輞川過著亦官亦隱的生活。按《舊唐書‧王維傳》的記載，王維於輞川別業過著相當自適的生活：

> 得宋之問藍田別墅，在輞口，輞水周於舍下，別漲竹洲花塢，與道友裴迪浮舟往來，彈琴賦詩，嘯詠終日。嘗聚其田園所

〔註53〕〔清〕彭定求等編：《全唐詩》，頁800。
〔註54〕〔清〕彭定求等編：《全唐詩》，頁1257。
〔註55〕李紅霞：〈論唐詩中的吏隱主題〉，頁93。

為詩，號《輞川集》。〔註56〕

王維雖有官職，然在閒暇之餘，仍能與友人彈琴賦詩。如其於〈酬賀四贈葛巾之作〉所言，過著亦官亦隱的生活：

> 野巾傳惠好，茲覿重兼金。嘉此幽棲物，能齊隱吏心。
>
> 早朝方暫挂，晚沐復來簪。坐覺囂塵遠，思君共入林。〔註57〕

王維的亦官亦隱，與當時諸多文人一樣，皆在下朝、閒散之餘，隱於自家的別業田莊中。他之所以接受這般仕隱相融的生活，除了對跡冥論的接受外，也受到佛家思想的影響。〔註58〕這點可從其〈與魏居士書〉中略窺一二。王維於此作中勸魏居士出仕為官，而其說服的理由，便在於官爵榮利，都是空妄：

> 豈謂足下利鍾釜之祿，榮數尺之綬？雖方丈盈前，而蔬食菜羹；雖高門甲第，而畢竟空寂。人莫不相愛，而觀身如聚沫；人莫不自厚，而視財若浮雲。于足下實何有哉？聖人知身不足有也，故曰欲潔其身，而亂大倫。知名無所着也，故曰欲使如來，名聲普聞。故離身而返屈其身，知名空而返不避其名也。〔註59〕

既然爵祿都是空妄，那麼特意去迴避，在境界上反而顯得低下。因此聖人都是「知名空而返不避其名」的。而緊接著，王維便依此理論，認為避世隱居者並非真正的曠達之士：

> 古之高者曰許由，挂瓢于樹，風吹瓢，惡而去之；聞堯讓，臨水而洗其耳。耳非駐聲之地，聲無染耳之跡，惡外者垢內，病物者自我。此尚不能至于曠士，豈入道者之門歟？降及嵇康，亦云頓纓狂顧，逾思長林而憶豐草。頓纓狂顧，豈與俛

〔註56〕 〔五代·後晉〕劉昫等著，楊家駱主編：《新校本舊唐書附索引》，頁5052。

〔註57〕 〔唐〕王維著，〔清〕趙殿成箋注：《王右丞集箋注》，頁121。

〔註58〕 跡冥論同樣也影響王維的隱逸思想，其〈送韋大夫東京留守〉有言：「曾是巢許淺，始知堯舜深。蒼生詎有物，黃屋如喬林。」將堯舜之地位置於巢父之上，如向郭注將堯之地位置於許由之上相同。參見〔唐〕王維著，〔清〕趙殿成箋注：《王右丞集箋注》，頁57。

〔註59〕 〔唐〕王維著，〔清〕趙殿成箋注：《王右丞集箋注》，頁333。

受維縶有異乎？長林豐草，豈與官署門闌有異乎？〔註60〕

王維借古之高者所言，認為拒絕堯之讓天下的許由，並非曠士；而意欲歸隱的嵇康（223～263 年），也未懂得真正的仕隱之道。傅紹良認為，王維此般隱逸思想，是受到禪宗色空義理的影響：

> 亦官亦隱的成功，是王維對禪宗哲學的深刻體悟與靈活實踐，他將佛教和禪宗的色空義理運用到現實人生中，把禪宗的色空之義變為現世人生的行為基準，入世與出世統一於同一種生存境界中，變仕隱相隔為仕隱一體，使自我生活在一種自在自適的逍遙境界中。〔註61〕

受到禪宗色空義理的影響，王維將「官署門闌」看作既是實有存在，又是空妄而不存在的東西。〔註62〕當然，「長林豐草」也是同樣的道理。因此，便能優游於二者之間，而不覺有任何矛盾。

除了王維的隱逸思想受佛教影響外，白居易之隱逸觀也以佛教思想為依據。這點可從其提出之「中隱」略窺一二。按賈晉華所言，白居易之中隱生活，約始於大和三年（829 年），以分司和致仕官身分定居洛陽，直至其過世為止。〔註63〕那段期間，白居易任有官職，卻也過著閒暇自適，有若隱逸的生活。其所作〈中隱〉，便道出這種亦官亦隱的出處方式：

> 大隱住朝市，小隱入丘樊；丘樊太冷落，朝市太囂諠。
> 不如作中隱，隱在留司官。似出復似處，非忙亦非閑。
> 不勞心與力，又免飢與寒。終歲無公事，隨月有俸錢。……
> 人生處一世，其道難兩全：賤即苦凍餒，貴則多憂患。

〔註60〕〔唐〕王維著，〔清〕趙殿成箋注：《王右丞集箋注》，頁 333～334。

〔註61〕傅紹良：《盛唐文化精神與詩人人格》，頁 285。

〔註62〕按傅紹良所言：「禪宗等同色空的義理，打破了三界之別，將修煉與生活、入世與超世、佛性與人性等同起來，達到了色即是空，空即是色，非空非色，即色即空的悟境。」而王維對此思想的接受，可見於其〈繡如意輪像讚〉：「色即是定非空有，是故以色像觀音。」參見傅紹良：《盛唐文化精神與詩人人格》，頁 296。〔唐〕王維著，〔清〕趙殿成箋注：《王右丞集箋注》，頁 373～374。

〔註63〕賈晉華：〈「平常心是道」與「中隱」〉，頁 328。

唯此中隱士，致身吉且安；窮通與豐約，正在四者間。〔註64〕（節錄自白居易〈中隱〉）

白居易之中隱否定了大隱與小隱之說，認為隱於朝市過於喧囂，而隱於山林又過於冷清。因此便作折衷之計，隱於閒散官吏中，便能在有一定經濟基礎的情況下，體會隱居的逍遙適意。如李紅霞所言：

中隱（又稱郡齋之隱）以散官、閒官、地方官為隱，是在小隱與大隱的基礎上的揚棄與超越，在二者之間尋找到的調和折衷之徑。〔註65〕

如白居易所言：「丘樊太冷落，朝市太囂諠」，故中隱思想否定了大隱與小隱，而開展出自己的一套隱逸理論。賈晉華認為，白居易中隱理論，便是受到南宗禪之洪州宗思想的啟發。〔註66〕其於〈贈杓直〉中就言：

早年以身代，直赴逍遙篇。近歲將心地，迴向南宗禪。

外順世間法，內脫區中緣。進不厭朝市，退不戀人寰，

自吾得此心，投足無不安。〔註67〕（節錄自白居易〈贈杓直〉）

「進不厭朝市，退不戀人寰」亦即對於仕隱無所執著，不管是朝市還是山林都能是投足之所。此與洪州禪之創始者——馬祖道一（約709～788年）提出之「平常心是道」相當契合：

江西大寂道一禪師示眾云：「道不用修，但莫污染。何為污染？但有生死心造作趣向皆是污染。若欲直會其道，平常心是道。謂平常心無造作，無是非，無取捨，無斷常，無凡無聖。……只如今行住坐臥應機接物盡是道。」〔註68〕

所謂「平常心」，即是沒有造作，沒有對立與執著的心。如方立天（1933～2014年）便如此解釋馬祖道一的「平常心是道」：

〔註64〕〔唐〕白居易著，顧學頡校點：《白居易集》，頁490。

〔註65〕李紅霞：〈從小隱、大隱到中隱——論隱逸觀念的遞嬗及其文化意蘊〉，頁114。

〔註66〕白居易與洪州禪僧來往、習禪學之事，參見賈晉華：〈「平常心是道」與「中隱」〉，頁326～328。

〔註67〕〔唐〕白居易著，顧學頡校點：《白居易集》，頁125～126。

〔註68〕〔宋〕釋道原編：《景德傳燈錄》（臺北：彙文堂出版社，1987年6月），頁581。

就是眾生具有的不有意造作、不作分別的本心；就是包括了
迷與悟，而不偏頗任何一方的整體的心；也就是眾生日常現
實的心。……「道即是心」，這個心不是別的心而是平常心。
眾生隨順現實之心，無有取捨，無所執著，不別是非，如此
自然運作便體現了「道」，也就是「道」。這就是「平常心是
道」。〔註69〕

「平常心」即是破除執著與對立，隨順現實的心。而「平常心是道」
的思想，則啟發白居易的中隱說。白居易吸收洪州禪之思想，開展出
中隱的理論基礎。正如賈晉華所言：

「中隱」說融合儒道釋，而以「平常心是道」說為基礎，形
成一種新的居士精神。這一新居士精神與傳統朝隱觀的不
同之處主要在於後者強調身與心的分離，前者則泯滅這種
分離。〔註70〕

朝隱是「雖在廟堂之上，然其心無異於山林之中」（見前引向郭注《莊
子・逍遙遊》），亦即身在廟堂而心在山林。而白居易之中隱，已無廟
堂與山林之分，而是仕隱完全的混融，如其於〈和微之詩二十三首・
和朝迴與王鍊師遊南山下〉所言：「吏隱本齊致，朝野孰云殊？道在
有中適，機忘無外虞。」基於此中隱說，白居易也就有了悠遊於仕隱
之間的理論依據。

　　由上述可知，唐人的希企隱逸之風，與對人境之隱的接受，除了
承繼自六朝外，也受當時風氣的影響。唐人與六朝人一樣，皆相當崇
慕隱逸。而唐代尋訪僧道風氣的盛行，也令時人對隱逸更添嚮往。雖
然嚮往隱逸，然唐人多以仕進為人生目標，故而當時人便為了兼顧仕
隱，發展出「吏隱」這種隱逸方式。兼顧仕隱的出處理論在六朝時就
有之，然而唐人的亦官亦隱，不僅受到六朝「跡冥論」的影響。例如
有些文人便接受當時流行的禪宗思想，開創出自己的隱逸理論。而六

〔註69〕方立天：〈洪州宗心性思想評述〉，《哲學與文化》，第 24 卷第 8 期
　　　　（1997 年 8 月），頁 762。
〔註70〕賈晉華：〈「平常心是道」與「中隱」〉，頁 347。

朝、唐時人的隱逸觀,則影響了兩個時代的隱逸審美視域。此部分將於下文再進行論述。

第二節　六朝、唐代之隱逸與文學審美視域

　　不論是在隱逸,抑或是文學上,唐代文人的審美視域與六朝文士有明顯的不同。而此不同,便令陶淵明在兩個時代受到不同程度的推尊。如上文所分析,於唐代,陶淵明其人受到更多文人推崇、描繪;其詩文也受到更多的接受和矚目。欲探究此接受上的差異,筆者以為,或可從陶淵明之隱者形象,以及詩文內容、特色進行切入。陶淵明做為一位隱者,並非居住於深山幽林,而是隱居於田園人境。而其詩文,也多受其隱居生活影響,描繪田園風光與農耕生活。六朝人對陶淵明這般特質,較難投以欣賞的目光,而唐人則能接受,進而欣賞之。而造成如此之接受差異的,便是兩個時代不同的隱逸審美與文學審美。下文將依次討論六朝與唐代不同的審美視域。

一、六朝的隱逸與文學審美視域──山林之美的聚焦

　　六朝時人多留心於山林之美,而較少將審美的目光投往田園。筆者以為,六朝人喜山水之美的原因,該是因當時盛行老莊思想,以及隨之而起的希企隱逸風氣。而六朝人少關注田園之美的原因有二,一是組成六朝士階層者,其身分多為世家大族;二為六朝的隱逸觀念。以下試析之。

　　六朝士人多有喜遊覽山水者,羅宗強(1931～2020 年)指出,當時悠遊山野的行為,已成為名士風流的展現:

　　　　此時(東晉)之士人,遊覽山水成為一種名士風流的標誌,與清談、服藥、書畫同屬一種表現出脫俗的、獨有的文化素養的方式。〔註71〕

〔註71〕羅宗強:《玄學與魏晉士人心態》(臺北:文史哲出版社,1992 年 11月),頁 334。

綜觀當時之史料記載，便可見許多文人登臨山野的事蹟，如《宋書·隱逸傳》記載宗炳（375～443 年）好遊山水之事：「（宗炳）妙善琴書，精於言理，每游山水，往輒忘歸。」〔註72〕而《梁書·昭明太子傳》又載有蕭統好與臣子一同遊於苑囿，以遂遊山玩水的渴望：「（蕭統）性愛山水，於玄圃穿築，更立亭館，與朝士名素者遊其中。」〔註73〕時人之所以如此喜愛至山林中遊樂，乃是因當時盛行的玄學所致，如王瑤所言：

> 因為他們游放山水的超現實的態度，和山水本身之即是自然底最美表現的道理，都和他們的生活思想合拍；所以欣賞山水即成了他們追求玄遠的一部分，因而和他們底生活也便結了不可分離的關係。……按照玄學的理論，那樣地重視自然，宗尚嘉遯，想著發現宇宙的真象，自然的秘密，其結果必然要發展到愛好山水的人生態度。〔註74〕

因為六朝人好老莊之學，而老莊思想重自然，故也就帶起當時人對山水的嚮往。關於好尚玄遠與樂山水的因果關係，可見於一些史料的紀錄。如孫綽就言庾亮（289～340 年）之所以愛好山林，便是因尚玄之故：

> 公雅好所託，常在塵垢之外，雖柔心應世，蟪屈其迹，而方寸湛然，固以玄對山水。〔註75〕

除了對老莊思想之接受外，希企隱逸之風，同樣影響六朝人對山水的嚮往。如陳怡良、許尤娜所言：

> 至正始、太康，士大夫為逃避政治迫害，遠離兵禍戰亂，企羨隱遯，蔚然成風，隱居生活遂成為當代文人之歸趨，山林田野成為超俗絕塵之理想場所。而山水田野本身，亦為自然之具象化，「道」之具體映現，更視其為理想的人格之美的

〔註72〕〔南朝·梁〕沈約等著，楊家駱主編：《新校本宋書附索引》，頁 2278。
〔註73〕〔唐〕姚思廉等著，楊家駱主編：《新校本梁書附索引》，頁 168。
〔註74〕王瑤：〈玄言·山水·田園——論東晉詩〉，收錄於王瑤：《中古文學史論》，頁 60～61。
〔註75〕〔南朝·宋〕劉義慶著，徐震堮校箋：《世說新語校箋》，下冊，頁 339。

形象寄托，可謂具有體玄、適性之雙重意義在。〔註76〕
既然隱逸標準逐漸由儒學轉向玄學，其中一個趨勢，就是
「人與自然」的關係，比「人與人」的關係，更為時髦。這
種時尚，不但使得「長往山林」的隱者，得到高度的重視；
更使東晉名士，藉著「遊覽山水」，滿足其對隱逸的嚮往之
情。〔註77〕

受到老莊思潮的影響，六朝人將自然視為能夠體「道」的場域，只要
身處其中，就能感受到如同隱逸一般的逍遙之樂。是故對隱逸的希企，
也會影響時人對山水的好尚。

由上文可見，六朝時期盛行的玄學思想，影響時人的隱逸觀念，
更使得自然山水成為文人的審美所向。時人對山水的審美趣尚，反應
在諸多不同面向，也影響當時人的隱逸審美視域，以下便舉例說明之。
比如，當時人多認為，自然山林是為合適的隱居處。例如《宋書・隱逸
傳》載有吳下士人為隱者戴顒所築之居處，便是仿造自然山水景色：

桐廬僻遠，（戴顒）難以養疾，乃出居吳下。吳下士人共為
築室，聚石引水，植林開澗，少時繁密，有若自然。〔註78〕

山林為合適的隱居處，也可從時人將山林與廟堂對舉這點得見。如前
引之王康琚〈反招隱詩〉：「小隱隱陵藪，大隱隱朝市。伯夷竄首陽，
老聃伏柱史。」任昉〈答何徵君詩〉：「散誕羈轡外，拘束名教裏。得
性千乘同，山林無朝市。」即是例證。而將山林直接作為隱逸的代名
詞，也可看出六朝人視自然山野為可以一遂隱逸情懷的地方，如謝朓
（464～499 年）〈使之宣城郡詩〉：

解劍北宮朝，息駕南川涘。寧希廣平詠，聊慕華陰市。
棄置宛洛遊，多謝金門裏。招招漾輕楫，行行趨巖趾。

〔註76〕 陳怡良：〈陶謝兩家理趣詩之比較〉，收錄於《第三屆中國詩學會議論
文集——魏晉南北朝詩學》（彰化：國立彰化師範大學國文學系，1996
年 5 月），頁 231。
〔註77〕 許尤娜：《魏晉隱逸思想及其美學涵義》（臺北：文津出版社，2001 年
7 月），頁 72。
〔註78〕 〔南朝・梁〕沈約等著，楊家駱主編：《新校本宋書附索引》，頁 2277。

　　江海雖未從，山林於此始。〔註79〕（節錄自謝朓〈使之宣城
　　郡詩〉）

詩中書寫作者雖身任官職，然也能一品隱逸之閒情自適。詩末「江海雖未從，山林於此始。」所言即是如此。而此中之「山林」，便代指隱逸之樂。由此可見，當時文人對山水的佳好，影響時人之隱逸審美視域。

　　而六朝文人對自然山林之喜好，也影響時人之文學審美視域。六朝時期山水詩的勃興，便是時人將審美的眼光置放於山水的證明之一。劉勰於《文心雕龍・明詩篇》中就言：「宋初文詠，體有因革，莊老告退，而山水方滋。」〔註80〕在東晉之後，山水成為一項熱門的題材，廣為文人所書寫。如黃子雲於《野鴻詩的》中所言：

　　《三百篇》下迄漢、魏、晉，言情之作居多，雖有鳥獸草木，
　　藉以興比，非僅摹物象而已。迨元嘉時，鮑謝二公為之倡，
　　風氣一變。〔註81〕

可見在東晉之後，自然山水成為文人時常歌詠的題材。而按王瑤之見，當時山水詩的興盛，與玄學也有所關聯：

　　現在既然在生活的感受和幻覺中知道了山水是最能表達造
　　化之功，自然真象的，那麼便把山水當作一種導體，一種較
　　單純說明的語言更充足適當的導體，來表現那宇宙人生的
　　本體——道，不是更能「盡意」嗎？由玄言詩到山水詩的變
　　遷，所謂「老莊告退而山水方滋」，並不是詩人們底思想和
　　對宇宙人生認識的變遷，而只是一種導體，一種媒介物的變
　　遷。〔註82〕

山水是為自然之道的體現，因此在遊覽山林的同時作詩吟詠，並抒發

〔註79〕　〔南朝・齊〕謝朓著，曹融南校註集說：《謝宣城集校註》（上海：上
　　　　　海古籍出版社，2001年4月），頁222。
〔註80〕　〔南朝・梁〕劉勰著，周振甫注：《文心雕龍注釋》，頁85。
〔註81〕　〔清〕黃子雲：《野鴻詩的》，收錄於丁福保編：《清詩話》（臺北：木
　　　　　鐸出版社，1988年9月），頁853。
〔註82〕　王瑤：〈玄言・山水・田園——論東晉詩〉，收錄於王瑤：《中古文學
　　　　　史論》，頁63。

哲理或感觸，成為文人的好尚。當然，文人歌詠山林野泉，也不單只
是為了闡發理趣。畢竟山水景象多變，是極佳的觀賞對象。士人對於
山野的欣賞，也就在體悟自然之道外，另有對景色的純粹審美。按葛
曉音所言：

> 山水田園詩中的「自然」，雖然表面上看起來還是抽象的
> 「道」，是哲學的理念，但它已變成具象的「形色」、「萬
> 殊」、「群籟」，這就進入了審美的範疇。〔註83〕

由於山水不只表現自然之道，其「形色」尚能成為文人欣賞，乃至描
摹的對象。故而可見文人在山水詩中，刻劃景物，並順帶闡述玄理，
如謝靈運便作有〈石壁精舍還湖中作〉：

> 昏旦變氣候，山水含清暉。清暉能娛人，遊子憺忘歸。
> 出谷日尚早，入舟陽已微。林壑斂暝色，雲霞收夕霏。
> 芰荷迭映蔚，蒲稗相因依。披拂趨南徑，愉悅偃東扉。
> 慮澹物自輕，意愜理無違。寄言攝生客，試用此道推。〔註84〕

全詩以整練的對仗及華美的修辭來描摹山水之景，並於結尾處帶出無
違於理、不被外物所羈的自適心境。由上文可見，對六朝人而言，山
水已成為一個重要的文學審美對象。

六朝人發現山林之美，卻罕將審美的目光置於田園。如果以當時
人好尚隱逸的心理而言，田野應也能成為欣賞的對象。如陶淵明便是
將田園作為隱居之處，並寫有許多與田家生活相關的詩作。然而綜觀
六朝時期，卻罕有人與其相同。為何當時人少關注田園之美？對此，
王瑤認為，是當時人的審美存在「雅俗」之分：

> 所謂拙與放，正是在晉宋文學風氣下對陶詩一般的看法。因
> 為不只這種平淡的作風和當時一般文人的習慣不合，根本
> 田園生活可以入詩，在當時也一定認為有點俚俗，那是和高
> 尚隱士們所在的「山水」間有別的。「樵隱俱在山，由來事

〔註83〕葛曉音：《山水田園詩派研究》，頁30。
〔註84〕〔南朝·宋〕謝靈運著，黃節注：《謝康樂詩注》，收錄於《謝康樂詩
注；鮑參軍詩注》（北京，中華書局，2008年1月），頁98。

不同」，這不同就是雅俗的分界。〔註85〕

王瑤在此分析為何陶詩不為時人所重，而其中一項原因，就是因為田園入詩是「俚俗」的。而園田為何為俗？據葛曉音於論析謝靈運、謝朓少有書寫田野的作品時所言：

> 無論是大謝的肆意遨遊，還是小謝的宦遊行役，都只是「盧園當栖岩，位卑代躬耕」，不是真正歸隱鄉村。他們的生活方式和審美觀照方式基本上沿襲東晉士族的習慣，而東晉士人向來鄙視農稼，如到漑，因其祖擔糞，時人譏之「尚有餘臭」。田園詩則從它濫觴時起，就已在選景取材方面形成了以農事勞作和田家生活為主的大致框架。這些是貴為望族的大小謝不屑注目的。……因此南朝至初唐的山水、田園這兩種詩體實際上是兩類社會地位不同的文人從不同的生活背景和自然環境出發，以不同的觀念體悟自然的產物。〔註86〕

由於六朝時期的士人，多為世家大族，而這些高門子弟，少有親自耕種的機會，故而甚少接觸田園，甚至鄙薄耕稼。因此，六朝時期的文士，便罕將審美的目光置於園田之上。

　　而六朝士人的隱逸觀，也可能促使他們將審美重心放在山林。當時雖有通隱、朝隱這類未斷絕與人境之往來的隱逸理論，然並非每個人都認同。在六朝尚有文人認為隱優於仕。如房玄齡《晉書·鄧粲傳》、李延壽《南史·隱逸傳》就有以下記載：

> 鄧粲，長沙人。少以高潔著名，與南陽劉驎之、南郡劉尚公同志友善，並不應州郡辟命。荊州刺史桓沖卑辭厚禮請粲為別駕，粲嘉其好賢，乃起應召。驎之、尚公謂之曰：「卿道廣學深，眾所推懷，忽然改節，誠失所望。」粲笑答曰：「足下可謂有志於隱而未知隱。夫隱之為道，朝亦可隱，市亦可隱。隱初在我，不在於物。」尚公等無以難之，然粲亦於此

〔註85〕王瑤：〈玄言·山水·田園——論東晉詩〉，收錄於王瑤：《中古文學史論》，頁81～82。

〔註86〕葛曉音：《山水田園詩派研究》，頁70。

名譽減半矣。〔註87〕（《晉書‧鄧粲傳》）

（阮孝緒）乃著高隱傳，上自炎皇，終于天監末，斟酌分為
三品：言行超逸，名氏弗傳，為上篇；始終不耗，姓名可錄，
為中篇；挂冠人世，栖心塵表，為下篇。〔註88〕（《南史‧
隱逸傳》）

鄧粲以「朝亦可隱，市亦可隱」來回應劉驎之、劉尚公對其先隱後仕
的批評，然其出仕為官的選擇仍令其聲名減半。而阮孝緒（479～536
年）著《高隱傳》，將棲逸世俗之外、姓名不明的隱者置於上篇，並把
曾出仕為官，最後辭官歸隱的隱者置於下篇。由此可見，雖然六朝時
已有通隱、朝隱的隱逸觀念，然而當時仍有部分文人認為隱居比出仕
更有價值。而有些六朝文人，如謝靈運、謝朓，則是身任官職，但仍
然希望自己能離開官場隱居，以達到隱逸的心跡一致：

盧園當棲巖，卑位代躬耕。顧己雖自許，心迹猶未并。
〔註89〕（節錄自謝靈運〈初去郡〉）

下帷闕章句，高談媿名理。疎散謝公卿，蕭條依掾史。
簪髮逢嘉惠，教義承君子。心迹苦未并，憂歡將十祀。
〔註90〕（節錄自謝朓〈始之宣城郡〉）

謝靈運認為，雖然位居小官可視為一種隱於吏中的方式，然仍感嘆自
己未能實踐真正的辭祿歸隱。而謝朓則在出任宣城郡太守時，嘆息自
己仍身在官場，而未一遂隱逸之志。由此可見，朝隱思想雖為六朝人
所接受，然仍有部分士人認為，隱者應離開官場，才是真正地實踐隱
逸。而依當時人對隱居地的審美來看，隱於山林似為較理想的棲逸型
態。因此筆者認為，六朝時部分文人隱優於仕的思想，也易讓一些士
人的審美目光投往遠離人世的山林，而非人境之中的田園。

〔註87〕〔唐〕房玄齡等著，楊家駱主編：《新校本晉書并附編六種》，頁 2151。
〔註88〕〔唐〕李延壽著，楊家駱主編：《新校本南史附索引》，頁 1894～1895。
〔註89〕〔南朝‧宋〕謝靈運著，黃節注：《謝康樂詩注》，收錄於《謝康樂詩
注；鮑參軍詩注》，頁 87。
〔註90〕〔南朝‧齊〕謝朓著，曹融南校註集說：《謝宣城集校註》，頁 222。

由上文可見，六朝時人對於自然山水之美相當喜好。而此好尚也影響時人的隱逸以及文學的審美視域。如六朝人多認為，山林為較理想之隱居地；而六朝文壇則相當盛行山水詩的寫作。六朝人佳好山林，而鮮少關注田園之美的原因，在於當時的士人多為世家大族，且當時之隱逸審美視域，偏向於喜愛山林之隱。降及唐代，這般審美視域則發生變化。於唐時，田園之美與山水之美同樣受人重視。以下試析之。

二、唐代的隱逸與文學審美視域——田園之美的接受

於唐代，除了山林之外，田野也成為重要的審美對象。自然山水在唐代依然是士人重要的審美對象。如前文所言，唐人與六朝人一樣，皆希企隱逸。故而時人也在尚隱的思潮下，對山林有所嚮往。如張說〈東山記〉中，便敘述韋公別業景致，有若自然山野：

> 兵部尚書同中書門下三品修文館大學士韋公，體含真靜，思協幽曠。雖翊亮廊廟，而緬懷林藪。東山之曲，有別業焉。嵐氣入野，榛煙出俗，石潭竹岸，松齋藥畹，虹泉電射，雲木虛吟，恍惚疑夢，閴關忘術。茲所謂邱壑夔龍，衣冠巢許。〔註91〕

文中以巢父、許由之姿讚美韋公，並仔細描寫此別業景致飽含山野氣息，彷若自然。由前文的論述可知，唐人常將別業山莊，視作能一遂隱逸之情的所在。而韋公的別業，被修葺得彷彿山林一般。由此可見，唐人隱逸審美視域，仍然包含自然山野。唐人仍會將山林視為理想的隱居處之一，此點也可從劉得仁〈尋陳處士山堂〉中得見：

> 步溪凡幾轉，始得見幽蹤。路隱千根樹，門開萬仞峰。
> 片雲生石竇，淺水臥枯松。窮谷風光冷，深山翠碧濃。
> 鶴看空裏過，仙向坐中逢。底露秋潭水，聲微暮觀鐘。
> 他年來此定，異日願相容。且喜今歸去，人間事更慵。〔註92〕

此詩敘述作者拜訪陳處士隱居處，對其幽居山林表示欣羨，希望自己

〔註91〕〔清〕董誥等編：《全唐文》，頁2277。
〔註92〕〔清〕彭定求等編：《全唐詩》，頁1392。

來日也能來此隱居。由此可見唐代士人的隱逸審美視域，仍包含自然
山野在內。而在唐時依舊興盛的山水詩，也能證明山林是為文人的審
美焦點之一。如儲光羲〈泛茅山東溪〉、柳宗元（773～819 年）〈漁
翁〉：

> 清晨登仙峰，峰遠行未極。江海霽初景，草木含新色。
> 而我任天和，此時聊動息。望鄉白雲裏，發棹清溪側。
> 松柏生深山，無心自貞直。〔註93〕（儲光羲〈泛茅山東溪〉）
> 漁翁夜傍西巖宿，曉汲清湘燃楚竹。
> 煙銷日出不見人，欸乃一聲山水綠。
> 迴看天際下中流，巖上無心雲相逐。〔註94〕（柳宗元〈漁
> 翁〉）

前詩書寫登山與泛舟時所見的晴朗風景與青翠草木；而後一首詩則以
主角漁翁之視野，描繪清晨時所見的山水景色。二詩皆將自然山川景
色作為審美對象，進行刻劃。

　　不過唐代除了以山水為題材的詩作外，又有許多作品以田園為書
寫對象。如儲光羲與柳宗元皆寫有不少田園詩，以下各舉一例：

> 仲夏日中時，草木看欲燋。田家惜工力，把鋤來東皋。
> 顧望浮雲陰，往往誤傷苗。歸來悲困極，兄嫂共相謔。
> 無錢可沽酒，何以解劬勞。夜深星漢明，庭宇虛寥寥。
> 高柳三五株，可以獨逍遙。〔註95〕（儲光羲〈同王十三維偶
> 然作十首・其一〉）
> 蓐食徇所務，驅牛向東阡。雞鳴村巷白，夜色歸暮田。
> 札札耒耜聲，飛飛來烏鳶。竭茲筋力事，持用窮歲年。
> 盡輸助徭役，聊就空舍眠。子孫日已長，世世還復然。
> 〔註96〕（柳宗元〈田家三首・其一〉）

〔註93〕〔清〕彭定求等編：《全唐詩》，頁 315。
〔註94〕〔唐〕柳宗元著，王國安箋釋：《柳宗元詩箋釋》（上海：上海古籍出
　　　　版社，1998 年 2 月），頁 251。
〔註95〕〔清〕彭定求等編：《全唐詩》，頁 317。
〔註96〕〔唐〕柳宗元著，王國安箋釋：《柳宗元詩箋釋》，頁 240。

前一首詩寫出仲夏正午時分田家農夫辛勞耕作，歸來時疲憊不已，卻受兄嫂斥責，又無酒可緩解疲勞的鬱悶心情。而在末四句處則一轉前面所書寫的農人之苦，轉而描繪田家夜晚遼闊的景色，令人忘卻煩憂。而後一首詩在前八句書寫農家從早到晚耕田，為的就是能度過一年。至於末四句則言及耕種之收穫會被作為賦稅上繳的無奈心情，且想及子孫都無法脫離這種生活，便覺憂愁。像這類寫及田家生活，甚至農家之苦的作品，在六朝實不多見。

　　不少唐人皆寫有以田園為主題的文章，此便可證明唐人之文學審美視域，也將田園納入其中。而為何唐代文人會在山水之外，又關注田野之美呢？筆者認為，這該與唐時有更多庶民參與士階層有關。此外，唐時的隱逸觀念，也使當時人更能接受田園之美。首先，相比於六朝，唐代庶民有更大的機會參與政治。於六朝時期，世家大族掌握政治權力，如同何啓民所言：

> 在東晉的一百年，門第中人相繼秉政，把持朝廷，不僅出將入相而已。天子名義上有天下，而這些門第才是實際上的主宰，不是說晉室願意如此，而是情勢如此，主客易位，以前臣民靠君主，而今君主靠臣民，這是一個顯明的事實。〔註97〕

從東晉開始，門閥士族開始在政治上握有大權，甚至可說主宰朝政。因此，當時有許多官員，都是出自門第世家，如《南齊書‧褚淵王儉傳》中所載：

> 自是世祿之盛，習為舊準，羽儀所隆，人懷羨慕，君臣之節，徒致虛名。貴仕素資，皆由門慶，平流進取，坐至公卿。〔註98〕

朝中官員，多出自門第世家。由此可見六朝時期，平民參與政治的機會並不大。而在唐代，由於科舉制度的施行，故而一般庶民也能有機

〔註97〕何啓民：《中古門第論集》（臺北：臺灣學生書局，1978 年 1 月），頁129。

〔註98〕〔南朝‧梁〕蕭子顯著，楊家駱主編：《新校本南齊書附索引》，頁438。

會參與政治。如邱添生（1941 年～）所言：

> 隋唐改行科舉制度，由國家設科取士，以拔擢新進人才，儘
> 管世族閥閱子弟也能應科舉之選，但庶姓寒門子弟終究有
> 正路可循，前此貴族世襲的政治特權也就逐漸消失。〔註99〕

唐時的士階層，其成員不再只有門閥子弟，而是包含庶姓寒門在內。
與世家大族不同，庶族的子弟更容易接觸到耕稼。那對他們而言，就
是生活的一部份。如李劍鋒在論及唐人為何能接受陶淵明之詩時，就
認為，比起高門貴族，平民階層的文士更能接受以田園為書寫對象的
陶淵明詩：

> 出身庶族、熟悉田家生活、關注人民疾苦的文人讀起陶詩
> 來，便比不知稼穡、高高在上的士族（真正意義上的）文人
> 讀起來要親切得多。〔註100〕

從陶淵明詩在唐代受到更為普遍的接受，可以見得以田園為審美對象
的詩作，在當時受到更多文人欣賞。

　　而唐代的隱逸觀念，也令當時的隱逸審美，在關注山水的同時，
也欣賞田園之美。之所以如此，乃是因唐代相比於六朝，有更多文人
不再視長往山林為隱逸的最佳模式。在六朝，以隱為高的觀念相當普
遍，如上文所言，有些文人認為隱逸優於仕宦。因此一些士人會去批
評出仕為官的隱者；或者即使身在官場，但仍感嘆自己未真正歸隱山
林。而當時之隱逸審美視域，又視山林為較理想的隱居地。而在唐代，
雖然依舊尊隱，但唐人的仕進之心，實比六朝人更為強烈。由於用心
於仕宦之上，故而對唐代人而言，不出仕而隱居於深山之中，是與己
之理想相牴觸的。因而，時人便將接近人境的田園，視為可一遂隱逸
情懷之地，令野田進入他們的隱逸審美視域。

　　唐人常常將仕進做為人生目標。如上文所言，由於唐代實施科舉
制度，故不只世家大族，平民也有從政的可能。而能進入仕途，便可

〔註99〕邱添生：《唐宋變革期的政經與社會》（臺北：文津出版社，1999 年
　　　　6 月），頁 65。
〔註100〕李劍鋒：〈論唐代人接受陶淵明的原因和條件〉，頁 85。

能為自己和家族帶來榮耀，這實能激發文人求取仕宦之心。王定保（870～940 年）於《唐摭言》中便言：

> 殊不知三百年來，科第之設，草澤望之起家，簪紱望之繼世；
> 孤寒失之，其族餒矣；世祿失之，其族絕矣。〔註101〕

只要能夠登第，便可能令其家族連帶受惠。這對文人而言無疑是一大誘因。除了求取榮顯外，唐人對於天下家國，也抱有相當的責任感。不少文人便於作品中表達自己的濟世之心，如李白便有「使寰區大定，海縣清一。」〔註102〕之志，而杜甫則希望能「致君堯舜上，再使風俗淳。」〔註103〕因此，他們對於未出仕為官的隱者，便多少抱有批評。如盧坦（748～817 年）〈與李渤拾遺書〉、韓愈〈與少室李拾遺書〉中有言：

> 飽聞足下之高義，竊承足下詠堯舜之言，志周孔之道。以致
> 君惠人為意，非特熊經鳥伸，長往而不返者也。甚善甚
> 善！……。今天下歡康，異衰周之代也；萬方一統，非列國
> 之時也。而足下猶獨超然高舉，不答天子之命，豈孔氏之徒
> 歟？愚竊惑焉。〔註104〕（盧坦〈與李渤拾遺書〉）

> 即可為之時，自藏深山，牢關而固距，即與仁義者異守矣。
> 〔註105〕（韓愈〈與少室李拾遺書〉）

二人皆認為，如今天下太平，如不出仕為天下人民服務，未免枉為士君子。由於唐代許多文人將個人價值與理想置於宦場上，故而唐人的隱逸觀，便產生與六朝時不同的特色。

　　唐時士人的人生價值取向，多在仕宦上。然而他們往往也希企隱

〔註101〕〔五代〕王定保著，〔清〕蔣光煦校：《唐摭言》，收錄於楊家駱主編：
　　　　《唐摭言；唐語林》（臺北：世界書局，1962 年 2 月），頁 97。

〔註102〕見李白：〈代壽山答孟少府移文書〉，收錄於〔唐〕李白著，〔清〕王
　　　　琦注：《李太白全集》，頁 1225。

〔註103〕見杜甫：〈奉贈韋左丞丈二十二韻〉，收錄於〔唐〕杜甫著，〔宋〕郭
　　　　知達集註：《九家集註杜詩》，頁 15。

〔註104〕〔清〕董誥等編：《全唐文》，頁 5516。

〔註105〕〔唐〕韓愈著，馬通伯校注：《韓昌黎文集校注》，頁 386。

逸的逍遙自適，且又承繼六朝的隱逸觀念，能夠接受「人境之隱」。因此許多唐代文人便將隱逸作為官場勞碌之餘，能享有逍遙自適之感的一種體驗。由於隱逸是仕宦之餘的另一種生活，故唐人之隱，實比六朝之隱更貼合人境。如李紅霞所言：

> 在唐代文人的城郊園林中，由於仕隱合流與兼融的體認，人們往往並不追求形迹的遺世獨立，而是在兼得城與野、人文與自然的城郊園林中修心養性，體悟個體自我的存在及隱逸人格精神的存在，在園林中獲得一種安撫和寄託，從而整個身心漸漸歸於平靜、沖淡、玄遠和超脫。〔註106〕

而從王維與白居易的隱逸觀更可看出唐人對人境之隱的接受。按前文之論析，此二人的隱逸觀皆有泯滅仕隱之間分界的特色，可說是直接認為隱逸是可於人境完成的。由於唐人比起六朝，更能接受隱於人境，故而他們更願意將與人間有著較大連結的田園，作為審美對象。

由上文可見，六朝人喜將山水作為審美的對象，他們對自然山林的好尚，受到老莊思想的影響。因老莊之學重自然，故而使得最能代表自然、最能體現天道的山水景色，成為他們投注目光的對象。而對隱逸的尊崇，也使六朝人佳好山水。此乃因當時之隱逸觀受道家思想影響甚大，因此時人往往嚮往體現自然之道的山林之隱。另外，有些六朝人隱優於仕的觀念，以及對於山林之隱嚮往，也易使他們將審美目光投注於山野。而對六朝人而言，田園並非他們特別喜愛的欣賞對象。當時文人之所以不特別重視田園之美，主要是因為當時士大夫，多為不親耕稼的世家大族。而當時之隱逸觀，雖接受隱於人境，然仍有文人對此抱有非議，認為隱逸應以長往山林為佳。因此，六朝人的審美視域，便常聚焦於山林，而較少關注屬於人境的田園之美。

而在唐代，山水之美依然受到文人喜愛，然而時人卻也會將審美的目光投往田園。相比於六朝，唐人之所以注意到田野的美，一方面是因為當時的士階層有更多庶民參與其中。相對於甚少接觸耕稼的高

〔註106〕李紅霞：〈論唐代園林與文人隱逸心態的轉變〉，頁122。

門子弟，出身平民的士人更有機會與田園親近，甚至可說，耕田本就是他們生活的一部份。故而，唐時有更多文人將田園視作審美對象。而唐時之隱逸觀，也令當時士人能接受野田之美。比起六朝，唐人對於人境之隱的接受更為完全。對當時人而言，隱逸成為仕宦生活的一部份，故而貼近人境。因此，與人世生活不可分割的田園，就成為他們欣賞的對象。因此，田園也就進入了唐人的審美視域，並讓唐人相比於六朝更能欣賞，並進而推崇陶淵明。此將於本章第三節詳細論析。

第三節　六朝及唐代隱逸觀、審美視域對陶淵明接受的影響

　　如前文所言，陶淵明於六朝時期便以隱者之名為人所知。其在生前，與周續之、劉遺民並稱「潯陽三隱」；而歿後，又成為隱者的代稱，出現在六朝人的詩文中。不過在六朝，卻少有文人在詩文中描繪陶淵明。且陶淵明之詩文，在當時也少受到文人重視。降及唐代，開始有更多文人構築陶淵明的形象。而陶之詩文，也獲得許多文人欣賞，甚至是模仿。筆者認為，相比於六朝，唐人之所以更能欣賞陶淵明，乃是因為，陶淵明其人、其詩文所具之特質，與唐人的隱逸觀、審美視域相契合。是故，下文將依次分析陶淵明其人及其著作，所具之特質。接著，再來論析六朝、唐代的隱逸觀及審美視域，是如何影響當時人對陶淵明其人、其詩文的接受。〔註 107〕並以此來分析六朝與唐代文人推崇陶淵明的程度，之所以有所差異的原因。同時，也將進一步探析，唐人隱逸觀是如何影響當時人對陶淵明其人的想像，與對其詩文內容的偏好。

　　首先，陶淵明作為一位隱士，其隱逸型態，是隱在人境，而未居於與世隔絕的深山。如其於〈和劉柴桑一首〉中所言：「山澤久見招，

〔註107〕本節之中對於陶淵明其人之接受的討論，將著重在其隱者身分，為六朝、唐代人所推崇的程度上。因為於此兩個時代，陶淵明最為文人所重視的，為其「隱逸者」的身分。

胡事乃躊躇？直為親舊故，未忍言索居。」〔註108〕可見陶淵明的隱居並非避於深山，而是尚與親朋有所往來。另外，即使身為隱士，陶淵明仍與高門子弟或是官場中人交往。如沈約《宋書・隱逸傳》、蕭統〈陶淵明傳〉分別載有其與先後兩任的江州刺史王弘、檀道濟往來（參見第一章之論述）。而陶淵明所作之詩，也反映了他的交友情形。如〈於王撫軍座送客〉、〈答龐參軍一首〉、〈五月旦作和戴主簿一首〉〔註109〕，皆可證明其會與為官者往來。

　　而陶淵明之隱逸生活，有兩點常為後人稱道。其一是任性自適的生活。陶淵明閒適的隱居生活，屢見於史書或是其詩文中，如《宋書・隱逸傳》便記載：

> 好讀書，不求甚解，每有會意，欣然忘食。性嗜酒，而家貧不能恒得。親舊知其如此，或置酒招之，造飲輒盡，期在必醉，既醉而退，曾不吝情去留。環堵蕭然，不蔽風日，短褐穿結，簞瓢屢空，晏如也。嘗著文章自娛，頗示己志，忘懷得失，以此自終。〔註110〕

讀書、飲酒、著述自娛，構成陶淵明之隱居生活。如其在〈和郭主簿二首・其一〉中所言：

> 息交遊閑業，臥起弄書琴。園蔬有餘滋，舊穀猶儲今。
> 營己良有極，過足非所欽。春秫作美酒，酒熟吾自斟。
> 弱子戲我側，學語未成音。此事真復樂，聊用忘華簪。
> 遙遙望白雲，懷古一何深！〔註111〕

此詩中描寫作者讀書彈琴之趣，以及與家人相處的快樂。由此可見得，陶淵明的隱居生活常充斥閒適之情。而陶淵明隱居生活的另一項特色，即是以耕稼維生。顏延之〈陶徵士誄〉中便寫及其自給自足的田居生活：「灌畦鬻蔬，為供魚菽之祭；織絢緯蕭，以充糧粒之

〔註108〕〔晉〕陶淵明著，袁行霈箋注：《陶淵明集箋注》，頁135。
〔註109〕〔晉〕陶淵明著，袁行霈箋注：《陶淵明集箋注》，頁150、26、121。
〔註110〕〔南朝・梁〕沈約等著，楊家駱主編：《新校本宋書附索引》，頁2286～2287。
〔註111〕〔晉〕陶淵明著，袁行霈箋注：《陶淵明集箋注》，頁144～145。

費。」〔註112〕而《宋書‧隱逸傳》也言陶淵明「躬耕自資」。〔註113〕

　　陶淵明的隱逸型態與隱居生活，除塑造其人在後世文人心目中的形象外，也影響其詩文創作。如書寫悠然自適的田居，或是敘述農事，便是陶淵明文章中常見的內容：

　　　　先師有遺訓，憂道不憂貧。瞻望邈難逮，轉欲志長勤。
　　　　秉耒歡時務，解顏勸農人。平疇交遠風，良苗亦懷新。
　　　　雖未量歲功，即事多所欣。耕種有時息，行者無問津。
　　　　日入相與歸，壺漿勞近鄰。長吟掩柴門，聊為隴畝民。
　　　　〔註114〕（〈癸卯歲始春懷古田舍二首‧其二〉）

　　　　乃瞻衡宇，載欣載奔。僮僕歡迎，稚子候門。三徑就荒，松菊猶存。攜幼入室，有酒盈罇。引壺觴以自酌，眄庭柯以怡顏。倚南窗以寄傲，審容膝之易安。園日涉以成趣，門雖設而常關。策扶老以流憩，時矯首而遐觀。雲無心以出岫，鳥倦飛而知還。景翳翳以將入，撫孤松而盤桓。歸去來兮！請息交以絕游。世與我而相違，復駕言兮焉求？悅親戚之情話，樂琴書以消憂。農人告余以春及，將有事於西疇。或命巾車，或棹孤舟。既窈窕以尋壑，亦崎嶇而經丘。〔註115〕（節錄自〈歸去來兮辭〉）

前詩敘述作者從事農務，於黃昏時與鄰里一同返家、飲酒的閒適之情。而後文則寫及作者享受天倫之樂、飲酒自娛、琴書消憂、與農人聊及農事的隱居生活。由陶淵明的作品可知，其未絕人世的隱逸型態，與耕田維生、任性自適的隱逸生活，決定其詩文的書寫內容。

　　六朝、唐代文人對於陶淵明其人、其詩文所具的特質，在接受狀況上有所不同。六朝、唐代人之所以認可陶淵明的隱者身分，乃是導因於他們的隱逸觀；而此兩個時代推崇陶淵明的程度，之所以產生差異，則是導因於隱逸與文學審美視域的不同。以下試析隱逸觀與審美

〔註112〕　〔南朝‧梁〕蕭統編，〔唐〕李善注：《文選》，頁2471。
〔註113〕　〔南朝‧梁〕沈約等著，楊家駱主編：《新校本宋書附索引》，頁2287。
〔註114〕　〔晉〕陶淵明著，袁行霈箋注：《陶淵明集箋注》，頁203。
〔註115〕　〔晉〕陶淵明著，袁行霈箋注：《陶淵明集箋注》，頁460～461。

視域，對六朝、唐代陶淵明之接受產生的影響。並也藉此探析，唐人隱逸觀如何影響時人對陶淵明其人、其詩文的想像與偏好。

一、六朝隱逸觀、審美視域對當時陶淵明接受的影響

首先，六朝人的隱逸觀，令時人承認陶淵明的隱者身分。陶淵明未離世而居，且又會與仕宦之人交好，此般於人境中隱逸的方式，在六朝便已受到認同。六朝時的一些隱逸思想，如通隱、朝隱，便可說明當時人認為隱逸可在人境中實踐。然而，陶淵明其人，並未得到六朝人普遍的欣賞與推崇。此點可由本文第二章所述，六朝時期少有文人評論陶淵明、建構其形象，或是以其為典故進行詩文寫作，這幾點見得。之所以如此，乃是因陶淵明的隱逸型態，未完全符合六朝時人對於隱逸的想像與審美。陶淵明的隱逸，是在人境田園中完成。而六朝人則少關注田園之美。如前文所言，當時人常將審美的目光置諸山水之上。因此，六朝人多認為山林方為較理想的隱居處所。此外，六朝人尚多認為，實踐個體逍遙自適的較佳場域，是遠離人世的山林。如蔡瑜所言：

> 陶淵明以「人境」作為體現「自然」的場域，與當時知識界流行的在「仙境」、「玄境」、「淨土」、「山水」尋求「自然」，對照鮮明。因為前述四境皆從遠離人寰、否定人間來定位個體逍遙的情境，陶淵明則明顯反其道而行，他將個體的自得逍遙從人的「關係性」上定位，他的「自然」有在人間實踐的基本預設與前提，由此建構了獨樹一幟的「人境的自然」，這是他的「新自然說」。〔註116〕

蔡瑜認為，六朝人喜歡以遠離世間的方式，來體現「自然」、實現個體的逍遙自適。由此可知，當時人雖能接受人境之隱，卻未必全然欣賞之。故而，六朝人對陶淵明其人，雖能認可其隱者身分，卻未普遍給予推崇。

〔註116〕蔡瑜：《陶淵明的人境詩學》（臺北：聯經出版事業公司，2012年4月），頁11～12。

　　而對於陶淵明的詩文，六朝文人也少有欣賞者。由本文第三章可知，當時少有文人評論陶詩文，也罕見對陶詩文進行擬作者。之所以如此，乃是因六朝文風以華麗為宗尚，而陶淵明的文風卻以質樸見長。因此，儘管陶淵明的文章中，有述及隱居的閒適樂趣，符合六朝人對隱逸之想像者。〔註117〕但在「世嘆其質直」（見前引鍾嶸《詩品》）的情況下，並未有許多文人對之投以矚目。另外，陶淵明的詩文，其中多有將田居生活、農事作為書寫主題者。從六朝擬陶詩的書寫內容便可略為知悉，這些題材可說是陶淵明最具標誌性的詩文內容之一。如鮑照、江淹之擬陶詩（見前引鮑照〈學陶彭澤體詩〉、江淹〈雜體詩三十首‧陶徵君潛田居〉），即以陶淵明書寫閒適之情、田家農耕生活的詩歌內容，為模仿的對象。這類詩歌內容，較難進入六朝人的審美視域。六朝時人較喜歡以山水為題材的作品。如蕭統所編《昭明文選》，其中所選之陶詩，便不如謝靈運詩來得多。且《文選》所選之陶詩，也罕有以田園為書寫對象者。〔註118〕其實從蕭統〈陶淵明集序〉中所言，陶淵明「不以躬耕為恥」，就可見，當時處於上流社會的文人們，恐怕是瞧不起耕稼生活的。由上文的論述可見，陶詩文無論在語言風格，抑或是內容上，均難被六朝文人欣賞。

〔註117〕如前文所言，六朝人對隱逸的嚮往，可說是嚮往其逍遙自適之樂。如謝朓於〈之宣城郡出新林浦向板橋〉中所言：「既歡懷祿情，復協滄洲趣。」即點出隱逸是在住宦之外，提供另一種生活上的樂趣。因此六朝文人對於陶淵明閒適的隱居生活，應能有所欣賞。關於這點，可從沈約《宋書‧隱逸傳》及蕭統〈陶淵明傳〉之內容見得。前者記有陶淵明任性自適的飲酒及交友，以及飲酒時撫琴寄意的悠閒行為。而後者也承繼前者之記載，可見作傳者對此隱居方式的認同和欣賞。以上文章參見〔南朝‧齊〕謝朓著，曹融南校註集說：《謝宣城集校註》，頁 219。〔南朝‧梁〕沈約等著，楊家駱主編：《新校本宋書附索引》，頁 2288。〔南朝‧梁〕蕭統：《昭明太子文集》，收錄於嚴一萍選輯：《百部叢書集成三編》影印《常州先哲遺書》本，補遺，頁7。

〔註118〕蕭統《昭明文選》錄有陶詩文九篇。綜觀此九篇文章，其中出現田園生活片影的，為〈讀山海經詩〉及〈歸去來〉。然此二作並非以田居生活為主要書寫題旨。

綜合以上論述可知,陶淵明其人的隱居特質,與其詩文所具的特色,並未進入六朝人的審美視域。因此,即使其隱居方式符合六朝人的隱逸觀,使其隱者身分為人所認同,卻難獲得當時人普遍的推崇。降及唐代,陶淵明才開始得到時人的欣賞。

二、唐代隱逸觀、審美視域對當時陶淵明接受的影響

延續六朝的隱逸思想,唐代文人也多能接受人境之隱。因此,他們對於陶淵明不絕人世,與高門顯貴來往的隱居生活,也可以認同之。如唐代的吏隱,便能充分說明時人對人境隱逸的接受。而當時人對於隱者與世間往來,也不會有太大的非議。事實上,唐代文人好與隱者交友,正可說明此點。如權德輿就寫有〈送李處士歸弋陽山居〉,詩中首二句「暫來城市意何如,却憶葛陽溪上居。」〔註119〕就說明李處士為訪權德輿,離開自己的隱居處,到城市裡尋友。而皎然等人所作〈秋日盧郎中使君幼平泛舟聯句一首〉,〔註120〕記錄盧幼平、皎然等人一同出遊泛舟,而今將別的情形。此次與會者包含處士陸羽(733~804年),其雖為隱士,然卻也與為官者一同遊玩。由此可見,唐代隱士並不拒絕與世俗社會往來,而文人們對於隱士不絕世的行為,也沒有太大的批評,甚至可說,他們本就好結交隱者,與其往來。

唐人不僅認可陶淵明的隱者身分,還能夠加以欣賞之。如上文第二章所言,陶淵明在唐代成為不少文人歌詠或是評論的對象,且與其相關的典故,也廣泛出現在時人的詩文中。唐人之所以能欣賞陶淵明其人,在於當時審美視域的改變。陶淵明的田園隱居,在六朝並未受到欣賞。此乃是因六朝人多喜愛山水,而少關注田野之美。然在唐時,田園開始進入文人的審美視域。如前文所言,唐代之士人階層,除了舊有的門第世家子弟外,又有庶族的加入。而庶族子弟,比起世族,

〔註119〕〔清〕彭定求等編:《全唐詩》,頁804。
〔註120〕此聯句詩由皎然、盧藻、盧幼平、陸羽、潘述、李悟、鄭述誠等一同寫成。參見〔清〕彭定求等編:《全唐詩》,頁1950。

更有機會親近田野，也更能將田野視作審美對象。除此之外，於唐人
的隱逸觀中，逍遙自得的境界，不一定要在自然山水中尋得。人境之
中的田園，對唐人而言，也能成為一遂隱逸情懷的地方。故而唐代文
人多能將田園作為審美的對象，也樂於將之作為隱居的歸所。如盧照
鄰、白居易，便將田野作為隱逸的處所：

> 歸休乘暇日，馌稼返秋塲。徑草疏王篲，巖枝落帝桑。
> 耕田虞訟寢，鑿井漢機忘。戎葵朝委露，齊棗夜含霜。
> 南澗泉初冽，東籬菊正芳。還思北窗下，高臥偃義皇。
> 〔註121〕（盧照鄰〈山林休日田家〉）

> 種田計已決，決意復何如？賣馬買犢使，徒步歸田廬。
> 迎春治未耙，候雨辟蒿萊。策杖田頭立，躬親課僕夫。
> 吾聞老農言：為稼慎在初；所施不鹵莽，其報必有餘。
> 上求奉王稅，下望備家儲。安得放慵惰，拱手而曳裾？
> 學農未為鄙，親友勿笑余；更待明年後，自擬執犁鋤。
> 〔註122〕（白居易〈歸田三首・其二〉）

盧照鄰將田家做為休沐的場所，覺得徜徉在田野之中，令人忘記世俗
的煩憂，得以一遂有如隱逸的逍遙之情。而白居易也將田園做為隱居
之地，〔註123〕向老農學習農事，並期許來年自己也能親自耕種。

　　由此可見，田園常被唐代文人視為可一遂隱逸情懷的處所。而由
於田園進入唐人的隱逸審美視域，故而唐人比起六朝文士，更能欣賞
陶淵明的田家隱逸，並因此對陶淵明其人有所欣賞。如李白於〈尋陽
紫極宮感秋作〉中所言：「四十九年非，一往不可復。野情轉蕭散，世
道有翻覆。陶令歸去來，田家酒應熟。」〔註124〕便希望自己有朝一
日，也能像陶淵明一般，歸隱田園。而錢起於〈九日田舍〉中，則以

〔註121〕〔唐〕盧照鄰著，李雲逸校注：《盧照鄰集校注》，頁132。
〔註122〕〔唐〕白居易著，顧學頡校點：《白居易集》，頁114。
〔註123〕由白居易〈歸田三首・其一〉：「金門不可入，琪樹何由攀？不如歸
　　　　山下，如法種春田。」可知，白居易當時因未獲官職，而隱於田園。
　　　　參見〔唐〕白居易著，顧學頡校點：《白居易集》，頁114。
〔註124〕〔唐〕李白著，〔清〕王琦注：《李太白全集》，頁1114。

「今日陶家野興偏，東籬黃菊暎秋田。」來描繪田舍的風景，由此該
可見得，作者對於陶淵明田家之趣的喜好。

　　如說唐人審美視域的改變，令他們能欣賞陶淵明，那麼，唐人
的隱逸觀念，則影響時人對陶淵明形象構築的傾向。唐人傾向於將
陶淵明描繪為任性自適的隱者，而之所以有此偏好，則導因於唐人
的隱逸觀念。由前文的論述可知，唐代有不少文人，將隱逸視為公
事之餘的消遣。如儲光羲、盧僎皆將下朝後的園林休憩，稱之為大
隱，並於詩中大讚其樂趣所在（參見前文所引儲光羲〈同張侍御鼎
和京兆蕭兵曹華歲晚南園〉、盧僎〈初出京邑有懷舊林〉）。而權德輿、
姚合，則在詩中描述吏隱生活的悠然自適（見前引權德輿〈寄臨海
郡崔穉璋〉、姚合〈寄永樂長官殷堯藩〉）。由於在唐代文人眼中，隱
逸具有逸樂的性質，故而他們對於陶淵明隱者形象的認識，也容易
聚焦於其任性自適的一面。如王維以任天真、好飲酒來描述陶淵明；
而黃滔則認為其性格「超達」（見前引王維〈偶然作六首・其四〉、
黃滔〈贈友人〉）。而孟浩然於〈仲夏歸漢南園寄京邑舊游〉則言：
「嘗讀高士傳，最嘉陶徵君。日睹田園趣，自謂羲皇人。」以此表
示自己喜歡陶淵明悠閒自得的一面。筆者認為，唐人之所以特別喜
好陶淵明任天真的性格，乃是因為他們的隱逸觀，具有視隱逸為樂
趣的特質。

　　而陶淵明的詩文，在唐代也得到更多文人的喜愛。如第三章所言，
陶淵明在唐代常與謝靈運合稱為陶、謝；且相比於六朝，唐時唱和、
繼作、擬作陶之文章的士人也有所增加。陶淵明的詩文之所以在唐代
受到許多文人欣賞，除了唐人為文不再以華美是尚外，也與陶淵明的
詩文內容，進入唐人的審美視域有關。

　　陶淵明的詩文內容，常寫及田居生活、農事等等。而六朝人則較
喜歡將山林作為審美對象，故而少欣賞野田。降及唐代，文人則在欣
賞山水的同時，也佳好田園之美。此可由前文所述及，田園詩在六朝

未興，而在唐時卻為許多文人書寫，這點見得。此外，由〈桃花源記〉在六朝與唐時之接受差異，或可證明唐時士人的審美視域，與六朝有所不同。〔註 125〕

　　陶淵明〈桃花源詩〉及其序文，寫出一理想社會、生活形態。桃花源裡的世界「土地平曠，屋舍儼然，有良田、美池、桑竹之屬，阡陌交通，雞犬相聞。」（見前引〈桃花源記〉），其中的居民過著「相命肆農耕，日入從所憩。桑竹垂餘蔭，菽稷隨時藝。春蠶收長絲，秋熟靡王稅。」〔註 126〕的生活。桃花源成為理想地、清幽居處的代名詞，出現在六朝人的詩文中，如徐陵〈山齋詩〉：「桃源驚往客，鶴嶠斷來賓。復有風雲處，蕭條無俗人。」、庾信〈奉報趙王惠酒詩〉：「梁王脩竹園，冠蓋風塵喧。行人忽枉道，直進桃花源。」皆以桃花源形容遠離世俗之地。而李巨仁〈登名山篇〉：「寓目幽棲地，駕言追綺季。避世桃源士，忘情漆園吏。」則將「桃源士」代稱隱者。不過，有關「桃源」、「桃花源」的典故應用，在六朝並不多見。且此篇作品，於當時也未有文人繼作。降及唐代，此情況始有改變。

　　於唐代，文人不僅將〈桃花源記〉作為典故，也承其內容來進行繼作。前者如孟浩然〈游精思題觀主山房〉：「誤入花源裏，初憐竹逕深。方知仙子宅，未有世人尋。」〔註 127〕以桃花源來形容觀主山房之幽靜閑雅。又如錢起〈初黃綬赴藍田縣作〉：「居人散山水，即景真桃源。鹿聚入田遙，雞鳴隔嶺村。」〔註 128〕其中之桃源用以形容眼前純樸的鄉村景象。而桃花源在唐代，依然保持著與隱逸的關聯。如劉長

〔註 125〕〈桃花源記〉為〈桃花源詩〉之序文，而從後人對「桃源」典故的使用可知，〈桃花源記〉對後世文人的創作影響較大。故而本文中論及六朝、唐代人對陶淵明此兩篇文章的接受情況，皆以序文為主。

〔註 126〕出自〈桃花源詩〉，參見〔晉〕陶淵明著，袁行霈箋注：《陶淵明集箋注》，頁 480。

〔註 127〕〔唐〕孟浩然著，佟培基箋注：《孟浩然詩集箋注》，頁 375。

〔註 128〕〔唐〕錢起著，阮廷瑜校注：《錢起詩集校注》（臺北：新文豐出版股份有限公司，1996 年 2 月），頁 229。

卿〈尋張逸人山居〉:「危石繞通鳥道,空山更有人家。桃源定在深處,澗水浮來落花。」〔註129〕以桃源言隱者之居處。而李嘉佑〈送韋邕少府歸鐘山〉:「祈門官罷後,負笈向桃源。」〔註130〕則以歸往桃源代指隱居。而唐代有關〈桃花源記〉之繼作,也多有文人為之。此部分於上文已述及,茲不再重複論述。

　　〈桃花源記〉在六朝與唐代之所以有如此顯著的接受差異,筆者以為,乃是因文中所描述之理想社會,抑或可說是樂園、隱居處,並不符合六朝人的審美視域。由六朝時人對〈桃花源記〉典故之運用情況可知,桃花源在當時或用以形容遠離塵囂之清幽地,或與隱逸有所關聯。而當時人對於避世幽境的想像,多置諸於山水上。是故,〈桃花源記〉中所描述的,構築在人境,以田野風光與農村生活為內容的理想社會或是樂園,恐怕無法引起時人的喜好。而唐人之審美視域則有所改變。除了山水之美外,田園也成為唐人之審美對象。因此,〈桃花源記〉便廣為唐時文人所接受。

　　由於審美視域產生變化,故而唐人能欣賞陶淵明的文章。而唐人對於陶詩文的內容,存在著偏好。從第三章的論述可見,唐時文人特別喜好陶淵明書寫閒情、逸樂的文章。而之所以有此喜好,筆者認為,應是受到唐時人對隱逸的想像,與對陶淵明形象的偏好所影響。由唐時隱逸觀可知,許多唐人將隱逸視為一種滿足個人對逍遙之情的追求。故而他們在閱讀陶淵明書寫田園隱居之樂、任性自適之情的作品,便容易產生欣賞、欣慕之感。而唐人對陶淵明的認識,也影響他們對陶詩文的喜好。如本文第三章便述及,王績、白居易創作擬陶詩文,之所以會揀選與閒情自適相關的作品作為模仿對象,該也是出於他們對陶淵明的認識,便是以任真自得為其最主要的人格特質。由此可見,唐人之所以特別喜好以閒情逸致為主題的陶詩文,該是受到當時之隱逸觀,以及對陶淵明的想像所影響。

〔註129〕　〔唐〕劉長卿著,儲仲君箋注:《劉長卿詩編年箋注》,頁524。
〔註130〕　〔清〕彭定求等編:《全唐詩》,頁485。

　　陶淵明的詩文，在唐代廣為文人所喜好；而陶淵明其人，也為許多唐人所欣賞。此乃是因陶淵明其人、其詩文所具的特質，符合唐人的審美視域。由此便可見得，相比於六朝，陶淵明在唐代獲得更多文人的推尊。而唐人隱逸觀，除了令時人承認陶淵明的隱士身分外，也影響當時人對陶淵明形象及其詩文內容的偏好。

　　由上文的論析可知，陶淵明的隱者身分，無論在六朝或是唐代，都受到承認。陶淵明之隱居，並非如傳統上所認知的隱士那般，隱於深山之中。相反的，他居於人境，且又與高門子弟、官場中人往來。六朝與唐代文人皆能接受此種隱逸型態。然而，六朝人未能欣賞陶淵明的人境之隱。因為六朝人多認為，山林方為較理想的隱居地。而唐代文人則能欣賞陶之隱逸，因為當時人認為田野也是能一遂棲逸之情的所在。而陶淵明質樸自然、常書寫田居樂趣與農事的詩文，在六朝並未受到許多文人欣賞。此乃因六朝人喜愛華美文風，且少將田園視為審美對象。而唐人則能賞愛陶詩文。因為唐人為文不再單純宗尚雕琢麗辭，且唐代文人能欣賞以田野為書寫主題的作品。由此可知，六朝、唐代的隱逸觀，令他們承認陶淵明的隱者身分，而兩個時代不同的隱逸、文學審美視域，則讓他們推崇陶淵明的程度，產生差異。而唐代隱逸觀，在令唐人接受陶之隱者身分的同時，也對時人的陶淵明形象建構傾向，與對陶詩文內容的喜好，產生影響。

　　綜合本章之論述可知，陶淵明其人、其詩文在六朝並未受到普遍的欣賞與推崇。陶淵明的隱者身分之所以為六朝人所承認，乃是因當時人能接受人境之隱。然而由於當時之審美觀影響他們對理想隱居型態的想像——以山林之隱為佳，以及時人較難將田園視為審美對象，故而他們對於陶淵明的隱居，無法報以欣賞的目光。而陶詩文無論在為文風格，抑或是在書寫內容上，皆未進入六朝人的審美視野，故而也未得時人喜好。而降及唐代，陶淵明開始為文人所推崇。唐人之隱逸觀與審美視域，令他們不僅肯定陶淵明的隱者身分，又能有所賞愛。而陶詩文的風格與內容，也為唐人的審美視域所接納，並賞愛之。可

見，六朝、唐代隱逸觀，令時人認可陶淵明的隱士身分，而六朝、唐
時不同的隱逸與文學審美視域，則讓兩個時代的文人，對陶淵明其人、
其詩文產生不同的推崇程度。由此來觀之，便可理解為何六朝少有人
在詩文中描繪陶淵明之形象；而唐代則有更多文人對陶淵明之形象進
行構築。以及陶淵明的文章在六朝時較少為文人所喜愛，直至唐時方
受到更多欣賞，乃至模仿。而陶淵明任真自適的人格特質，與其所寫
作的，與閒適之情相關的作品，為何特別受唐人喜愛？這點便也可從
唐時文人對隱逸之想像，帶有逸樂之特質得見。

第五章 結　論

　　由本文之論述可知，陶淵明其人其詩文於六朝至唐代之接受情形，有其變化所在。而造成六朝、唐代文人對陶淵明的推崇程度有所差異的原因，或可從兩個時代的隱逸觀，以及隱逸、文學的審美視域進行論述。

　　於本文第二章，就六朝至唐代陶淵明「其人」之接受情況進行討論，並得出兩項結論：其一，六朝自唐代的陶淵明形象構築，基本上差異不大，不過也有不同之處。另外，六朝、唐代文人，對陶淵明形象之刻劃，具有頗為一致的傾向——將之視為任真自得的隱者。其二，六朝至唐代，對陶淵明進行描述、建構其形象之文人，有增加的趨勢。

　　首先，就陶淵明形象塑造進行討論，可知，兩個時代之陶淵明形貌，既有所承繼，也有所不同。從陶淵明「出仕者」形象之刻劃可見得，六朝自唐代文人皆傾向於將其刻劃為一有氣節，忠於晉室，不為官祿折腰的士人。同時，兩個時代的文人，也都會將陶淵明描繪成一位雖任有官職，然心懷丘壑之想，可能對仕途並不熱衷，反而嚮往自適自在之生活的出仕者。不過在唐時，有些文人建構出一新的陶淵明出仕者形象，即是，將之描寫成以上古社會純樸之教，治理百姓之人。此形象於六朝抑或是唐代，都相當少見，然也可由此得知，有些文人將陶淵明任性自適的形象予以擴張，認為其為官治理，也會依此性情而為之。

　　而六朝至唐代文人對於陶淵明「隱逸者」形象的認識，基本上也頗一致，然又有所不同。首先，由兩個時代的士人對陶淵明歸隱動機的描寫可見，他們常將陶淵明寫作一明哲保身、依己性情行事之人。而相比於陶之隱居原因，文人更喜於描繪其隱居生活。六朝至唐代人常將陶淵明描繪為一任真自得、安貧、遺榮利之隱士，且特別強調其真率自適的人格特質。不過在唐時，開始有文人提出對陶淵明隱者形象的不同看法，如認為其未必如此通達自適，而是掛懷世情，或對現實有所不滿、遺憾，抑或者對自己窮困乃至於需要乞食於人的生活，感到羞慚。

　　統整第二章對陶淵明「出仕者」、「隱逸者」之形象建構可知，六朝與唐代文人，對於陶淵明「出仕」、「隱逸」者的形象描繪，皆未少去任性自適的一面。而在此兩個形象之間，六朝、唐代文人又傾向聚焦在陶淵明的隱者身分上。此兩個時代的士人皆傾向對陶淵明「隱逸者」形象作出更多著墨，且特別聚焦在其任真自得的人格特質。此便是這兩個時代，對陶淵明之認識所存有的偏好。

　　六朝至唐代，對陶淵明的形象構築基本上一致，此為兩個時代在陶淵明「其人」之接受情況上的相同處。而有所差異的地方在於：其一，唐代開始出現不同的陶淵明形象刻劃；其二，兩個時代對陶淵明進行描述之文人的數量，存有一定的差距。於唐代，始有更多文人在詩文中構築陶淵明的形象。也因此，相比於前代，唐時更能歸整出該時代對陶淵明的形象構築，是否具有其一致性，以及趨勢所在。這正反映出六朝與唐代，在陶淵明「其人」之接受情況上的差異。

　　由第二章之論述可知，陶淵明「其人」之接受，到唐時更為普遍。而陶淵明「其詩文」，也是在唐時得到更多矚目。本文第三章就陶淵明詩文於六朝至唐代之接受情形進行討論，並得出以下之結論：一，由六朝至唐代，陶淵明詩文之接受情形有著顯著的變化。二，在唐代，文人對陶詩文的接受，會對整體的陶淵明接受產生作用。

　　首先，在六朝，對陶淵明之文章進行具體評論的文人並不多，且

時人在祖述前代文學流變時，也幾乎未提及陶淵明。至於當時的詩文創作，也少有受陶淵明影響者。如六朝時少有文人以陶詩文作為典故進行創作，也罕見文人擬作陶之文章，而唱和、繼作陶詩文者，依筆者目前所見的文獻而言，則幾不可見。而在唐代，此接受情況則出現變化。雖在唐時，仍少見文人具體地評論陶之文章，且當時祖述前代文學的文章，也不一定會提到陶淵明。然於唐代，陶淵明的文章開始受到肯定。如當時文人會將其與謝靈運並稱，抬高其詩文的價值；抑或者在創作文章時受其影響，如在唐時開始有更多文人在文章中以陶詩文作為典故，或唱和、繼作、擬作陶詩文。

　　由第三章之論述可見，陶詩文於六朝至唐代的接受狀況，有相當大的改變。於六朝，儘管有部分文人對陶淵明文章作出正面的評價，然並未令陶詩文，在當時得到更多欣賞、矚目。而在唐代，則有更多文人欣賞、喜愛陶詩文。此外，唐代陶詩文的接受，又與當時的陶淵明整體接受情況有所關聯。

　　唐人對陶文章的賞愛，一方面使當時的陶淵明接受更為全面——即不僅欣賞「其人」，同時也注重「其詩文」。另一方面，接受特定內容的陶詩文，會加強唐人對陶淵明特定形象的認識，從而令時人更加賞愛、推崇陶淵明。從擬陶詩文之創作可一窺此現象。擬作陶詩文之文人，對陶淵明的文章存在一偏好，即是喜歡以閒情逸致為書寫內容者。而他們所創作的擬陶詩文，也多以此為寫作內容。如說「文學是人格的具現」（見前引羅秀美《宋代陶學研究——一個文學接受史個案的分析》），那麼擬陶詩文所反映的陶淵明形象，多為自適自得的。而此形象，又與唐人對陶淵明形象之普遍認識——任真自得——相契合，從而使唐人在創作，或是閱讀擬作時，對於陶淵明此形象的認識，得到肯定與強化，進而使時人更加欣賞，符合他們喜好的陶淵明。而唐人更加欣賞陶淵明，便會令當時人推崇陶淵明的程度，勝於六朝。

　　統整第三章之論述可知，從六朝至唐代，陶淵明「其詩文」之接

受有著相當顯著的變化，即是：接受陶詩文的人明顯增加；且降及唐代，陶詩文之接受，對當時整體的陶淵明接受產生影響。而由第三章，對擬陶詩文之創作的分析，也可得知，唐人對陶淵明文章存在頗為一致的偏好——喜愛其書寫閒適之情的作品。

綜觀第二、三章之分析，可知，對陶淵明「其人」、「其詩文」的喜好，乃至推崇，是到唐代才開始興盛、普及於士人階層的。而讓六朝至唐代陶淵明的接受情況產生變化的，便是兩個時代的隱逸觀與審美視域的差異。本文第四章即就六朝、唐代的隱逸觀、審美視域進行討論，並得到以下結論：一，六朝、唐代的希企隱逸之風，與接受「人境之隱」的隱逸觀，令當時文人能「肯定」陶淵明的隱者身分。二，六朝、唐代審美視域的差異，令兩個時代推崇陶淵明的程度產生變化。唐時文人比起前代，更能「欣賞」陶淵明。

首先，對隱者的尊尚令陶淵明得到六朝、唐代文人的注意。而陶淵明於人境隱逸的方式，之所以為兩個時代的文人所接受，乃是因當時的隱逸觀，存在著隱逸不一定要棲居深山，而是可於人境完成的觀念。對「人境之隱」的認同，令陶淵明的隱者身分得到六朝、唐代文人承認。

而隱逸觀、審美視域的不同之處，則令六朝至唐代人推崇陶淵明的程度產生變化。六朝時人雖肯定陶淵明的隱者身分，然未必「欣賞」之。首先，六朝時期的隱逸審美視域，令時人視山林為較理想的棲逸場域。故而六朝人多無法欣賞陶淵明的田園隱居。而陶淵明的詩歌，又在六朝人的文學審美趣尚外。當時文人喜愛華美的文風，且較喜描繪山林之美，而未將田園視為審美焦點。由此可見，陶淵明其人、其詩文，並未受到許多六朝文人的欣賞。

而降及唐代，此接受情況則有所改變。在唐時，文人不僅賞愛山水，也能視田野為美，因此躬耕鄉里的陶淵明自然獲得唐人欣賞的目光。唐代之隱逸審美視域相比於六朝，實有所改變。而唐人的文學審美視域也有所改變。因不再以華美是尚，故而當時文人能接受風格質

樸的陶詩文。且又因田園成為審美對象之一，故而唐人能欣賞陶淵明的文章。

　　由本論文之論述可見，六朝至唐代陶淵明其人、其詩文的接受，皆有所轉變。而此變化所呈現的，便是陶淵明愈發得到文人的欣賞、推崇。至於促成此接受情況之轉變的，則是兩個時代隱逸與文學審美視域的變化。

參考書目

一、古籍（依朝代排序）

1. 〔戰國〕呂不韋著，陳奇猷校釋：《呂氏春秋新校釋》（上海：上海古籍出版社，2002 年 4 月）。

2. 〔漢〕班固著，楊家駱主編：《新校本漢書并附編二種》（臺北：鼎文書局，1986 年 10 月）。

3. 〔晉〕陶淵明著，袁行霈箋注：《陶淵明集箋注》（北京：中華書局，2003 年 4 月）。

4. 〔晉〕孫盛：《晉陽秋》，收錄於嚴一萍選輯：《百部叢書集成三編》影印《黃氏逸書攷》本（臺北：藝文印書館，1971 年 10 月）。

5. 〔南朝·宋〕檀道鸞：《續晉陽秋》，收錄於嚴一萍選輯：《百部叢書集成三編》影印《黃氏逸書攷》本（臺北：藝文印書館，1971 年 10 月）。

6. 〔南朝·宋〕范曄著，楊家駱主編：《新校本後漢書并附編十三種》（臺北：鼎文書局，1987 年 5 月）。

7. 〔南朝·宋〕何法盛《晉中興書》，收錄於〔唐〕房玄齡等著，楊家駱主編：《新校本晉書并附編六種》（臺北：鼎文書局，1990 年）。

8. 〔南朝·宋〕謝靈運著，黃節注：《謝康樂詩注》，收錄於《謝康

樂詩注；鮑參軍詩注》（北京：中華書局，2008 年 1 月）。

9. 〔南朝・宋〕鮑照著，黃節注：《鮑參軍詩注》，收錄於《謝康樂詩注；鮑參軍詩注》（北京：中華書局，2008 年 1 月）。

10. 〔南朝・宋〕劉義慶：《幽明錄》，收錄於嚴一萍選輯：《百部叢書集成》影印《琳琅秘室叢書》本（臺北：藝文印書館，1967 年）。

11. 〔南朝・宋〕劉義慶著，徐震堮校箋：《世說新語校箋》（北京：中華書局，1984 年 2 月）。

12. 〔南朝・齊〕謝脁著，曹融南校註集說：《謝宣城集校註》（上海：上海古籍出版社，2001 年 4 月）。

13. 〔南朝・梁〕沈約等著，楊家駱主編：《新校本宋書附索引》（臺北：鼎文書局，1987 年 5 月）。

14. 〔南朝・梁〕蕭子顯著，楊家駱主編：《新校本南齊書附索引》（臺北：鼎文書局，1990 年 7 月）。

15. 〔南朝・梁〕蕭統：《昭明太子文集》，收錄於嚴一萍選輯：《百部叢書集成三編》影印《常州先哲遺書》本（臺北：藝文印書館，1971 年 10 月）。

16. 〔南朝・梁〕蕭統編，〔唐〕李善注：《文選》（臺北：文津出版社，1987 年 7 月）。

17. 〔南朝・梁〕蕭統編，〔唐〕李善等注：《六臣文選》（臺北：華正書局，1981 年 5 月）。

18. 〔南朝・梁〕劉勰著，周振甫注：《文心雕龍注釋》（臺北：里仁書局，2001 年 9 月）。

19. 〔南朝・梁〕蕭綱著，肖占鵬、董志廣校注：《梁簡文帝集校注》（天津：南開大學出版社，2015 年 7 月）。

20. 〔南朝・梁〕鍾嶸著，陳延傑注：《詩品注》（臺北：里仁書局，1992 年 9 月）。

21. 佚名：《蓮社高賢傳》，收錄於嚴一萍選輯：《百部叢書集成》影印《漢魏叢書》本（臺北：藝文印書館，1967 年）。

22.〔隋〕王通：《中說》，收錄於嚴一萍選輯：《百部叢書集成》影印
《漢魏叢書》本（臺北：藝文印書館，1967 年）。

23.〔唐〕房玄齡等著，楊家駱主編：《新校本晉書并附編六種》（臺北：鼎文書局，1990 年）。

24.〔唐〕李延壽著，楊家駱主編：《新校本南史附索引》（臺北：鼎文書局，1985 年 3 月）。

25.〔唐〕姚思廉等著，楊家駱主編：《新校本梁書附索引》（臺北：鼎文書局，1990 年 7 月）。

26.〔唐〕虞世南著，孔廣陶校註：《北唐書鈔》（臺北：宏業書局，1974 年 10 月）。

27.〔唐〕歐陽詢等著：《藝文類聚》（臺北：文光出版社，1974 年 8 月）。

28.〔唐〕徐堅等著，楊家駱主編：《初學記》（臺北：鼎文書局，1976 年 10 月）。

29.〔唐〕王績著，金榮華校注：《王績詩文集校注》（臺北：新文豐出版股份有限公司，1998 年 6 月）。

30.〔唐〕王勃著，〔清〕蔣清翊註：《王子安集註》（上海：上海古籍出版社，1995 年 11 月）。

31.〔唐〕岑參著，陳鐵民、侯忠義校注：《岑參集校注》（上海：上海古籍出版社，2004 年 9 月）。

32.〔唐〕盧照鄰著，李雲逸校注：《盧照鄰集校注》（北京：中華書局，2005 年 9 月）。

33.〔唐〕駱賓王著，〔清〕陳熙晉箋注：《駱臨海集箋注》（臺北：世界書局，1962 年 10 月）。

34.〔唐〕王昌齡著，李國勝校注：《王昌齡詩校注》（臺北：文史哲出版社，1973 年 10 月）。

35.〔唐〕王維著，〔清〕趙殿成箋注：《王右丞集箋注》（上海：上海古籍出版社，1998 年 3 月）。

36. 〔唐〕李白著，〔清〕王琦注：《李太白全集》（臺北：華正書局，1979 年 3 月）。

37. 〔唐〕杜甫著：《杜工部集》（臺北：臺灣學生書局，1971 年 2 月）。

38. 〔唐〕杜甫著，〔宋〕郭知達集註：《九家集註杜詩》（臺北：大通書局，1974 年 10 月）。

39. 〔唐〕孟浩然著，佟培基箋注：《孟浩然詩集箋注》（上海：上海古籍出版社，2000 年 5 月）。

40. 〔唐〕韋應物著，陶敏、王友勝校注：《韋應物集校注》（上海：上海古籍出版社，1998 年 12 月）。

41. 〔唐〕劉長卿著，儲仲君箋注：《劉長卿詩編年箋注》（北京：中華書局，1996 年 7 月）。

42. 〔唐〕韓愈著，馬通伯校注：《韓昌黎文集校注》（臺北：華正書局，1975 年 4 月）。

43. 〔唐〕韓愈著，錢仲聯集釋：《韓昌黎詩繫年集釋》（上海：上海古籍出版社，1998 年 3 月）。

44. 〔唐〕白居易著，顧學頡校點：《白居易集》（北京：中華書局，1996 年 2 月）。

45. 〔唐〕白居易著：《白氏六帖》，見〔唐〕白居易著，〔宋〕孔傳續傳：《白孔六帖》，收錄於〔清〕永瑢、紀昀等纂修：《景印文淵閣四庫全書》（臺北：臺灣商務印書館股份有限公司，1986 年 3 月）。

46. 〔唐〕劉禹錫著，卞孝萱校訂：《劉禹錫集》（北京：中華書局，2000 年 12 月）。

47. 〔唐〕柳宗元著，王國安箋釋：《柳宗元詩箋釋》（上海：上海古籍出版社，1998 年 2 月）。

48. 〔唐〕皮日休：《鹿門子》，收錄於嚴一萍選輯：《百部叢書集成》影印《子彙》本（臺北：藝文印書館，1965 年）。

49. 〔唐〕李商隱著，錢振倫箋，錢振常注：《樊南文集補編》（臺北：臺灣中華書局，1965 年 11 月）。

50.〔唐〕李商隱著,〔清〕馮浩箋注:《玉谿生詩集箋注》(臺北:里仁書局,1981 年 8 月)。

51.〔唐〕韓偓著,陳繼龍註:《韓偓詩註》(上海:學林出版社,2000 年 12 月)。

52.〔五代・後晉〕劉昫等著,楊家駱主編:《新校本舊唐書附索引》(臺北:鼎文書局,1989 年 12 月)。

53.〔五代〕王定保著,〔清〕蔣光煦校:《唐摭言》,收錄於楊家駱主編:《唐摭言;唐語林》(臺北:世界書局,1962 年 2 月)。

54.〔宋〕歐陽修等著,楊家駱主編:《新校本新唐書附索引》(臺北:鼎文書局,1989 年 12 月)。

55.〔宋〕嚴羽著,郭紹虞校釋:《滄浪詩話校釋》(臺北:里仁書局,1987 年 4 月)。

56.〔宋〕釋道原編:《景德傳燈錄》(臺北:彙文堂出版社,1987 年 6 月)。

57.〔清〕董誥等編:《全唐文》(北京:中華書局,1983 年 11 月)。

58.〔清〕彭定求等編:《全唐詩》(上海:上海古籍出版社,1996 年 11 月)。

59.〔清〕嚴可均:《全上古三代秦漢三國六朝文》(臺北:世界書局,1982 年 2 月)。

60.〔清〕郭慶藩編,王孝魚整理:《莊子集釋》(臺北:木鐸出版社,1982 年 9 月)。

61.〔清〕徐松著,趙守儼點校:《登科記考》(北京:中華書局,1993 年 9 月)。

62.〔清〕黃子雲:《野鴻詩的》,收錄於丁福保編:《清詩話》(臺北:木鐸出版社,1988 年 9 月)。

63. 逯欽立輯校:《先秦漢魏晉南北朝詩》(臺北:木鐸出版社,1988 年 7 月)。

二、現代學術論著（依姓氏筆順排序）

（一）專書

1. 王瑤：《中古文學史論》（臺北：長安出版社，1982 年 8 月）。

2. 王力堅：《由山水到宮體——南朝的唯美詩風》（臺北：臺灣商務，1997 年 12 月）。

3. 王國瓔：《古今隱逸詩人之宗：陶淵明論析》（臺北：允晨文化實業股份有限公司，1999 年 9 月）。

4. 方祖燊：《陶淵明》（臺北：河洛圖書出版社，1978 年 8 月）。

5. 李辰冬：《陶淵明評論》（臺北：東大圖書公司，1975 年 8 月）。

6. 何啓民：《中古門第論集》（臺北：臺灣學生書局，1978 年 1 月）。

7. 吳在慶：《唐代文士的生活心態與文學》（合肥：黃山書社，2006 年 8 月）。

8. 邱添生：《唐宋變革期的政經與社會》（臺北：文津出版社，1999 年 6 月）。

9. 余恕誠：《唐詩風貌及其文化底蘊》（臺北：文津出版社，1999 年 8 月）。

10. 高晨陽：《儒道會通與正始玄學》（濟南：齊魯書社，2000 年 1 月）。

11. 袁行霈：《唐詩風神及其他》（香港：香港城市大學出版社，2005 年 7 月）。

12. 張立偉：《歸去來兮：隱逸的文化透視》（北京：生活·讀書·新知三聯書店，1995 年 9 月）。

13. 許尤娜：《魏晉隱逸思想及其美學涵義》（臺北：文津出版社，2001 年 7 月）。

14. 傅璇琮：《唐代科舉與文學》（臺北：文史哲出版社，1994 年 8 月）。

15. 傅紹良：《盛唐文化精神與詩人人格》（臺北：文津出版社，1999 年 6 月）。

16. 黃惠菁：《唐宋陶學研究》（臺北：花木蘭文化出版社，2007 年 3 月）。

17. 葛曉音：《漢唐文學的嬗變》（北京：北京大學出版社，1990 年 11 月）。

18. 葛曉音：《山水田園詩派研究》（瀋陽：遼寧大學出版社，1997 年 3 月）。

19. 葛曉音：《詩國高潮與盛唐文化》（北京：北京大學出版社，1998 年 5 月）。

20. 葛曉音：《山水・審美・理趣》（香港：三聯書店有限公司，2017 年 2 月）。

21. 蔣星煜：《中國隱士與中國文化》（臺北：龍田出版社，1982 年 5 月）。

22. 歐麗娟：《唐詩的樂園意識》（臺北：里仁書局，2000 年 2 月）。

23. 蔡瑜：《陶淵明的人境詩學》（臺北：聯經出版事業公司，2012 年 4 月）。

24. 蕭望卿：〈陶淵明歷史的影像〉，收錄於《陶淵明之思想與清談之關係；陶淵明批評》（太原：山西人民出版社，2014 年 12 月）。

25. 鍾優民：《陶學史話》（臺北：允晨文化實業股份有限公司，1991 年 5 月）。

26. 戴建業：《澄明之境：陶淵明新論》（海口：海南出版社，2015 年 11 月）。

27. 羅宗強：《玄學與魏晉士人心態》（臺北：文史哲出版社，1992 年 11 月）。

28. 羅秀美：《宋代陶學研究——一個文學接受史個案的分析》（臺北：秀威資訊科技，2007 年 1 月）。

29. （日）岡村繁著，陸曉光、笠征譯：《世俗與超俗——陶淵明新論》（臺北：臺灣書店，1992 年 11 月）。

（二）期刊論文

1. 方立天：〈洪州宗心性思想評述〉，《哲學與文化》，第 24 卷第 8
   期（1997 年 8 月），頁 761～776。

2. 王文進：〈陶謝並稱對其文學範型流變的影響──兼論陶謝「田
   園」、「山水」詩類空間書寫的區別〉，《東華人文學報》第 9 期
   （2006 年 7 月），頁 70～107。

3. 白倩：〈陶淵明隱士形象的確立及其成因〉，《寧波教育學院學報》
   第 21 卷第 4 期（2019 年 8 月），頁 67～71。

4. 李紅霞：〈論唐代園林與文人隱逸心態的轉變〉，《中洲學刊》第
   3 期（2004 年 5 月），頁 120～122。

5. 李紅霞〈從小隱、大隱到中隱──論隱逸觀念的遞嬗及其文化意
   蘊〉，《深圳大學學報（人文社會科學版）》，第 23 卷第 5 期（2006
   年 9 月），頁 111～116。

6. 李紅霞：〈論唐詩中的吏隱主題〉，《深圳大學學報（人文社會科
   學版）》，第 26 卷第 6 期（2009 年 11 月），頁 93～97。

7. 李昌舒：〈論中古時期出處思想的演變及其審美意蘊〉，《學海》，
   2009 年 4 月，頁 32～37。

8. 李劍鋒：〈論唐代人接受陶淵明的原因和條件〉，《文史哲》第 3
   期（1999 年 5 月），頁 83～87。

9. 胡秋銀：〈南朝士人隱逸觀〉，《安徽大學學報（哲學社會科學版）》
   第 28 卷第 1 期（2004 年 1 月），頁 139～143。

10. 查正賢：〈論初唐休沐宴賞詩以隱逸為雅言的現象〉，《文學遺產》
    第 6 期（2004 年 11 月），頁 36～45。

11. 黃偉倫：〈六朝隱逸文化的新轉向──一個「隱逸自覺論的提
    出」〉，《成大中文學報》第 19 期（2007 年 12 月），頁 1～26。

12. 賈晉華：〈「平常心是道」與「中隱」〉，《漢學研究》第 16 卷第 2
    期（1998 年 12 月），頁 317～347。

13. 劉翔飛：〈論唐代的隱逸風氣〉，《書目季刊》，第 12 卷第 4 期

（1979 年 3 月），頁 25～40。

（三）論文集論文

1. 陳怡良：〈陶謝兩家理趣詩之比較〉，收錄於《第三屆中國詩學會議論文集——魏晉南北朝詩學》（彰化：國立彰化師範大學國文學系，1996 年 5 月）。

2. 劉紀曜：〈仕與隱——傳統中國政治文化的兩極〉，收錄於黃俊傑主編：《中國文化新論——思想篇（一）：理想與現實》（臺北：聯經出版事業公司，1993 年 4 月）。

（四）學位論文

1. 朱錦雄：《魏晉「會通」思潮下之「通隱」現象研究》（花蓮：國立東華大學中國語文學系研究所碩士論文，2005 年 5 月）。

2. 李小蘭：《中國隱士的精神蛻變》（浙江：浙江師範大學中國古代文學碩士學位論文，2003 年 4 月）。

附錄一：試論韓愈創作奇險詩文風格之因

摘要

　　表現於詩文中的奇險風格，在題材、用字造語等方面，往往帶給人生新怪奇、晦澀難解的閱讀感受。而韓愈便是奇險風格的創作者之一。韓愈之所以創作奇險的詩文風格，筆者認為，可由其創作理念、文學審美、寫作心態等方面加以論析。據此，本文擬分作三部分進行討論。首先，所欲探討的即是韓愈追求新變的寫作理念，與獨特的，喜好雄奇怪變之風格的文學審美，如何令其在作品中發展險怪文風。再來，則針對其立言意識、對才學的重視，以及寫作的遊戲心態等方面，來一探韓愈之所以創作此風格的原因。

　　關鍵詞：韓愈、奇險、唐詩、以文為戲

一、前言

　　所謂詩文中的奇險風格，常表現於用字遣詞、句構章法、題材選擇，乃至於押韻上。比如用字遣詞的生新怪奇、雄豪怒張，或晦澀聱牙。又如在句構章法上跳脫既有的規範，從而開闢出新的表現形式；或於擇題上選取較少被書寫的題材、為詩時押險韻。種種特異新奇，乃至於跟傳統文學之美大大不同的表現手法，皆可視為奇險風格的展現。而韓愈（768～824年），正是這股險怪風格的創作者之一。

　　韓愈創造奇險風格的原因，可從其創作理念、態度，與獨特的文學審美這兩點進行切入。韓愈為文講求創新，如同劉婷蕙所言：

> 韓愈則藉文學運動與建立門徒團體的力量，從實際的文學創作當中展現「通變的思想」並大力實踐，從改革文體進而改革文學思想，主張作家應「閎中肆外」，先修養自身而後「能自樹立」，勇於創新求變，樹立個人風格。……即使是「經典」，也只能「師其意，不師其辭」，為了求新，甚至是「怪怪奇奇」也不為過，充分顯現他想成為文學改革先鋒的強大企圖心。〔註1〕

劉婷蕙認為，韓愈於實際的創作中實現通變的理論。而韓愈為文之通變，著重於創新，並敢於突破前人的典範。因此，奇險怪異的風格，便在這般理論基礎上產生。除為詩作文講究創新外，令奇險風格產生的更直接因素，則是韓愈有意識地在詩文中，嘗試顛覆為人所習慣的傳統審美感受。如同蔣寅（1959年～）所言：

> 認真考量韓愈詩歌的變異，我們會發現，韓愈的努力不只朝向求新，他同時還在顛覆著人們習慣的審美感覺秩序。……他絕不滿足於只帶給人們一些新鮮的美學要素，他試圖從根本上顛覆傳統的審美感覺，以驚世駭俗的變異徹底改變人們對詩歌的趣味。從美學的角度說，其核心在於改變感覺層面的和諧和平衡感。〔註2〕

韓愈意圖讓詩歌不侷限於常見的寫作風格，他期望能在創新之餘，創造出不同尋常的審美感受，進而產生不同的詩歌審美趣味。由上述可見，韓愈之所以在詩文中創造奇險風格，乃是因為他在創作上講求新創，並嘗試塑造不同尋常的審美感受。

　　據此，本文將從韓愈本人的文學審美、創作心態著手，分作以下章節試析其寫作奇險風格的原因。首先，由韓愈對藝術境界的追求，

〔註1〕劉婷蕙：《韓愈散文通變論》（桃園：國立中央大學中國文學研究所碩士論文，2004年5月），頁71。
〔註2〕蔣寅：〈韓愈詩風變革的美學意義〉，《政大中文學報》第18期（2012年12月），頁19。

及其獨特的文學審美觀，可窺見其創作奇險風格的原因。再來，則可從韓愈的立言意識、對個人才學的重視及展現這點切入，探究此般創作心態，如何促成險怪風格的生成。最後，本文擬從韓愈為詩作文時的遊戲心態，來探討此創作心理與奇險風格的關係。

二、韓愈的藝術追求與文學審美

　　韓愈為詩作文講求「陳言務去」，其於〈答李翊書〉中便表示，「當其取於心而注於手也，惟陳言之務去，戛戛乎其難哉。」〔註3〕於此文中，韓愈自述其學習寫作文章的過程。而在此過程中，相當具有挑戰性的，便是在表述自身思想的同時，如何跳脫古人所使用過的詞彙、言語，創造嶄新的字句。除此書簡外，韓愈又於〈答劉正夫書〉中言：

> 或問：為文宜何師？必謹對曰：宜師古聖賢人。曰：古聖賢人所為書具存，辭皆不同，宜何師？必謹對曰：師其意，不師其辭。〔註4〕

可見，韓愈認為師法古人，是學習寫作的必經之路。不過在實際書寫文章時，則該以自身創造的文詞為之，而非因襲前人的詞句。

　　為文講求創新，追求「陳言務去」，令韓愈在寫作上選擇少有人創作的風格進行突破。不過，為何他所選擇的新創路線，是往奇險發展？此便導因於其獨特的審美趣尚。韓愈於〈薦士〉詩中，便誇讚孟郊（751～814年）之文章：「橫空盤硬語，妥帖力排奡。」〔註5〕他認為孟郊所作之詩文，用語奇崛峭硬，氣勢不凡。韓愈於此詩中陳述周代至唐朝當代的文學風貌變化，並列舉陳子昂（661～702年）、李白（701～762年）、杜甫（712～770年）等人加以推崇，又將孟郊列於

〔註3〕唐・韓愈著，馬其昶校注：《韓昌黎文集校注》（上海：上海古籍出版社，1998年3月），頁170。

〔註4〕唐・韓愈著，馬其昶校注：《韓昌黎文集校注》，頁207。

〔註5〕唐・韓愈著，錢仲聯集釋：《韓昌黎詩繫年集釋》（上海：上海古籍出版社，1998年3月），上冊，頁528。

李、杜諸人之後。由此可見韓愈欣賞孟郊所創作的雄奇矯健又峭硬的文章之美。

而從〈調張籍〉中，又可窺見韓愈對於雄奇怪異之美的推崇。於此作中，韓愈大力誇讚李白、杜甫在寫作文章時的萬千氣勢：「想當施手時，巨刃磨天揚。垠崖劃崩豁，乾坤擺雷硠。」〔註6〕他認為李、杜起手創作，其氣勢有如巨刃摩擦天空，令山崖為之崩落，在天地間響起巨石撞擊的聲響。而下文之「我願生兩翅，捕逐出八荒。精神忽交通，百怪入我腸。」〔註7〕則直接道出自己願出八荒，捕逐李、杜已不見於人間的精妙篇章。〔註8〕而百怪入腸，便是他與李、杜文章之精神產生交融時，所得的感受。

由〈調張籍〉可見，韓愈對於李白、杜甫文章的推崇處，在於其中雄豪奇異的部分。從其對李、杜為文之氣勢的描寫，以及從他們的作品中，得到的感受是「百怪入我腸」，便可見得。然而，雄奇僅是李、杜作品中的其中一種樣貌。而韓愈卻特別標舉出這類詩美，並大加稱賞，原因便在於他自身的審美趣尚。誠如羅聯添（1927～2015年）所言：

> 韓愈對於杜甫取其「語不驚人死不休」的寫作精神，而不取其作品寫實的風格；對於李白取其豐富的想像，而不取其不事雕琢的寫作方法。融合李、杜之長，以奇險驚人的語句表現奇詭的想像，遂構成韓詩一大特色。〔註9〕

韓愈在〈調張籍〉中獨舉這風格讚美李、杜詩文，乃是因他喜歡雄偉

〔註 6〕唐・韓愈著，錢仲聯集釋：《韓昌黎詩繫年集釋》，下冊，頁989。

〔註 7〕唐・韓愈著，錢仲聯集釋：《韓昌黎詩繫年集釋》，下冊，頁989。

〔註 8〕由〈調張籍〉中：「帝欲長吟哦，故遣起且僵。翦翎送籠中，使看百鳥翔。平生千萬篇，金薤垂琳琅。仙官勅六丁，雷電下取將。流落人間者，太山一毫芒。」可知，韓愈言天帝因喜愛李白、杜甫之篇什，故遣天將取走其文章。因此現存於人間的李、杜之作，僅是少數。由於有此敘述，故而產生下文所言之，欲捕逐八荒外的李、杜文章的念想。參見唐・韓愈著，錢仲聯集釋：《韓昌黎詩繫年集釋》，下冊，頁989。

〔註 9〕羅聯添：《韓愈研究》（臺北：臺灣學生書局，1988年7月），頁302～303。

奇崛的風格，故其所篩撿出的李、杜文章風貌，便具有此般特色。不過，韓愈並不純粹只是個欣賞者，相反的，他更樂於去創造出這樣的文章風貌。

　　與李白、杜甫不同的是，韓愈特意發展奇險風格，將之作為推擴發展的對象。許總於《唐詩體派論》中便言：

> 韓、孟等人對奇險美的追求，固然正是承自李、杜，但其實質則是以自身的審美理想對李、杜詩中所具有的豪壯奇逸因素的極力推擴與片面發展，形成一種具有自覺意識的變態的審美追求。〔註10〕

李白、杜甫的文章中，雖也不乏雄奇之作，不過他們並未特意去發展這類風格的作品。而韓愈則與其不同，他以自身的審美理想，特意將奇險風格標舉而出，並極力追求、發展。在為詩作文時講求創新，又喜愛雄奇瑰怪的風格，並將險怪風貌視作文章之美加以追求，便是韓愈創造出奇險風格的重要原因。

　　險怪風格於韓愈詩文中的展現，可從文章中所使用的字詞意象，以及對題目的詮釋方式看出。如〈辛卯年雪〉、〈芍藥〉：

> 崩騰相排拶，龍鳳交橫飛。波濤何飄揚，天風吹旛旗。
> 白帝盛羽衛，鬖髿振裳衣。白霓先啓塗，從以萬玉妃。
> 〔註11〕（節錄自〈辛卯年雪〉）

> 浩態狂香昔未逢，紅燈爍爍綠盤龍。覺來獨對情驚恐，身在
> 仙宮第幾重？〔註12〕（〈芍藥〉）

這兩首詩所詠之物分別為雪以及芍藥，此二者都有著細緻、柔軟的特質。然而韓愈在描寫二物時，卻不著重這些特點。相反的，他用新奇，乃至帶有陽剛氣息的譬喻來比附雪和花。詠雪時，他以雄偉怪異的意象，形容雪花如龍鳳交舞，又如空中的大浪、白衣衛士、雪白的蜺、白皙美麗的仙女等等，將一場大雪書寫得宛如神話中的場景。而在描

〔註10〕　許總：《唐詩體派論》（臺北：文津出版社，1994 年 10 月），頁 474。
〔註11〕　唐・韓愈著，錢仲聯集釋：《韓昌黎詩繫年集釋》，下冊，頁 774。
〔註12〕　唐・韓愈著，錢仲聯集釋：《韓昌黎詩繫年集釋》，下冊，頁 948。

寫花朵時，他摒棄常法，以「浩態」寫花開之盛，並以「狂香」寫其
濃郁的氣味。於描摩花朵植株時，則用「紅燈爍爍綠盤龍」，在極寫紅
艷花朵的同時，將芍藥的枝葉比喻為盤繞的龍。此詩屢用奔放、剛硬
的字詞來描繪花朵，造成寫物上的新異化。羅聯添於《韓愈研究》中
便指出：

> 韓愈好將自然界雄奇景物寫進詩篇，如高山、大水、雷霆、
> 電光、冰雪、颶風、蠻瘴、海氣、蛟龍、蛟螭、兩頭蛇、百
> 舌鳥、鵂鶹、猨猴、鬼魅、神仙、瘧鬼等，都是發人所未發，
> 道人所不道，使人讀之有新鮮奇特之感。〔註13〕

好將雄奇怪異的事物運用於文章中，以營造出浩蕩的氣勢與生新的奇
異感，此創作手法令韓愈的作品帶有險怪的色彩。

　　由上文可見，韓愈會於作品中，刻意嘗試較為罕見的寫作方式。
以上述兩首詠物詩而言，韓愈以雄偉、剛硬的意象，去描繪細緻柔軟
的雪與花朵，便是對尋常的詠雪、詠花作出新的嘗試。以不同的視角、
詞彙，重新塑造事物給予人的印象，便是造就奇險風格的原因之一。
劉熙載（1813～1881 年）於《藝概・文概》中就如此言：

> 昌黎尚陳言務去。所謂陳言者，非必勦襲古人之說以為己有
> 也，只識見議論落於凡近，未能高出一頭，深入一境，自「結
> 撰至思」者觀之，皆陳言也。〔註14〕

韓愈所謂「陳言務去」，除要求在寫作上不因襲古人，更希望能開闢
出全新的見解。此般寫作理念運用於實際的創作上，便使其在書寫尋
常題目時，創造出不同的審美感受。除上述之〈辛卯年雪〉、〈芍藥〉，
韓愈又有〈毛穎傳〉。此作同是以尋常之物為書寫對象，不過寫作方
式卻與一般的詠物大不相同。此篇散文以傳記的形式「詠」毛筆，韓
愈將毛筆稱作毛穎，並詳敘其先祖、家世，又敘述毛穎的事蹟、才能，
最後還以史筆感嘆毛穎被秦始皇刻薄對待。將毛筆擬人，並依此虛構

〔註13〕 羅聯添：《韓愈研究》，頁 302。
〔註14〕 清・劉熙載著，冀鵬程撰述：《藝概》（臺北，金楓出版有限公司，
　　　　 1986 年 12 月），頁 39。

傳記，令〈毛穎傳〉乍看之下與詠物無關。然此作之所以具備詠物性質，乃是因韓愈以物為書寫對象，並將物的材質、製作方式、用途融入文章中，具有詠物文學描繪物象的特質。

　　文中言毛穎之祖先為「明視」，明視「佐禹治東方土，養萬物有功，因封於卯地，死為十二神。」〔註15〕按《禮記·曲禮下》云：「凡祭宗廟之禮，牛曰一元大武，……兔曰明視。」〔註16〕可知毛穎之祖先為兔。而此敘述，所欲表示的，便是毛筆的材質源自於兔子（即兔毛）。至於毛筆的製作方式、用途，也為韓愈寫入文中：

> 遂獵，圍毛氏之族，拔其豪，載穎而歸，獻俘於章臺宮，聚其族而加束縛焉。秦皇帝使恬賜之湯沐，而封諸管城，號曰管城子。〔註17〕

> 穎為人強記而便敏，自結繩之代以及秦事，無不纂錄。陰陽、卜筮、占相、醫方、族氏、山經、地志、字書、圖畫、九流、百家、天人之書，及至浮屠、老子、外國之說，皆所詳悉。又通於當代之務，官府簿書，市井貨錢注記，惟上所使。〔註18〕

前段以秦始皇網羅毛氏人才，加以封爵納為己用，暗指毛筆的製作方式。毛筆之製成，是將毫毛聚攏，紮入筆管中。而「拔其豪，載穎而歸，……聚其族而加束縛焉」於此文之「傳記」層面而言，是指始皇網羅毛氏「豪傑」，令其為自己的政權服務。而從本作的「詠物」層面言，則是指製筆過程中的收聚「毫毛」。至於「封諸管城，號曰管城子」，於傳記層面來說，是將人才封爵加以束縛。而在詠物上，則意指製筆時將毫毛收入管中。至於後段則藉由描述毛穎善於記憶，纂錄不少典籍，又熟習官務與記帳的才能，帶出毛筆可用於書寫記錄的功用。此篇文章以相當罕見的擬人筆法來「詠」毛筆，可見韓愈好新奇、追

〔註15〕唐·韓愈著，馬其昶校注：《韓昌黎文集校注》，頁566。

〔註16〕清·孫希旦：《禮記集解》（臺北，文史哲出版社，1990年8月），頁154。

〔註17〕唐·韓愈著，馬其昶校注：《韓昌黎文集校注》，頁567。

〔註18〕唐·韓愈著，馬其昶校注：《韓昌黎文集校注》，頁568。

求突破的創作理念。而這有別於傳統的寫物方式,也可視為韓愈的奇險風格於散文中的展現。

由上述可知,韓愈詩文中的奇險風格之所以產生,與他對文章之美的認識與追求息息相關。韓愈為文講究創新、敢於突破既有典範,此創作理念與態度,催生其創作險怪風格的文章。而韓愈之所以選擇奇險的詩文風貌加以發展,則源自於其審美喜好。韓愈對於雄奇怪異的風格相當讚揚,並勇於在實際創作中追求這樣的文章之美。可見,對文學的獨特審美品味令韓愈選擇險怪風格進行發展,而為文重視新創的寫作理念,除了是催生此風格的原因,更是助長其重要因子。因為在創作奇險風格時又講求創新,便會為了追求前人所未有的字詞、創作手法,或是為了超越自己曾寫過的文章,而創造出更加險怪的作品。

三、韓愈的立言意識與對才學的重視

除講求「陳言務去」,韓愈在寫作上也希冀能夠創造屬於自己的成就。其於〈答竇秀才書〉就言:「愈少駑怯,於他藝能,自度無可努力,又不通時事,而與世多齟齬。念終無以樹立,遂發憤篤專於文學。」〔註19〕由於希望能樹立自己的成就,故而在詩文上發奮,藉此達到立言之目的。韓愈認為,如果文章流於平凡,尾隨世俗的話,便無法流傳於後世。〈答劉正夫書〉、〈與馮宿論文書〉,便道出此般寫作理念:

> 夫百物朝夕所見者,人皆不注視也;及覩其異者,則共觀而言之:夫文豈異於是乎?漢朝人莫不能為文,獨司馬相如太史公劉向揚雄為之最。然則用功深者,其收名也遠;若皆與世沉浮,不自樹立,雖不為當時所怪,亦必無後世之傳也。〔註20〕(〈答劉正夫書〉)

〔註19〕 唐・韓愈著,馬其昶校注:《韓昌黎文集校注》,頁 138～139。
〔註20〕 唐・韓愈著,馬其昶校注:《韓昌黎文集校注》,頁 207。

> 但不知直似古人，亦何得於今人也？僕為文久，每自則意中
> 以為好，則人必以為惡矣：小稱意人亦小怪之，大稱意即人
> 必大怪之也。時時應事作俗下文字，下筆令人慚；及示人，
> 則人以為好矣：小慚者亦蒙謂之小好，大慚者即必以為大好
> 矣。〔註21〕（〈與馮宿論文書〉）

前者指出，世人皆喜不同尋常的事物，這般審美觀也可套用於文章上。
故而韓愈認為，於文章上下功夫，致力於創作不同於俗的詩文，便有
機會讓自己的文章流傳後世。而後者則直接道出，如果為文無法脫離
古人窠臼，便無法在今人中出類拔萃。韓愈自言，令自己感到得意的
文章，往往因不入俗而不被時人喜愛。不過這些詩文，方為他所滿意。

　　韓愈為詩文時的立言意識，令其書寫文章時著重跳脫典範、不隨
時俗。而此般創作理念與險怪風格之間的關係，則可從韓愈希冀詩文
流傳後世，並創造自身的文學成就，這兩項願求說起。韓愈之所以寫
作怪奇風格的文章，其中一項原因便是為了引人注目，抑或是貼合時
人對瑰怪事物的喜好，進而使作品得到傳播。其於〈上宰相書〉、〈上
兵部李侍郎書〉分別有言：「居窮守約，亦時有感激怨懟奇怪之辭，以
求知於天下。」〔註22〕、「南行詩一卷，舒憂娛悲，雜以瓌怪之言，
時俗之好，所以諷於口而聽於耳也。」〔註23〕為使文章得到天下人的
注目，並進而得到流傳，韓愈有時便會創作情感激昂、用詞與風格怪
奇，抑或是內容寫及怪異之事的作品，以達到此目的。

　　韓愈也會為了在寫詩作文上有所樹立，而發展奇險風格。前文提
及，韓愈喜愛險怪的文學之美，其於〈調張籍〉中便道出自己對李白、
杜甫文章中雄奇怪變之美的推崇。而由韓愈的創作理念可知，他不會
僅止於推崇先輩。相反的，他希望能與前人比肩，擁有屬於自己的成
就。趙翼（1727～1814 年）就認為，韓愈追求險怪詩風，是為了能在
李白、杜甫之後獨樹一格：

〔註21〕唐・韓愈著，馬其昶校注：《韓昌黎文集校注》，頁 196。
〔註22〕唐・韓愈著，馬其昶校注：《韓昌黎文集校注》，頁 155。
〔註23〕唐・韓愈著，馬其昶校注：《韓昌黎文集校注》，頁 144。

> 韓昌黎生平所心摹力追者,惟李、杜二公。顧李、杜之前,
> 未有李、杜,故二公才氣橫恣,各開生面,遂獨有千古。至
> 昌黎時,李、杜已在前,縱極力變化,終不能再闢一徑。惟
> 少陵奇險處,尚有可推擴,故一眼覷定,欲從此闢山開道,
> 自成一家。〔註24〕

趙翼於《甌北詩話》中言,韓愈雖心慕李白與杜甫,然而比起跟隨前
人之後,他更希望能走出屬於自己的道路。如前引之〈答劉正夫書〉
所言,倘若「不自樹立」,文章定無法傳於後世。因此,他選擇先輩並
未特意發展之奇險風格,加以琢磨,以塑造出自身獨有的詩文成就。
蔣寅在論及韓愈詩歌中的生澀感時,便認為,韓愈特意發展有別於世
俗喜好的風格,便是為了擺脫前人所帶來的「影響的焦慮」:

> 大曆詩人憑著高超的藝術技巧和對律詩的專精功夫,以數
> 量不菲的創作,將已被盛唐人磨得圓熟的五律和尚未及磨
> 得圓熟的七律都推進到一個相當成熟的境地,同時也因熟
> 而至陳,使後繼者不得不在「影響的焦慮」下產生求新求變
> 的意識,急切希望尋找到一條陌生化的途徑。後來我們看
> 到,元和詩人求變的訴求顯示為兩種選擇,韓孟一派的險怪
> 與元白一派的平易。〔註25〕

有盛唐詩人的典範在前,再加上大曆時人沿盛唐軌跡加以創作。故而
至韓愈所處之時代,近體詩的發展已由成熟進入爛熟,令後起之輩難
以從現有的流行風格中翻新。因此韓愈嘗試前人尚未特意發展的險怪
風格,以求有所樹立。

　　由於在創作當下懷抱立言意識,期望能寫出不同於時俗的文章,
故而韓愈為詩作文相當講究才學。所謂才學,即是創作上的才氣,和
學養知識。韓愈認為,如欲撰寫出色的文章,便需要充足的才學。其
在〈石鼓歌〉中就言:「張生手持石鼓文,勸我試作石鼓歌。少陵無人

〔註24〕清・趙翼:《甌北詩話》(臺北:廣文書局,1971 年 5 月),卷 3,頁
　　　　1。
〔註25〕蔣寅:〈韓愈詩風變革的美學意義〉,頁 9。

謫仙死，才薄將奈石鼓何！」〔註26〕韓愈在此謙退，認為自己的才氣
不如李白和杜甫。而缺少為文的才氣，便不能創作出優秀的作品。因
此，他在書寫作品時，自然會重視才氣的展現。張戒於《歲寒堂詩話》
中就言：「退之詩大抵才氣有餘，故能擒能縱，顛倒崛奇，無施不可。」
〔註27〕張戒認為，韓詩之所以擁有奇崛縱橫的風格，便是因為作者於
文章中施展才氣。而沈德潛（1673～1769年）則在《說詩晬語》中點
出韓愈欲在才學上超越先輩的寫作精神：「昌黎豪傑自命，欲以學問
才力跨越李杜之上。」〔註28〕由於重視創新，並期許能樹立自己的成
就，令韓愈期許自己在才學上超越先輩。

　　立言意識與重視才學，之所以會造成詩文的險怪風格，乃是因
為，這般創作理念、心態，令韓愈特意使用較少被人使用在詩文中的
寫作方式、字詞意象，來書寫文章。而這般創作方式，便令作者在展
露才氣之餘，又塑造出怪奇晦澀的文章風格。首先，韓愈突破文體既
有的寫作形式進行創作，此便在彰顯寫作才能的同時，又令作品在閱
讀體驗上產生不同尋常的險怪感。如〈南山詩〉便是用賦筆進行大篇
幅的鋪陳，以窮極山勢：

> 或連若相從；或蹙若相鬭；或妥若弭伏；或竦若驚雊；
> 或散若瓦解；或赴若輻輳；或翩若船遊；或決若馬驟；
> 或背若相惡；或向若相佑；或亂若抽筍；或嶷若炷灸；
> 或錯若繪畫；或繚若篆籀；或羅若星離；或蓊若雲逗。
> 或浮若波濤，或碎若鋤耨。（節錄自〈南山詩〉）〔註29〕

詩中以大量排比句式，鋪陳南山形貌的變化萬千。有時低伏，有時高
聳得有若受驚雊雞的啼叫。有時走勢徐緩像是行船漫遊，有時卻像疾

〔註26〕唐・韓愈著，錢仲聯集釋：《韓昌黎詩繫年集釋》，下冊，頁794。

〔註27〕宋・張戒：《歲寒堂詩話》，收錄於清・永瑢、紀昀等纂修：《景印文
　　　　淵閣四庫全書》（臺北：臺灣商務印書館，1986年3月），第1479冊，
　　　　頁39。

〔註28〕清・沈德潛：《說詩晬語》，收錄於丁仲祜編訂：《清詩話》（臺北：藝
　　　　文印書館，1977年5月），下冊，卷上，頁660。

〔註29〕唐・韓愈著，錢仲聯集釋：《韓昌黎詩繫年集釋》，上冊，頁434。

馳的馬匹一般驟然加劇變化。而這般大量堆砌形容詞、物象，以描繪對象物的方式，屬於賦的寫作筆法。這般鋪陳方式，一方面表現出雄奇不凡的想像力，一方面也藉以顯示作者筆力雄健，能駕馭這般龐大的排比句構。此外，這些句子的誦讀節奏，為上一下四，此句構常見於散文，而罕見於詩歌。由此寫作筆法可見韓愈嘗試以散文之形式為詩，以此突破詩歌固有的書寫規則，創造新異的詩歌之美。

除以散文的句構、賦之排比鋪陳方式為詩，以凸顯自身的寫作才能外，韓愈也會在詩中押險韻，目的也可說是為了展示自己的創作才能。歐陽修（1007～1072 年）於《六一詩話》中便道出其對韓詩用韻的欣賞：

> 而余獨愛其工於用韻也。蓋其得韻寬，則波瀾橫溢，泛入傍韻，乍還乍離，出入迴合，殆不可拘以常格，如此日足可惜之類是也。得韻窄，則不復傍出，而因難見巧，愈險愈奇，如病中贈張十八之類是也。〔註30〕

文中點出韓愈押韻不拘於常見的韻腳，而是嘗試以罕用的韻書寫詩歌，因此使作品產生險怪奇異的風格。如〈病中贈張十八〉這首詩中，韓愈以「江」韻作為韻腳進行書寫。江韻為一窄韻，且其中有不少罕見字。此詩共二十二個韻腳，其中便有不少罕用於詩歌的險韻，茲舉例如下：

> 傾樽與斟酌，四壁堆罌缸，玄帷隔雪風，照鑪釘明釭。
> 夜闌縱掉闔，哆口疏眉厖，勢倖高陽翁，坐約齊橫降。
> 連日挾所有，形軀頓膹肛。（節錄自〈病中贈張十八〉）〔註31〕

詩中記敘韓愈與張籍（約 767～830 年）兩人於雪夜聚會，相談甚歡。韓愈於此段中使用的韻腳，其中缸、降二字尚屬常見，而釭、厖則屬較罕見的字，至於肛字，則罕用於詩歌中。以這些罕用字作為韻腳來寫作，勢必會造成書寫、造句上的困難。因此，如能駕馭這些韻腳，構組成文氣通暢的詩歌，便能顯露出寫作者出色的創作能力。由此不

〔註30〕 宋‧歐陽修：《六一詩話》，收錄於清‧何文煥：《歷代詩話》（北京：中華書局，2006 年 6 月），上冊，頁 272。

〔註31〕 唐‧韓愈著，錢仲聯集釋：《韓昌黎詩繫年集釋》，上冊，頁 63。

難推斷，韓愈想在詩中展現才氣的企圖。

　　除了在創作上重視才氣外，韓愈也好於文章中表現出自己的學養知識。如其喜在詩文中大量運用生僻字，可能便是想藉此展示自己在文字方面的淵博涉獵。如〈祭河南張員外文〉，便頻繁使用生澀的字詞。文中「洞庭漫汗，粘天無壁；風濤相豗，中作霹靂。」〔註32〕敘寫韓愈與張署羈旅途中所見之景，其中「風濤相豗」寫出洞庭湖波浪相互拍擊的樣貌。依《文選》李周翰注木華〈海賦〉：「磊匌匒而相豗」，可知「豗」為「擊」之意。〔註33〕此外又有「僕來告言，虎入廄處，無敢驚逐，以我騾去。」〔註34〕、「郴山奇變，其水清寫；泊砂倚石，有還無捨。」〔註35〕前段之「騾」所言即是驢；而後段之「還」，依《文選》李善（630～689年）注〈幽通賦〉引班昭（約49～120年）所言，即為「遇」之意。〔註36〕而〈陸渾山火一首和皇甫湜用其韻〉，此詩也有大量險僻字的運用：

　　　　神焦鬼爛無逃門，三光弛隳不復暾。虎熊麋豬逮猴猿，水龍
　　　　鼉龜魚與黿，鴉鴟鵰鷹雉鵠鵾，燖炰煨爊孰飛奔。（節錄自
　　　　〈陸渾山火一首和皇甫湜用其韻〉）〔註37〕

此作中堆疊名物的句法，可說是運用賦之筆法。作者之所以要如此詳盡地羅列山林中的生物，於創作手法而言，是為了營造出萬物奔逃的雜亂景象，以描述山火之猛烈。不過也不難從其中的用字遣詞，看出作者想展露才學的想望。詩中提及的動物，如鼉、黿、鵾，皆為相對少見於詩文中的生物，同時也是罕見的字彙。另外，從燖、炰、爊等描寫動物遭到山火焚燒的字彙，也可見韓愈好用險僻生澀之字詞寫作文章。

　　除了對文字的涉獵外，韓愈也博通許多典故，並因此認識諸多名

〔註32〕唐・韓愈著，馬其昶校注：《韓昌黎文集校注》，頁313。

〔註33〕南朝梁・蕭統編，唐・李善等註：《增補六臣註文選》（臺北，華正書局，1974年10月），頁231。

〔註34〕唐・韓愈著，馬其昶校注：《韓昌黎文集校注》，頁313。

〔註35〕唐・韓愈著，馬其昶校注：《韓昌黎文集校注》，頁313～314。

〔註36〕南朝梁・蕭統編，唐・李善等註：《增補六臣註文選》，頁268。

〔註37〕唐・韓愈著，錢仲聯集釋：《韓昌黎詩繫年集釋》，上冊，頁685。

物。其於〈上兵部李侍郎書〉中便言：

> 凡自唐虞已來，編簡所存，大之為河海，高之為山嶽，明之
> 為日月，幽之為鬼神，纖之為珠璣華實，變之為雷霆風雨，
> 奇辭奧旨，靡不通達。〔註38〕

韓愈自言閱讀過許多典籍，故而通達不少奇異的字詞、名物。不僅博
通許多典籍，韓愈也樂於將所學所知展現於詩文中。如在〈詠雪贈張
籍〉中，韓愈便連用數樣名物，來形容降雪量的龐大：

> 鯨鯢陸死骨，玉石火炎灰。厚慮填溟壑，高愁揪斗魁。日輪
> 埋欲側，坤軸壓將頹。（節錄自〈詠雪贈張籍〉）〔註39〕

詩中以鯨鯢死後的巨大屍骨，以及玉石熔化後的灰燼，來形容厚積的
深雪。接著又言雪積得過高，簡直要觸及北斗七星中的魁星。這樣大
份量的積雪肯定相當厚重，於是後面以太陽遭到淹埋，地軸也快被壓
斷等等的誇飾來形容之。這一連串雄奇怪異的譬喻，皆罕用於形容雪，
而要搜羅到這些材料，必定要廣讀許多典籍。詩中的鯨鯢骨、玉石灰、
坤軸等，分別典出於西晉木華〈海賦〉：「魚則橫海之鯨，突杌孤
遊。……或乃蹭嶝窮波，陸死鹽田。巨鱗插雲，鬐鬣刺天。顧骨成嶽，
流膏為淵。」〔註40〕、《尚書·夏書·胤征》：「火炎崑岡，玉石俱焚。」
〔註41〕以及西晉張華（232～300年）《博物志》：「崑崙山北，地轉下
三千六百里。……地有三千六百軸，犬牙相舉。」〔註42〕由此不難看
出韓愈想在詩中展現自身才學的意圖。

　　觀上文之論述可知，韓愈好於詩文中展現他的創作才華與淵博
知識。而這般馳騁才華的行為，則導因於立言意識。由於希望文章能
與時俗不同、不落古人窠臼，並流傳後世，故而韓愈試圖發展險怪的

〔註38〕唐·韓愈著，馬其昶校注：《韓昌黎文集校注》，頁143。
〔註39〕唐·韓愈著，錢仲聯集釋：《韓昌黎詩繫年集釋》，上冊，頁162。
〔註40〕南朝梁·蕭統編，唐·李善等註：《增補六臣註文選》，頁233。
〔註41〕漢·孔安國傳，唐·孔穎達等正義，許錟輝分段標點：《尚書正義》
　　　　（臺北：新文豐出版公司，2001年6月），頁273。
〔註42〕晉·張華著，晉·范寧校證：《博物志校證》（臺北：明文書局，1984
　　　　年7月），卷1，頁10。

寫作風格。諸如突破文體既有的寫作形式，或押險韻、大量使用生僻字、羅列諸多名物等等。這些寫作手法，除是逞才的具體表現，也是險怪風格生成的原因。當文體突破既有的形式，便會造成閱讀上的新異感。而險韻、生難字彙使用於文章中，則會給予讀者詰屈聱牙的艱澀體驗。至於大量的罕見事物堆疊在詩作中，便會營造出作品的詭怪晦澀感。可見，於文章中肆意馳騁才學，希冀能樹立自身的文學成就，令詩文得到傳播，也是促成奇險風格產生的因素之一。

四、韓愈寫作詩文的遊戲心態

除抱持著立言意識寫作詩文外，韓愈有時也會基於遊戲心態，創作文章。而這般寫作心態，也與其創造的奇險風格有所關聯。由中唐時人對韓愈文章的批評，可見其在寫作上具有遊戲的心態。如裴度（765～839 年）於〈寄李翱書〉中便批評韓愈「以文為戲」：

> 昌黎韓愈，僕識之舊矣，中心愛之，不覺驚賞，然其人信美材也。近或聞諸儕類，云恃其絕足，往往奔放，不以文立制，而以文為戲。可矣乎？可矣乎？今之作者，不及則已，及之者，當大為防焉耳。〔註43〕

裴度於文中表明自己不喜韓愈恃其創作才華，在寫作上馳騁才能，以文為戲的態度，甚至呼籲李翱（774～836 年）別學習這般寫作心態。韓愈這般為詩作文的心態，也受到張籍的非議。張籍於〈與韓愈書〉中有言：「比見執事多尚駁雜無實之說，使人陳之於前以為歡，此有以累於令德。」〔註44〕他認為，韓愈書寫駁雜無實之作以資取樂，這般行為於德行上有所損，因為文章應運用於闡揚聖人之道。〔註45〕不

〔註43〕 清・董誥等編：《全唐文》（北京：中華書局，2001 年 6 月），第 6 冊，頁 5462。

〔註44〕 清・永瑢、紀昀等纂修：《景印文淵閣四庫全書》（臺北：臺灣商務印書館股份有限公司，1986 年 3 月），第 1078 冊，頁 59。

〔註45〕 張籍於〈與韓愈書〉中直言韓愈應將自己為文的才能，運用於弘揚儒家聖人之道：「執事聰明文章，與孟軻、揚雄相若，盍為一書以興存聖人之道，使時之人、後之人，知其去絕異學之所為乎？」參見清・永瑢、紀昀等纂修：《景印文淵閣四庫全書》，第 1078 冊，頁 59。

過韓愈對於這些批評不以為意，其在〈答張籍書〉中便表明自己本就會為了遊戲，而寫作此類文章：「吾子又譏吾與人人為無實駁雜之說，此吾所以為戲耳。」〔註46〕由此可見，韓愈於寫作詩文時，確實會抱存遊戲的心理。

　　而這般遊戲心態，如與韓愈愛好險怪文風的審美觀相結合，又會促成奇險的詩文風格。韓愈寫作時的遊戲心態，之所以會促成險怪風格的產生，筆者認為，可由作者之創作動機，與創作當下的表現手法論起。首先，在創作動機上，韓愈會基於揶揄、自嘲等心態，寫作以粗俗鄙陋、虛構不實之事為內容的文章。如〈嘲鼾睡二首〉，記僧人打鼾的醜態，由題目可見作者之所以寫作此文，恐怕是出於嘲弄此事以資取樂的心態。〔註47〕又如〈送窮文〉，透過虛構故事來嘲解自身的際遇。〔註48〕而用散文、詩歌乘載此類「駁雜無實之說」，或醜陋、粗俗的主題，可說是突破時人對此兩類文體之內容、表現手法的想像，從中可見到奇險風格於文章內容、形式上的顯露。

　　由裴度於〈寄李翱書〉中批評韓愈「不以文立制，而以文為戲」，便可知對唐人而言，文章應具經世致用的功用。而由韓愈之自述，也可見其認為文章應運用於闡述儒家之道。韓愈於〈送陳秀才彤序〉中就有言：「讀書以為學，纘言以為文，非以誇多而鬪靡也；蓋學所以為道，文所以為理耳。」〔註49〕文中指出寫作文章之目的並非用以誇耀文采，而是要運用於闡明道理。此道理，則為儒家之道。因為對文章作用的認知，存在經世濟民之預設價值，故而以遊戲心態寫作「駁雜無實之說」，可說是突破時人對散文的想像，從而給予人奇異的感

〔註46〕唐·韓愈著，馬其昶校注：《韓昌黎文集校注》，頁 132。
〔註47〕〈嘲鼾睡二首〉之內容以記敘僧人打鼾為主，韓愈於此文中的遊戲心態，與奇險文風的展現，詳見下文之說解。
〔註48〕〈送窮文〉記一士人欲送走纏身之窮鬼，韓愈一方面藉此文自我解嘲，一方面也有所寄託。此文之詳解，與其中的遊戲意味、奇險表現，詳見下文。
〔註49〕唐·韓愈著，馬其昶校注：《韓昌黎文集校注》，頁 260。

覺。同樣的情況也可見於以詩歌寫作粗鄙醜陋的事物。詩歌之美在於「雅」，此為歷來文人對詩之審美的偏好，而此偏好，也形成文人對詩歌之美的認識。蔣寅於〈韓愈詩風變革的美學意義〉裡提及，文人寫作詩歌多不脫離古典美，而所謂的古典美具有以下幾個層次：「內容是典雅的，形式是和諧的，內在精神與傳統有著密切的聯繫，而直觀上又能給予欣賞者感官上的愉悅。」〔註50〕文人所創作的詩歌多依循著古典美，此美感在內容、形式上具備和諧、典雅的特質，使人在視聽上獲得愉快的閱讀感受。由於文人自古對詩歌的審美期待，是朝向「雅」而非「俗」，故而將醜怪的物事作為寫作題材，就會形塑出險怪的風格。

　　基於自嘲、取樂等心態，以醜怪粗俗、怪異虛構的事物作為寫作題材，便會產生擇題上的險怪感。而在實際進行創作時，遊戲心態也會促成文章的奇險風格。如前文所引之〈南山詩〉，其中連用大量的，以「或」起首的句式，來極力描繪山勢。筆者認為，此般寫作方式，除馳騁自身的創作才華外，也具有以文字進行遊戲的意味。之所以如此言，乃是因為，於描繪某物的形體上，其實不必特意限制寫作的句式。然而韓愈卻在此詩中，大量且刻意使用同一種句構。由此便可推想其寫作心態，除展現才氣外，又具有「以文為戲」的心理。因為，在頗具限制的句構中創作，嘗試在用字遣詞上有所突破，這般創作行為，本身便具有挑戰自我的遊戲意味。寫作上的遊戲心態，在影響題材選擇、作品表現形式的同時，也會造就文章的奇險風格。以下便舉數篇韓愈的詩文，來討論遊戲心態如何影響其創作，並催生出險怪的詩文風貌。

　　在此先以〈送窮文〉為例，討論韓愈的遊戲心態如何影響這篇具險怪風格的散文。此文敘述一士人因窮鬼纏身而與世扞格，因此舉行儀式試圖送走窮鬼。不過智窮、學窮、文窮、命窮、交窮等五鬼並不

〔註50〕蔣寅：〈韓愈詩風變革的美學意義〉，頁10。

打算離開，反令主人打消送窮念頭，並延請其入上座。〔註51〕韓愈透過虛構故事，借文中主人與窮鬼的互動，一方面抒發自己因不同於俗，而不為世人所喜，因此際遇乖舛的鬱悶；一方面也道出自己堅守本心，不媚於俗的氣節。〔註52〕同時，韓愈也借此文章自我解嘲。如欲抒發自身的不平，並道出自己不因世俗而改變的志節，韓愈尚可用直書己情的方式為之。然其卻虛構故事，自比文中主人，並將自己的個性、際遇推託給窮鬼。此便是〈送窮文〉中所蘊含的遊戲心態：通過主人與窮鬼的對話、互動，將作者因自身際遇而起的鬱悶轉化為詼諧與無可奈何。而從文末主人驅鬼不成，反延請鬼上座，這般滑稽的結局，也可見韓愈以幽默的方式，婉轉道出自己將堅持本心。〔註53〕

〔註51〕 唐・韓愈著，馬其昶校注：《韓昌黎文集校注》，頁 570～572。

〔註52〕 〈送窮文〉中的五個窮鬼，分別點出韓愈的性格、際遇，以及為學為文上的不同於俗。此五鬼分別名為：「智窮：矯矯亢亢，惡圓喜方；羞為姦欺，不忍害傷。其次名曰『學窮』：傲數與名，摘抉杳微；高把羣言，執神之機。又其次曰『文窮』：不專一能，怪怪奇奇；不可時施，秖以自嬉。又其次曰命窮：影與行殊，面醜心妍；利居眾後，責在人先。又其次曰交窮：磨肌戛骨，吐出心肝；企足以待，寘我讎冤。」按陳英木所言，智窮所言是能分辨是非曲直、嶔崎磊落的人格特質，學窮點出韓愈為學著重摘取要旨，且對於言不及義、有害社會風氣的言論有所抵制。文窮道出韓愈為文敢於突破世俗觀念，並肯定文學所具的娛樂性。命窮是在理解自己不取媚他人、敢於當責的個性後，願意接受此性格造成的際遇。而交窮點出韓愈對於人情險惡的體悟，並道出希望能結交將心比心、同聲相應的朋友。參見唐・韓愈著，馬其昶校注：《韓昌黎文集校注》，頁 571。陳英木：〈韓愈〈送窮文〉之「窮」字析解〉，《問學》第 22 期（2018 年 7 月），頁 243～246。

〔註53〕 對於自己不同於流俗的性格，韓愈並不感厭惡，而是以此自豪。此可從文末主人延請鬼上座得見。「言未畢，五鬼相與張眼吐舌，跳踉偃仆，抵掌頓腳，失笑相顧。徐謂主人曰：『子知我名，凡我所為，驅我令去，小黠大癡。人生一世，其久幾何；吾立子名，百世不磨。小人君子，其心不同；惟乖於時，乃與天通。攜持琬琰，易一羊皮；飫於肥甘，慕彼糠糜。天下知子，誰過於予；雖遭斥逐，不忍子疎。謂予不信，請質詩書。』主人於是垂頭喪氣，上手稱謝，燒車與船，延之上座。」窮鬼認為，正因為有祂們纏身，造成主人與世俗乖離的性格、喜好，才讓主人留名後世。五鬼們更進一步向主人表示，惟不同

　　〈送窮文〉之所以可視為具備奇險風格的文章，在於其突破文人借散文言志的常見寫作方式，以虛構故事的方式寄託自身的情志。而讓言志的散文，乘載虛構不實的故事，便打破時人對於散文此一文體的印象，從而形塑出險怪感。由於懷抱自嘲自娛的創作動機，故而選擇此異於尋常的表現方式，來書寫言志的散文。可見韓愈「以文為戲」的心態，確實對文章的構思產生影響，並進而催生出奇險的文章風格。

　　除虛構故事，以此自我解嘲外，韓愈在寫作上的遊戲心態，也表現在以醜陋、粗俗事物為題材，借此取樂上。如〈落齒〉、〈嘲鼾睡二首〉，前者記自身牙齒的脫落，頗有自嘲自戲的意味。而後者全記一僧人打呼酣睡的模樣，從題目便可知作者寫作此詩之目的，恐怕是為了嘲弄別人打鼾的醜態。在此便試析〈落齒〉、〈嘲鼾睡二首・其一〉所具之遊戲意味與作品奇險風格所在。〈落齒〉一開頭便言自己牙齒脫落的情況，並描述掉牙對自己的影響：

> 去年落一牙，今年落一齒，俄然落六七，落勢殊未已。
> 餘存皆動搖，盡落應始止。憶初落一時，但念豁可恥。
> 及至落二三，始憂衰即死。每一將落時，懍懍恆在己。
> 又牙妨食物，顛倒怯漱水。終焉捨我落，意與崩山比。（節錄
> 自〈落齒〉）〔註54〕

韓愈自言已脫落六、七顆牙齒，但這樣落齒的情況還未停止。發現其他牙齒都開始動搖，他不禁擔心要等全部牙都掉光，落齒的情況才會結束。因為牙齒不停掉落，令韓愈憂心自己是否已衰老到即將死亡。而缺少牙齒也對生活造成影響，韓愈將掉牙比喻為山崩，暗指此事對他影響甚鉅。〈落齒〉之寫作動機可說是出於遊戲心理，觀此詩之末尾云：「語訛默固好，嚼廢軟還美。因歌遂成詩，持用詫妻子。」〔註55〕可見作者接受現況，將掉牙這件事當作可資取樂的素材，詩成之

於世俗，才能上通天理。由此可見，韓愈對於自己的不隨俗相當肯定。參見唐・韓愈著，馬其昶校注：《韓昌黎文集校注》，頁572。
〔註54〕唐・韓愈著，錢仲聯集釋：《韓昌黎詩繫年集釋》，上冊，頁171～172。
〔註55〕唐・韓愈著，錢仲聯集釋：《韓昌黎詩繫年集釋》，上冊，頁172。

後還將此作展示予妻子。除將掉牙比喻為山崩外，此作並未運用誇張怪奇的方式來敘述自己的落齒，不過觀此作以詩歌之文體，寫作自身醜態，便可知其險怪之處，正在於跳脫詩歌固有的審美表現，營造出不同的閱讀感受。

　　而在〈嘲鼾睡二首・其一〉中，韓愈以誇張、怪異的手法，極寫僧人打鼾的醜貌：

> 澹師晝睡時，聲氣一何猥。頑飆吹肥脂，坑谷相瞵磊。
> 雄哮乍咽絕，每發壯益倍。有如阿鼻尸，長喚忍眾罪。
> 馬牛驚不食，百鬼聚相待。木枕十字裂，鏡面生痱癗。
> 鐵佛聞皺眉，石人戰搖腿。（節錄自〈嘲鼾睡二首・其一〉）
> 〔註56〕

開頭處就先指出澹師晝寢時打呼的聲音相當醜陋不堪聽聞。接著便寫出他的呼息拂過臉上的肥脂，有如大風吹過高山深谷。而後又以牛馬因這般「雄哮」之聲驚嚇得不敢進食、澹師所枕的木枕應聲而裂、鏡面產生雞皮疙瘩，連佛祖都皺眉等等鼾聲所起的連鎖反應，極寫澹師打呼聲的驚人。〈嘲鼾睡二首・其一〉之遊戲心態相當為明顯。觀其題目便可見到作者的寫作動機，是為了嘲弄僧人打鼾的模樣。而詩中所運用的表現手法，則盡顯奇險怪異的風格。為了呼應題目之「嘲」，韓愈以雄奇的物事、字彙比喻鼾聲，又以動物、神明甚至物品對鼾聲的誇張反應來極寫之，明顯表現出奇險的詩歌風格。

　　上述二作的創作動機可說是出於作者「以文為戲」的心態。韓愈出於此心理，以詩歌乘載醜陋怪異的內容。而以詩寫作此內容，可說是突破時人對此一文體的既定印象，從而展現險怪風格。如前文所言，文人通常認為，詩歌所帶給人的審美感受，應為「雅」，而非粗俗鄙陋。因此以詩歌寫作醜怪的事物，是為顛覆此一文體給予人的既有印象，並由此形塑奇險的風格。而在實際創作上，遊戲心態也促使奇險文風的產生。如〈嘲鼾睡二首・其一〉，便以各種新奇怪異的譬喻，描

〔註56〕唐・韓愈著，錢仲聯集釋：《韓昌黎詩繫年集釋》，上冊，頁666。

寫鼾聲。由此可見，韓愈的遊戲心態，決定了此二篇文章的主題。而
這般心態，也促使作者在寫作當下，為呼應主題所具之戲耍性質，而
特意以怪異的筆法表現之。因此遊戲心態，也與作品的奇險風格產生
關聯。

　　由上文可知，韓愈有時會抱持遊戲心態寫作詩文。此創作心理
除影響文章的選材外，也在創作當下影響作品的表現手法。而當此
心態與韓愈愛好險怪文風的審美觀相結合，則會促成奇險的詩文風
格。出於嘲弄、自嬉，韓愈有時會寫作以虛構無實、醜怪粗俗之事
物為主題的作品，而當這些內容出現在詩文中，便會顛覆人們對於
散文、詩歌之常見印象。此印象包括時人對詩文之預期價值與審美
感受。韓愈以散文寫作「駁雜無實」的主題，或是以詩歌寫作粗陋
鄙俗的題材，皆會造成文體在承載內容與表現風格上的險怪。遊戲
心態也會在寫作當下發揮影響力，進而促使文章產生奇險之特色。
韓愈有時會在作品中，堆疊相同的句式來描寫事物。此般寫作方式，
會限制作者的發揮空間。而在受限定的句構中，嘗試於造語上推陳
出新，此般創作行為便透露出寫作者的遊戲心態。除在尋常主題中
展現遊戲心理，進而使作品產生險怪感，韓愈的「以文為戲」，自然
也會在題目偏向怪奇新異的文章中展露。當題目容易使內容偏向新
異，在創作當下為配合主題，而以更奇險怪異的筆法寫作，這般創
作行為，也凸顯出作者的遊戲心態。由此可見，韓愈創作時的遊戲
心態，與奇險風格的生成確有關係。

五、結論

　　韓愈之所以會創作奇險風格，可由其創作理念、寫作心態，與獨
特的文學審美加以切入討論。首先，韓愈在寫作上講求創新，同時，
也希望自己能與前人比肩，跳脫古人窠臼，樹立自身的詩文成就。此
般創作理念，是推動險怪風格發展的重要因素之一。而韓愈之所以創
造奇險詩文風貌的最重要因素，則在於其獨特的文學審美。韓愈對於

雄奇怪異的文章風貌相當欣賞,並樂意在實際寫作中追求這種風格。基於創新理念與對奇險文風的喜好,韓愈會於詩文中使用險怪的字詞、誇張的譬喻,跳脫尋常的方式來描繪事物。或以不同的角度來詮釋主題。比如以剛硬之意象描繪白雪、花朵,用寫作傳記的史筆來詠物。而有時,韓愈也會脫離一文體既有的寫作形式,比如以賦的筆法寫詩,從而創造出新的閱讀感受,在顛覆時人對此文體之想像的同時,也塑造出怪奇新異感。由於寫詩作文講究創新,希望創造不同於前人的詩文成就,且又喜雄奇瑰怪的文章風貌,故而韓愈便創作出奇險的詩文風格。

　　除了追求「陳言務去」、喜愛雄奇風格外,韓愈好於作品中馳騁才學,或以寫作文章來自娛娛人的心態,也促成險怪風格的產生。韓愈在為詩作文時相當講求學識與才氣,故而常在文章中運用典故、生僻字詞,或是在寫詩時押險韻。當韓愈特意揀選能塑造雄奇怪異之感的典故、大量堆積生難字詞,或以險僻的韻腳為詩時,便會造成閱讀上的艱澀、新異感,從而營造出奇險的文章風格。除喜好嶄露才學外,遊戲心態也促使韓愈寫作怪奇的文章。基於自娛娛人,韓愈有時會寫作帶有嘲弄意味的詩文,並因此將虛構不實、醜怪粗俗的事物寫入文章。當其以散文、詩歌來乘載此類內容時,便打破時人對於此兩類文體的既有印象,從而令作品產生不同於常的險怪感。而在寫作這類新異的題目時,韓愈的遊戲心態也會促使奇險文風的產生。筆者認為,由於所書寫的主題,本身適合以險怪的風格進行描寫,故而在創作當下,為表現出題目之怪異,而特別使用雄奇新異的筆法來寫作,此般創作心態又會令作品更具奇險特色。此外,韓愈於詩文中的逞才行為,也不妨看作是遊戲心態的展露。畢竟於文章中大量堆砌生僻字詞與怪奇意象,或是堆疊大量相同的句構來進行書寫,皆會令詩文變作文字遊戲的場域,而奇險的風格也因此生成。

　　由上述可知,韓愈之所以會創作奇險的詩文風格,導因於其追求

新創、期望開闢出不同於前人之詩文成就,這般講究自我樹立的寫作理念。而重視才氣,好在詩文中展現才學,以及「以文為戲」的創作心態,也促成險怪風格的生成。除以上因素外,最重要的則是,韓愈喜好雄奇怪變的文風,並試圖發展此風格以自成一家。由於有這些寫作理念、創作心態,與獨特的文學審美,故而奇險的詩文風格便於韓愈筆下產生。

參考書目

(一) 古籍 (依朝代排序)

1. 漢・孔安國傳,唐・孔穎達等正義,許錟輝分段標點:《尚書正義》(臺北:新文豐出版公司,2001 年 6 月)。

2. 晉・張華著,晉・范寧校證:《博物志校證》(臺北:明文書局,1984 年 7 月)。

3. 南朝梁・蕭統編,唐・李善等註:《增補六臣註文選》(臺北,華正書局,1974 年 10 月)。

4. 唐・韓愈著,馬其昶校注:《韓昌黎文集校注》(上海:上海古籍出版社,1998 年 3 月)。

5. 唐・韓愈著,錢仲聯集釋:《韓昌黎詩繫年集釋》(上海:上海古籍出版社,1998 年 3 月)。

6. 宋・歐陽修:《六一詩話》,收錄於清・何文煥:《歷代詩話》(北京:中華書局,2006 年 6 月)。

7. 宋・張戒:《歲寒堂詩話》,收錄於清・永瑢、紀昀等纂修:《景印文淵閣四庫全書》(臺北:臺灣商務印書館,1986 年 3 月)。

8. 清・沈德潛:《說詩晬語》,收錄於丁仲祜編訂:《清詩話》(臺北:藝文印書館,1977 年 5 月)。

9. 清・趙翼:《甌北詩話》(臺北:廣文書局,1971 年 5 月)。

10. 清・孫希旦:《禮記集解》(臺北,文史哲出版社,1990 年 8 月)。

11. 清・董誥等編:《全唐文》(北京:中華書局,2001 年 6 月)。

12. 清·劉熙載著，龔鵬程撰述：《藝概》（臺北，金楓出版有限公司，1986 年 12 月）。

（二）現代學術論著（依姓氏筆順排序）

A. 專書

1. 許總：《唐詩體派論》（臺北：文津出版社，1994 年 10 月）。
2. 羅聯添：《韓愈研究》（臺北：臺灣學生書局，1988 年 7 月）。

B. 期刊論文

1. 陳英木：〈韓愈〈送窮文〉之「窮」字析解〉，《問學》第 22 期（2018 年 7 月），頁 239～265。
2. 蔣寅：〈韓愈詩風變革的美學意義〉，《政大中文學報》第 18 期（2012 年 12 月），頁 1～30。

C. 學位論文

1. 劉婷蕙：《韓愈散文通變論》（桃園：國立中央大學中國文學研究所碩士論文，2004 年 5 月）。

附錄二：試論李清照詞中之花朵書寫

摘要

　　李清照詞中常出現花朵，這些作為客體的花朵，有些與主體相關涉，有些則無。前者出現於主客合一詠花詞，或是作為意象穿插於詞作中。而後者，有些是為純詠花詞中的主角，有些則被用作景物書寫的素材，或是用於單純的譬喻。本文所要討論者有二，其一是當花朵作為客體出現在李清照詞中，與主體並無連結時，所呈顯之書寫特色。這部分將以獲得詞人較多書寫筆墨的純詠花詞中的花朵，為討論對象。其二為，當花朵與主體有所關聯時，又有何創作上的特點。此部分將以主客合一詠花詞，及使用花朵意象的詞章為探討對象。透過以上兩點之討論，期能一窺李清照詞中花朵之書寫特色。

　　關鍵詞：李清照、詠物、詠花、意象

一、前言

　　一闋詞作中，存在著創作的主體與客體。所謂主體，即是指創作者。而客體，則是指創作者之書寫、審美對象。在李清照（1084～1155年）的詞作中，花朵是常常被其書寫的客體之一。有些花於其作品中只是單純的景物；有些花則是她詠花詞中的主角；而另外一些花朵，

則作為譬喻或是意象，穿插於其詞作中。本文將以徐培均（1928 年
～）《李清照集箋注》所收錄之李清照詞為討論對象，試析李清照於
詞作中的花朵書寫特色。

　　花朵作為景物穿插於李清照詞中，如〈如夢令〉（常記溪亭日暮）：

> 常記溪亭日暮，沉醉不知歸路。興盡晚回舟，誤入藕花深處。
> 爭渡，爭渡，驚起一行鷗鷺。〔註1〕

此作為一記遊詞，詞中的蓮花點出詞人回舟時所入之景，作為一寫作
素材安插於作品中。

　　除了將花朵作為寫景材料外，李清照也以花朵為書寫對象，創作
了不少詠花詞。歷來許多學者在討論詠物文學時，常將之劃分為狹義
及廣義二類。狹義之詠物，如洪順隆所言：

> 主旨在吟詠物的個體（包括自然界和人造的）的，也即作者
> 因感於物，而力求工切地「體物」、「狀物」、以「窮物之情」、
> 「盡物之態」。……所以題名詠物，實以寫景，抒情為主的
> 篇什，……都不能把它當作詠物看。〔註2〕

洪順隆在此討論的是詠物詩，然其所提出之分類觀點也可套用在詠物
詞上，因此筆者在此引用洪之說法，來進行討論。從其說法可見，狹
義之詠物文學專主於刻劃一物，而以物來抒發作者的情感，則不屬於
此類別之範疇。至於廣義的詠物文學，則與此不同。依路成文所言：

> 詠物詞作為一種重要的創作類型，從一開始就沿著兩條不
> 同的路徑發展。第一條路徑是著眼於「物」的呈現，所詠之
> 物在作品中是絕對的主體。……第二條路徑是著力於「意」
> 的傳達，在這類作品中，所詠之物雖然也是表現的主體，但
> 創作主體的情感、心理也有所呈現，有的作品甚至完全以抒
> 情為主。〔註3〕

可見，廣義之詠物文學，除專主寫物的作品外，也包含以物抒情，甚

〔註 1〕宋・李清照著，徐培均箋注：《李清照集箋注》（修訂本），上海，上
　　　海古籍出版社，2015 年，頁 43。

〔註 2〕洪順隆：《六朝詩論》，臺北：文津出版社，1978 年，頁 7。

〔註 3〕路成文：《宋代詠物詞史論》，北京：商務印書館，2005 年，頁 55。

至是寫物為次，抒情為主的篇章。這類藉物抒情的作品，就是達到林
淑貞於《中國詠物詩「託物言志」析論》中，所提出的詠物文學第三
境界「超以象外，得其環中」。林淑貞於此書中，將詠物文學分作三個
境界，除了最基本的「指物呈形，刻劃惟肖」外，尚有「離形得似，
傳神寫照」與「超以象外，得其環中」兩個境地。〔註4〕而「超以象
外，得其環中」所言即是：「一方面是表現物象，一方面又在物象之外
關涉詩人的主體心靈的開顯。」〔註5〕達此層次之詠物作品，不僅歌
詠物象，且也藉物抒情。

　　而李清照之詠花詞涵蓋上述兩種詠物類型，不僅有單純寫物者，
更有不少詞章在詠花之餘藉物抒情，是為主客合一詠花詞。李清照的
純詠花詞，如〈七娘子〉（清香浮動到黃昏）：

　　　　清香浮動到黃昏。向水邊、疏影梅開盡。溪畔清藻，有如淺
　　　　杏。一枝喜得東君信。　　　風吹只怕霜侵損。更欲折來，插
　　　　在多情鬢。壽陽粧面，雪肌玉瑩。嶺頭別後微添粉。〔註6〕
此闋詞詠梅。李清照先以香氣帶出花朵的盛開，再以杏花之姿來比擬
梅的花蕊。而在下片處，詞人則寫出自己的惜花心情，並以壽陽粧的
典故，暗指梅花如「雪肌玉瑩」的女子般美麗。〔註7〕全詩以寫梅為
重心，而不見作者將主、客體連繫，以此抒發自己的情思。

　　除純粹寫物外，李清照也會於詠花詞中，藉物寄情，此類詞作是

〔註4〕 林淑貞：《中國詠物詩「託物言志」析論》，臺北，萬卷樓圖書有限公
　　　 司，2002年，頁52～61。林淑貞此書之探討對象為詠物詩，然其所
　　　 言之詠物三層次，也可用於討論詠物詞上，故筆者在此引用其說法來
　　　 進行論述。
〔註5〕 林淑貞：《中國詠物詩「託物言志」析論》，頁59。
〔註6〕 宋・李清照著，徐培均箋注：《李清照集箋注》（修訂本），頁188。
〔註7〕 按李昉《太平御覽》引《雜五行書》云：「宋武帝女壽陽公主，人日
　　　 臥於含章殿簷下，梅花落公主額上，成五出花，拂之不去。皇后留之，
　　　 看得幾時。經三日洗之乃落。宮女奇其異，競效之，今梅花粧是也。」
　　　 可知壽陽粧乃效仿壽陽公主額上落梅所產生的妝扮。李清照於此化
　　　 用典故，將梅花比喻為化上壽陽粧的女子。參見宋・李昉等編《太平
　　　 御覽》，收錄於清・永瑢、紀昀等纂修：《景印文淵閣四庫全書》，臺
　　　 北：臺灣商務印書館股份有限公司，1986年，第893冊，頁388。

為主客合一詠花詞。所謂主客合一，即是指客體與主體有所繫連。寫作者可藉由客體，烘托、表現出主體的情感，或藉以比喻主體。因此所謂主客合一詠花詞，即是在詠花的同時，以花朵來寄託主體的情思，或借花喻人，達到物與人雙詠之目的。如〈臨江仙〉（庭院深深深幾許）：

> 庭院深深深幾許？雲窗霧閣春遲。為誰憔悴損芳姿？夜來
> 清夢好，應是發南枝。　　玉瘦檀輕無限恨，南樓羌管休吹。
> 濃香吹盡有誰知。暖風遲日也，別到杏花時。〔註8〕

詞作書寫閨情，從「為誰憔悴損芳姿」一句可見，女子的愁緒應來自於良人未歸。李清照於上片末尾，以「應是發南枝」點出梅花的綻放。不過在下片起首處，便立刻寫及花朵的凋零。詞人借古曲〈落梅花〉之典，描寫花朵在笛聲之中落盡，卻無人注意到它的凋謝。〔註9〕將上下片合而觀之，不難想見，作者欲將梅花與女子相互繫連。詞中女子的芳姿，就如同梅花般美麗，而她因愁思而憔悴的身影，則如同落梅。由此觀之，花落的「無限恨」與「濃香吹盡有誰知」，不僅是寫花，更是描寫女子的閨愁情思，與青春無人瞧見的遺憾。由於李清照的詠花詞，除單純描寫花朵的篇章外，又另有將花與人之情思相互連結，達到人與物雙詠的作品。是故筆者採用廣義詠物文學的範疇，來劃定本文中的詠花詞。

在李清照的詞作中，花朵也常成為譬喻或是意象。李清照以花來進行譬喻，有時僅是將之作為單純的比擬，並未與人的情感產生關聯。如〈新荷葉〉（薄露初零）：

> 薄露初零，長宵共、永晝分停。遠水樓臺，高聳萬丈蓬瀛。
> 芝蘭為壽，相輝映、簪笏盈庭。花柔玉淨，捧觴別有娉婷。
> 鶴瘦松青，精神與、秋月爭明。德行文章，素馳日下聲名。

〔註8〕宋・李清照著，徐培均箋注：《李清照集箋注》（修訂本），頁113。
〔註9〕唐・段安節《樂府雜錄》：「笛者，羌樂也。古有《落梅花》曲。」唐・
　　　段安節著，亓娟莉校注：《樂府雜錄校注》，上海：上海古籍出版社，
　　　2015年，頁101。

東山高蹈，雖卿相、不足為榮。安石須起，要蘇天下蒼生。
〔註10〕

此詞是為晁補之（1053～1110年）壽誕而作。李清照在作品中，便是用花和玉，來譬喻、代指壽宴中的侍女。綜觀全詞，此處之花朵僅是單純用來譬喻，而未與人之心境產生關聯。

作為譬喻的花朵，如與人的情思產生繫連，則可視為意象。所謂意象，與單純之譬喻的不同處在於，單純的譬喻並未與人的情感、心境產生繫連。而可作為意象的譬喻則必定與之有關。意象如字面所言，是由「意」與「象」組構而成。意，即是作者的情志、情感；而象，則為作者所特意揀選的事物，用以乘載、表現情思。意象之核心，乃在於「意」。也就是說，如果「象」沒有和人的情感連結，那麼，這個「象」便只會流於單純的譬喻、物象，而無法成為意象。誠如吳戰壘（1939～2005年）所言：

　　意象是寄意於象，把情感化為可以感知的形象符號，為情感
　　找到一個客觀對應物，使情成體，便於觀照玩味。〔註11〕

將情思寄託於可表現情感的物象，令其能形象化地表現主體的情思，此即是意象的產生。

意象，可以具譬喻的作用，也可直間穿插在作品中，而不必被用在比喻一途。前者如〈醉花陰〉（薄霧濃雾愁永晝）：

　　薄霧濃雾愁永晝，瑞腦銷金獸。時節又重陽，寶枕紗廚，半
　　夜涼初透。　　東籬把酒黃昏後，有暗香盈袖。莫道不銷魂，
　　簾捲西風，人比黃花瘦。〔註12〕

觀詞中「時節又重陽，寶枕紗廚，半夜涼初透」可大約推知，此詞該是書寫作者因重陽佳節無人相伴，而產生的愁苦鬱悶之情。於下片處，詞人寫及自己獨自一人飲酒賞菊，以度佳節，然卻無法消除鬱悶的心

〔註10〕　宋・李清照著，徐培均箋注：《李清照集箋注》（修訂本），頁49。
〔註11〕　吳戰壘：《中國詩學》，臺北：五南圖書出版有限公司，1993年，頁
　　　　　27。此書雖旨在探討詩歌的創作，然其中對於意象的界說，也可用於
　　　　　討論詞的創作手法。
〔註12〕　宋・李清照著，徐培均箋注：《李清照集箋注》（修訂本），頁55。

情。在詞作末尾,詞人寫出自己因看見花之消損,想及自己因愁思而消瘦的身影,不禁感到更加鬱結。李清照詞中,有不少以風起來帶出花落之狀的詞章,如〈滿庭芳〉(小閣藏春):「從來知韵勝,難禁雨藉,不耐風揉。」〔註13〕就以風雨帶出花朵的凋零。而在此作中,她便以「簾捲西風」,來點出菊花遭風吹損的姿態。「人比黃花瘦」一句,李清照移情於花,從花朵的消瘦,想見自己憔悴的身形。而詞人之所以憔悴,便是由於心懷愁緒。由此可見,花朵在此除了比喻人的形軀外,尚與人的情懷有所繫連。

而不具比喻作用的意象,則如〈減字木蘭花〉(賣花擔上):

賣花擔上,買得一枝春欲放。淚染輕勻,猶帶彤霞曉露痕。

怕郎猜道,奴面不如花面好。雲鬢斜簪,徒要教郎比並看。

〔註14〕

女子買了一枝待放的花朵,於下片處可見她將花簪在髮上與自己相比,希望如意郎君稱讚她的美貌。由此回觀上片之「買得一枝春欲放」,其中的「一枝春欲放」,除了是待放的花朵,也暗指女子的思春情懷。因為女子對男子有所動情,所以才會刻意簪花,希望得到意中人的讚美。作者以此花朵來代表女子的青春情懷,可由她特別選用「春」字,而非「花」字來創作這點見得。不過,須注意的是,李清照並沒有將此花用以形容些什麼,而是僅將它編入詞句中,代指女子春情。因此,花朵在此僅是個單純的意象,並不具譬喻作用。

從上述可知,花朵作為客體出現在李清照詞中,或為她歌詠的對象,或為其寫作素材。這些出現在詞作中的花朵,有的與人之情思相關聯,從而和主體有所繫連;有些則與主體沒有關涉。本文所要探討者,即是作為客體的花朵,與主體並無關聯時,有何創作上的特色。而當它與主體相關涉時,又有何創作上的特點。據此,本文擬將李清照之純詠花詞、主客合一詠花詞,以及使用花朵意象之詞篇,納入討

〔註13〕 宋・李清照著,徐培均箋注:《李清照集箋注》(修訂本),頁 118。
〔註14〕 宋・李清照著,徐培均箋注:《李清照集箋注》(修訂本),頁 10。

論對象。而作為景物或是單純譬喻之途的花朵，則不在本文的討論範圍內。因為，這兩者並非詞作的書寫焦點，所以較難從中看見李清照寫花的特色；且這二者並未與主體有所連結，故也難以討論客體與主體之間的繫連。而純詠花、主客合一詠花詞，及使用花朵意象的詞篇便無上述問題，因此筆者以這三者為討論對象。

下文將分作兩部分進行論述，一是作為客體的花朵，在未與主體產生關聯，且為詞章書寫焦點的情況下，所呈顯之創作特點，這部分將以李清照純詠花詞為探討對象。二為花朵與主體產生連繫，或和主體共為寫作焦點，或成為穿插於作品中的創作素材，所表現的書寫特色。這部分將以主客合一詠花詞，及使用花朵意象的詞篇為探討對象。透過以上之分析方式，期能探討李清照詞中，作為客體的花朵，於作品中的書寫特色。

二、李清照純詠花詞書寫特色

當李清照將花朵作為詞篇的寫作焦點，且未將其與主體相連繫時，她所創作出的便是以純粹詠花為主題的作品。這些詞作共有九闋，其中有五闋詠梅、兩闋詠桂、一闋詠菊、一闋詞所詠之花尚有爭議（參見附表一）。〔註15〕由所詠之物可見，李清照之純詠花詞，常以梅花為書寫對象。除審美對象有所偏好外，李清照於創作此類詞作時，在寫作手法上也有一定的傾向與喜好。關於這點，可從她描繪花朵的手法見得。以下將舉出李清照於此類詞中描繪花朵之方式，來一窺其純詠花詞的創作特色。

如欲討論李清照描繪花朵的方式，可由幾個描寫重點進行切入，首先，便是對物象的刻畫，以及對氣韻的塑造。此外，則是透過主體

〔註15〕〈慶清朝〉（禁幄低張）所詠之花尚有爭議，如徐培均《李清照集箋注》（修訂本）中認為是詠芍藥，而侯健、呂智敏《李清照詩詞評注》，則以為是牡丹。參見宋・李清照著，徐培均箋注：《李清照集箋注》（修訂本），頁 32；宋・李清照著，侯健、呂智敏評注：《李清照詩詞評注》，山西：山西人民出版社，1985 年，頁 54。

對花朵的審美感受，來增加描繪花朵的層次。以下試析之。

　　李清照於詠花時，如果要對花朵本身作仔細的描摹時，常以女性姿態來形容之。而如果欲用側寫的方式詠花，她常以花朵的植株、氣味、生長環境等來烘托花朵的美麗。如〈漁家傲〉（雪裏已知春信至）、〈慶清朝〉（禁幄低張）：

> 雪裏已知春信至，寒梅點綴瓊枝膩。香臉半開嬌旖旎。當庭際，玉人浴出新妝洗。　　造化可能偏有意，故教明月玲瓏地。共賞金樽沉綠蟻。莫辭醉，此花不與群花比。〔註16〕

> 禁幄低張，雕欄巧護，就中獨占殘春。容華淡竚，綽約俱見天真。待得群花過後，一番風露曉妝新。妖嬈態，妬風笑月，長殢東君。　　東城邊，南陌上，正日烘池館，競走香輪。綺筵散日，誰人可繼芳塵？更好明光宮裏，幾枝先向日邊勻。金尊倒，拚了畫燭，不管黃昏。〔註17〕

第一闋詞詠梅。為仔細描摹花朵的姿態，李清照以女性嬌嫩的臉蛋，及女子出浴，洗去鉛華的姿態來形容花朵的潔白美麗。並以白雪、月光，及月光下如玉的枝條等光潔的物事，旁襯梅花之皎潔白皙。而在後一闋詞中，李清照也以女子的姿態來形容花朵。在這作品中，花朵被描繪成一化著新妝，舉止綽約，帶著妖嬈豔態的女子。而作為旁襯的禁幄及雕欄，則更襯托出此花高貴的姿態。由上文可見，李清照如投以較多筆墨來描繪花朵本身，常會以女子姿態來形容之。

　　上文所舉之兩闋詞作，其中對花朵本身的描繪較為仔細。不過除了對花朵本身投以較多筆墨外，李清照也會以其他方式詠花。例如減少對花朵本身的描繪，而用旁襯的物事側寫花朵，或透過與其他花朵的比較，來凸顯所詠之花的特出。比如〈玉樓春〉（臘前先報東君信）、〈山花子〉（揉破黃金萬點明）：

> 臘前先報東君信。清似龍涎香得潤。黃輕不肯整齊開，比著江梅仍更韻。　　纖枝瘦綠天生嫩。可惜輕寒摧挫損。劉郎

〔註16〕宋·李清照著，徐培均箋注：《李清照集箋注》（修訂本），頁8。
〔註17〕宋·李清照著，徐培均箋注：《李清照集箋注》（修訂本），頁31～32。

只解誤桃花，惆悵今年春又盡。〔註18〕

揉破黃金萬點明，剪成碧玉葉層層。風度精神如彥輔，太鮮明。　　梅蕊重重何俗甚，丁香千結苦粗生。熏透愁人千里夢，却無情。〔註19〕

前一闋詞詠梅。李清照於此作中寫花的方式，便是不著重於描繪花朵本身，而是以旁襯的物事烘托其美好。綜觀整個作品對花體最直接的描述，只有「黃輕不肯整齊開」一句，寫出蠟梅淡黃的色彩，以及零星綻放的模樣。而讓梅花的形貌更具體的，便是其清香及梅樹鮮綠瘦細的枝條。詞人以「清似龍涎香得潤」、「纖枝瘦綠天生嫩」，作為對花朵的側面烘托，整體性地寫出梅花的美麗。而後一闋詞詠桂，其中對桂花花體的描寫，也僅有「揉破黃金萬點明」一句，寫出花朵金黃的色澤，與繁盛綻放的模樣。在此之後，李清照就以層層如碧玉般的綠葉，來襯托如黃金般燦爛明亮的花朵。接著又以梅的重重花瓣，與丁香繁密卻顯不夠精緻的花蕊，襯托出桂花的清麗。

不論是將花朵比擬為女性，或是用花朵的延伸來整體性地描繪花朵，多是通過物象，來描繪物象。而除了從物象的描摹處著手，來歌詠花朵，李清照也從氣韻處下筆，勾勒花朵的神態。例如，以女子的情思詠花者，有〈多麗〉（小樓寒）：

小樓寒，夜長簾幕低垂。恨蕭蕭、無情風雨，夜來揉損瓊肌。也不似、貴妃醉臉；也不似、孫壽愁眉。韓令偷香，徐娘傅粉，莫將比擬未新奇。細看取，屈平陶令，風韻正相宜。微風起，清芬醞藉，不減荼蘼。　　漸秋闌、雪清玉瘦，向人無限依依。似愁凝、漢皋解佩；似淚灑、紈扇題詩。明月清風，濃烟暗雨，天教憔悴度芳姿。縱愛惜，不知從此，留得幾多時。人情好，何須更憶，澤畔東籬！〔註20〕

〔註18〕宋・李清照著，徐培均箋注：《李清照集箋注》（修訂本），頁191。

〔註19〕宋・李清照著，徐培均箋注：《李清照集箋注》（修訂本），頁166～167。

〔註20〕宋・李清照著，徐培均箋注：《李清照集箋注》（修訂本），頁39。

此詞所詠之物為殘謝的白菊。詞作起首，就以白菊如女子肌膚般嬌嫩的花瓣遭風雨揉損的姿態，來點出花落之憂。雖以女子形貌比喻花朵，不過李清照認為，用「貴妃醉臉」、「孫壽愁眉」、「韓令偷香」、「徐娘傅粉」等，與美麗女性有關的典故來比喻白菊，未免於俗。她認為，白菊所具的，應該是有如屈原（約西元前 343～278 年）、陶淵明（365～427年）的君子風姿。而在下片處，李清照對落花的描寫，便是由風韻處下筆。「似愁凝、漢皋解佩；似淚灑、紈扇題詩。」雖使用與女性有關的典故，然作者在此用典，並非借以描繪花朵的物象，而是欲借二女解佩以及班昭（約西元前 49～西元 120 年）題詩團扇，兩個與女子「愁恨」、「愁思」相關的典故，來傳神地寫出白菊於風雨中凋落的心緒。〔註21〕由此可見，李清照於此，是運用女子的情懷，來寫出花朵的神韻。

　　除以女子的情思來詠花外，李清照也會以人的精神、風度來描摹花朵。像是在描繪桂和菊時，她便會以君子、名士的風度來形容之。如前引之〈山花子〉（揉破黃金萬點明）：「風度精神如彥輔，太鮮明。」以晉代名士樂廣（？～304 年）之姿，來形容桂花的高雅清朗。〔註22〕而〈多麗〉（小樓寒）：「細看取，屈平陶令，風韵正相宜。」此闋詞在書寫白菊時，則以屈原、陶淵明的風度，賦予花朵高潔的人格風貌。

〔註21〕《韓詩內傳》：「游女謂漢神也。言漢神時見，不可求而得之。鄭交甫遵彼漢皋臺下，遇二女，與言曰：『願請子之珮。』二女與交甫。交甫受而懷之，超然而去。十步循探之，即亡矣。迴顧二女，亦即亡矣。」李清照在此作中所言之「似愁凝、漢皋解佩」，應是指二女對鄭交甫似有動情，故解珮贈之，但心知人神殊途，故覺惆悵。參見漢・韓嬰：《韓詩內傳》，收錄於嚴一萍選輯：《百部叢書集成續編》影印《漢魏遺書鈔》本，臺北：藝文印書館，1970 年，頁 5。

〔註22〕徐培均認為，此句化用之典故有二，一是《晉書・樂廣傳》：「廣時八歲，玄常見廣在路，因呼與語，還謂方曰：『向見廣神姿朗徹，當為名士。』」另一則是《世說新語・品藻篇》：「劉令言始入洛，見諸名士而歎曰：『王夷甫太解明，樂彥輔我所敬……。』」按徐培均所言，《世說新語》中劉令言所說之「解明」，於《晉書・劉隗傳》中作「鮮明」。故徐氏認為，李清照「風度精神如彥輔，太鮮明。」一句，是將用於王衍的評價，移用於樂廣，乃是化用兩項典故。參見宋・李清照著，徐培均箋注：《李清照集箋注》（修訂本），頁 167～168。

除此之外，又有〈鷓鴣天〉（暗淡輕黃體性柔），於詠桂的同時，將桂花賦予君子風韻：

> 暗淡輕黃體性柔，情疏迹遠只香留。何須淺碧輕紅色，自是花中第一流。　　梅定妒，菊應羞。畫闌開處冠中秋。騷人可煞無情思，何事當年不見收？〔註23〕

此詞詠桂之著重處，幾乎是放在花品上。從「何須淺碧輕紅色，自是花中第一流。」可知，李清照認為桂花最為突出的，並非其外表，而是品格風韻。上片處對桂花花體的描述，僅寫出其淺淡的色彩。接下來的「情疏迹遠只香留」，以「疏」與「遠」側寫出桂花宛如君子一般，不與人攀結的形象。並由其幽香，帶出下片處詠桂的重點——君子風韻。為了突出桂花於花品上的特出，作者以菊、梅等花朵來襯托桂於氣韻上的獨特。李清照於此列舉梅、菊來襯托桂，所著眼的便是二者所被賦予的君子形象。如此，方能烘托花品出眾的桂。而詞末的「騷人可煞無情思，何事當年不見收？」便是在惋惜桂花具君子風度，卻未被喜歡以香草佳木譬喻君子的屈原寫入作品中。

　　而李清照詠花的方式，除了上述手法外，也會透過花朵給予人的審美感受，來側寫花兒。所謂審美感受，即是指主體在欣賞花朵時，所產生的情緒、情感。需要一提的是，雖然花朵在此勾引出主體的情緒感受，不過並未與主體產生繫連，進而產生物我雙詠的寫作目的。故而運用此筆法的詠花詞，仍屬純詠花詞作的範疇。李清照於純詠花詞中，所書寫的審美感受，有因賞花而產生的歡快情緒。以及在觀賞花朵時，產生的愁緒。在此先言前者。

　　透過賞花之樂，來烘托花朵的美麗，運用此創作手法之詞作，有〈漁家傲〉（雪裏已知春信至）。此作上片聚焦於描繪梅花，而下片則書寫賞花樂趣。由「莫辭醉，此花不與群花比」可見，眾人之所以盡興賞花飲酒，乃是因在雪裡、月光之中綻放的梅花，其姿態遠超群花。由此可知，作者透過醉裡盡情賞花，來寫出梅花的美豔不凡。而同樣

〔註23〕 宋·李清照著，徐培均箋注：《李清照集箋注》（修訂本），頁5。

的創作筆法又可見於〈慶清朝〉（禁幄低張）、〈河傳〉（香苞素質）。前者同樣在上片仔細描摹花朵的妖嬈艷態，並在下片處敘寫點燭飲酒，盡情賞花的心情。借由「金尊倒，拚了畫燭，不管黃昏。」這般忘情的姿態，點出花朵的美麗，足以讓賞花人忘卻時間，只管把握時節欣賞其艷態。而後者之鋪成方式也幾乎相同：

> 香苞素質，天賦與、傾城標格。應是曉來，暗傳東君消息。把孤芳、回暖律。　　壽陽粉面曾粧飾。說與高樓，休更吹羌笛。花下醉賞，留取時倚欄干，鬥清香、添酒力。〔註24〕

此闋詞詠梅，同樣在上片書寫花開之美，並接著敘述賞花樂趣。李清照在此將梅花比喻作傾城的美豔女子。而在欣賞這美麗花朵的同時，詞人也不禁萌生惋惜花落的心情。下片之「說與高樓，休更吹羌笛。」便用典自古曲〈落梅花〉，點出了這般惜花之情。因為希望珍惜花開時節，故而詞作後半段，將焦點放在把握好時光，飲酒賞花的快樂。而此般盡興行樂，也反過來襯托花開之美。

　　至於李清照純詠花詞中，書寫因花而生的愁情，並以此增添詠花的層次者，有前引之〈山花子〉（揉破黃金萬點明）。此詞先是書寫桂花的清麗，詞人於上片處點出桂花最為突出的，便是其香氣。而此花香，所勾引出的就是詞人的鄉愁。「熏透愁人千里夢，却無情。」敘述李清照因為桂花的香氣，而產生思鄉之情。可見，在此闋詞中，桂花所給予詞人的審美感受，便是令其想起故鄉。以此般筆法詠花，使此作不僅在物象、氣韻上描繪桂花，同時也通過主體的審美感受，將桂花塑造成故鄉的象徵之一，為詠花增添不同的描寫層次。除上述作品外，又有〈春光好〉（看看臘盡春回）：

> 看看臘盡春回。信息到、江南早梅。昨夜前村深雪裏，一朵先開。　　盈盈玉蕊如裁。更風清、細香暗來。空使行人腸欲斷，駐馬徘徊。〔註25〕

〔註24〕 宋・李清照著，徐培均箋注：《李清照集箋注》（修訂本），頁186。
〔註25〕 宋・李清照著，徐培均箋注：《李清照集箋注》（修訂本），頁185。

此闋詞詠梅，先是描繪早梅的樣貌，再於下片尾端書寫綻放的春梅令羈旅途中的詞人頓感傷悲，難以前行。觀詞作的上片處，「信息到、江南早梅」點出作者正身處江南地區。而「昨夜前村深雪裏，一朵先開」於描寫作者旅宿所見景色的同時，也帶出梅花的身影，預先為下片的敘事作出鋪墊。待至下片，李清照描述自己起身行旅，見到昨日前村的早梅，並嗅聞其清香。而此觀梅所帶出的審美感受，便是因花開的美好而生的思鄉情懷。可見梅花於此詞中，也被描繪為鄉愁的象徵，令詞作之詠梅增添意蘊。

由以上論述可見，李清照之純詠花詞，具以下創作特點。首先，在詞作的書寫、審美對象上，以梅花最為常見。而在描繪花朵上，李清照的純詠花詞具以下幾個創作特點：一，如要對花朵本身進行仔細的描寫，李清照常以女性姿態形容之。此外，她也會以花朵的香氣、枝條、生長環境等物事旁襯花朵。二，李清照之詠花筆法，尚有減少對花朵本身的直接描寫，而改以旁襯的物事側寫花的形貌；或以其他的花，來對比出所詠之花的特出。三，如欲對花朵的風韻、氣韻進行描寫，李清照會以女子情思、君子的精神風貌來刻劃之。四，李清照又會運用主體對花朵的審美感受，來增添詠花的層次。如以花朵之美所帶出的賞花歡快，烘托花朵；或是以花兒帶出的鄉愁，增添純詠花詞的意蘊。

三、李清照詞中與主體相關涉之花朵書寫特色

李清照詞中與主體相互關涉的花朵，有些出現在其主客合一詠花詞中，與主體共為創作重點；有些則非書寫焦點，而是成為寄託主體情志之意象。這些在詞作中與主體相關聯的花朵，或用以書寫女子春情，或用以敘寫愁懷。其中，又以愁情這個主題，最常被李清照書寫。綜觀李清照的這兩類詞作，除了上文提及之〈減字木蘭花〉（賣花擔上），書寫女子春情，並以花朵比喻女子的青春與思春情懷外，其他的或書寫閨愁，或書寫羈旅情懷、思鄉之情等等，皆

不脫愁懷的範疇。（參見附表二）。

李清照於主客合一詠花詞，以及使用花朵意象的詞中書寫愁情時，為使詞中與主體相繫的花朵，能表現出主體的情思，常以殘謝或欲謝之貌來描寫與主體相繫連的花朵，或是在作品中寫及花落之憂。如〈浣溪沙〉（小院閑窗春色深）、〈憶少年〉（疏疏整整）：

> 小院閑窗春色深，重簾未捲影沉沉。倚樓無語理瑤琴。　　遠岫出雲催薄暮，細風吹雨弄輕陰。梨花欲謝恐難禁。〔註26〕
> 疏疏整整，斜斜淡淡，盈盈脈脈。徒憐暗香句，笑梨花顏色。羈馬蕭蕭行又急。空回首，水寒沙白。天涯倦牢落，忍一聲羌笛。〔註27〕

在前一闋詞中，花朵作為意象，用以敘寫閨情。詞作上片敘述女子獨自一人待在小院落中，因不堪等待意中人的寂寞而登樓遠眺，撫琴以消磨時光。然而直至日暮，天空陰暗且落下細雨，仍未盼得良人的歸來。於詞作末尾，李清照以欲謝的梨花來形容女子惆悵以極的心境。

而在後一闋詞中，梅花成了李清照的化身，為主客合一詠花詞中共同的書寫重點。此詞書寫羈旅愁懷，結構頗為特殊，上片旨在詠梅，而下片卻突然斷開前面的詞意，轉而書寫自己羈旅行役的心境。先解上片之意。此闋詞雖未提及梅字，但從「暗香句」用典自林逋（約967～1028年）〈山園小梅二首·其一〉可知，此處所詠者為梅花。〔註28〕詞之上片先是描寫梅花稀疏地綻放於欹斜的枝頭，如同蘊含情愫的女子。而這比梨花更加雪白、美麗的花朵，是林逋的詠梅名句「疎影橫斜水清淺，暗香浮動月黃昏。」也難描摹的。李清照於此作中描繪梅花，著重於其韻味與潔白的色彩。而林逋以「暗香」句寫梅，也是從

〔註26〕宋·李清照著，徐培均箋注：《李清照集箋注》（修訂本），頁71。

〔註27〕宋·李清照著，徐培均箋注：《李清照集箋注》（修訂本），頁189～190。

〔註28〕李清照此句「徒憐暗香句」用典自宋·林逋〈山園小梅二首·其一〉：「疎影橫斜水清淺，暗香浮動月黃昏。」參見宋·林逋撰：《林和靖集》，收錄於清·永瑢、紀昀等纂修：《景印文淵閣四庫全書》，臺北：臺灣商務印書館股份有限公司，1986年，第1086冊，頁633。

韻味著手，並以黃昏之月勾勒出帶著日暮微光的花朵。故而李清照於此作中，便以林逋之句來顯出梅花的姣好。而在下片處，則轉而寫自己奔波於道途，感到疲倦不已的心情。直至尾句之「忍一聲羌笛」，梅花的身影才又出現。此句所用之典，為古曲〈落梅花〉，所表示的便是花朵的凋零。而從「忍」字來看，花朵應是行將凋謝，卻仍讓自己繼續在枝頭綻放。筆者以為，李清照於此應是將自己比喻作梅花，縱使經歷羈旅奔波的勞苦，她仍堅忍地承受這份漂泊異地的悲愁。如作此解，則上片之詠花，也就帶有自我書寫的意味。李清照應欲表示，自己就如盛放的梅花，美麗而充滿韻味。但漂泊他鄉的痛苦，卻讓她憔悴不堪，如梅花聽聞催花的笛曲一般萎謝，卻又堅毅地繼續綻放在枝頭上。

　　為了使作為客體的花朵，能確實表現出主體所要寄託之愁懷，李清照常以將謝或是凋零之姿來寫花，而這些殘謝的花朵，多未被仔細描摹其樣態。如要賦予它們較具體的形象，李清照往往會將之比喻為淚水。如〈孤雁兒〉（藤床紙帳朝眠起）、〈清平樂〉（年年雪裏）：

> 藤床紙帳朝眠起。說不盡，無佳思。沉香煙斷玉爐寒，伴我情懷如水。笛聲三弄，梅心驚破，多少春情意。　　小風疏雨瀟瀟地，又催下千行淚。吹簫一去玉樓空，腸斷與誰同倚？一枝折得，人間天上，沒箇人堪寄。〔註29〕

> 年年雪裏，常插梅花醉。挼盡梅花無好意，贏得滿衣清淚。今年海角天涯，蕭蕭兩鬢生華。看取晚來風勢，故應難看梅花。〔註30〕

第一闋詞為主客合一詠花之作，以梅花為書寫對象並與人連結。此詞的寫作主題，如按徐培均所言，即是書寫詞人的喪夫之痛。〔註31〕因為此作寫及與意中人分別的苦痛，與李清照失去丈夫趙明誠之經歷相

〔註29〕　宋・李清照著，徐培均箋注：《李清照集箋注》（修訂本），頁129。

〔註30〕　宋・李清照著，徐培均箋注：《李清照集箋注》（修訂本），頁131。

〔註31〕　徐培均以此作的內容，以及黃墨谷《重輯李清照集》對此詞之編年：「建炎元年南渡以後之作」，再加上收有此詞之《梅苑》，編成於建炎三年冬，推測此作應作於趙明誠歿後（建炎三年八月）不久。參見宋・李清照著，徐培均箋注：《李清照集箋注》（修訂本），頁130。

當吻合。不過，此詞又有一序寫道：「世人作梅詞，下筆便俗。予試作一篇，乃知前言不妄耳。」如果此序真為李清照自書，那麼本作可能便帶有遊戲或與其他詞人較勁的意味。〔註32〕由於有這可能性，故筆者不在此斷言詞中所言之內容為李清照喪夫一事。

此闋詞敘寫閨愁。女子因與意中人分別而滿懷愁緒，而她之所以如此愁悶的原因，便是因為滿懷春情，卻無人傾訴。上片的「笛聲三弄，梅心驚破，多少春情意」言花朵因聽聞善吹笛者所奏的樂聲而驚放，帶來春天的訊息。〔註33〕而此花開，也意指女子春心的萌動，表示其就如初開的梅花一般，充滿青春的氣息。而下片便寫出她的春情無人堪寄的悲苦。起首處就言「小風疏雨瀟瀟地，又催下千行淚。」此淚，不僅是落梅的殘瓣，更是女子的眼淚。李清照於詞中常用風雨來寫花落之愁，如前引之〈多麗〉（小樓寒）：「恨蕭蕭、無情風雨，夜來揉損瓊肌」、〈滿庭芳〉（小閣藏春）：「從來知韵勝，難禁雨藉，不耐風揉」便是例證。因此，千行淚也就可說是凋零的花瓣。且依整闋詞之詞意，又可視為女子的相思淚，並與她憔悴不堪的心境相連繫。

而在後一闋詞中，李清照以梅花為意象，用以書寫愁懷。此作書寫的情懷，可分作上、下片觀之。上片之情並未寫明，然觀詞中人的動作可見，此情感應屬於愁思。李清照言自己常於冬日飲酒，並在髮上簪梅。此飲酒應是種排解愁悶的方式，因為下一句便緊接著說「接盡梅花無好意，贏得滿衣清淚。」雖無法證明李清照「無好意」的原因究竟為何，然應是內心感到愁悶。而下片則書寫身處異鄉、年華老去的哀傷。李清照意欲表示，年老又流落異地，這樣的悲傷，並非以

〔註32〕歷來收有李清照詞作之集子，有些載有此序，有些則無。如《汲古閣未刻詞》未有此序，而宋・黃大與《梅苑》收錄此詞時又有序文。參見宋・李清照著，徐培均箋注：《李清照集箋注》（修訂本），頁129。

〔註33〕《世說新語・任誕・49》：「王子猷出都，尚在渚下。舊聞桓子野善吹笛，而不相識。遇桓於岸上過，王在船中，客有識之者，云是桓子野，王便令人與相聞，云：『聞君善吹笛，試為我一奏。』桓時已貴顯，素聞王名，即便回下車，踞胡床，為作三調。」參見南朝宋・劉義慶著，徐震堮校箋：《世說新語校箋》，下冊，頁408。

往經歷過的哀愁所能比擬的。而為對比出這般愁思的深刻，李清照於此闋詞中所使用之鋪陳手法，便是以上片之情感來烘托下片之愁緒的強烈。按其詞意，上片「年年」所經之愁，尚有梅花可供把玩，因而還有些排解之道，不至過度悲傷。而下片「蕭蕭兩鬢生華」的哀傷，卻難以紓解，因為「看取晚來風勢，故應難看梅花。」連梅花也無法見得，怕是比之前尚有梅花可把玩來得更加愁悵。

而梅花在此作中，不僅與詞人之情思相繫連，更用以比喻詞人。於上片，李清照特別寫出自己手捻梅花的動作，此舉不僅是紓解情緒的方式，更是愁懷的具體表現。梅花在詞人的搓捻下，逐漸「捼盡」，花瓣飄落如人的眼淚。筆者以為，此處之「贏得滿衣清淚」，指的是花瓣，卻也是詞人所流之淚。而在下片處，「看取晚來風勢，故應難看梅花。」二句，暗指出花朵的凋零。筆者認為，此處難以見得的梅花，應與李清照晚年的姿態相疊，表現出詞人憔悴的姿態和心境。

值得一提的是，李清照於書寫這些與主體相關涉之花朵時，喜歡選擇梅花作為創作對象或是素材。其所寫作的五闋主客合一詠花詞，就全以梅花為書寫對象。而她使用花朵意象的詞中，有三闋就以梅為素材，算是相對多數（參見附表二）。而當她把梅花作為意象時，更有著與其他花意象不同的創作特色。其他花朵作為意象出現於詞中，常僅是安插於一句裡，如上所言〈浣溪沙〉（小院閑窗春色深）：「梨花欲謝恐難禁」，以將謝的梨花書寫閨中女子的心境。又如〈醉花陰〉（薄霧濃雰愁永晝）：「莫道不銷魂，簾捲西風，人比黃花瘦」以殘謝的菊花雙寫詞人因愁思而消瘦的身影，以及鬱悶的心情。其他例證又有〈點絳唇〉（寂寞深閨）：

> 寂寞深閨，柔腸一寸愁千縷。惜春春去，幾點催花雨。
> 倚遍闌干，只是無情緒。人何處？連天芳樹。望斷歸來路。
> 〔註34〕

詞之上片敘寫女子懷抱著濃愁，獨處深閨之中。由於女子有此心緒，故

〔註34〕宋‧李清照著，徐培均箋注：《李清照集箋注》（修訂本），頁77。

下一句「惜春春去」所言之春，除了是實際的季節，更可解釋為女子的青春華年。由此可見，女子所感嘆的便是自己的青春被辜負的哀愁。而後一句「幾點催花雨」中的花朵，也就明顯代指女性自身。由於頓感青春遭負，因而詞中女子認為自己就如雨中的花朵，懷抱欲謝之愁。

而梅花作為意象穿插於詞中時，其出現較為頻繁。李清照寫有三闋使用梅花意象的詞，其中便有兩闋頻繁使用花意象。如上述〈清平樂〉（年年雪裏），梅花於上、下片中，皆與詞人的情思、心境產生繫連。此外，又有〈訴衷情〉（夜來沉醉卸妝遲）：

> 夜來沉醉卸妝遲，梅蕊插殘枝。酒醒熏破春睡，夢斷不成歸。　　人悄悄，月依依，翠簾垂。更挼殘蕊，再撚餘香，更得些時。〔註35〕

此作書寫鄉愁，觀其中「夢斷不成歸」便可推想李清照當時的心境。在開頭處，詞人便言自己因情思不佳而借酒澆愁，卻無法排解愁緒。後來於酒醒卸妝時，注意到插在鬢旁的梅花已漸凋謝。而在下片處，詞人因「夢斷不成歸」的悲傷而拿起方才摘下的殘梅把玩，作為對愁緒的宣洩。筆者以為，梅花在此不只是個消遣煩憂的物事。事實上，它也是詞人愁緒的表現與寄託。觀李清照在上片處，特別點出自己在鬢上所插之梅已漸「殘」，且在下片處，又特寫自己弄梅的動作，並以「殘蕊」、「餘香」來代稱梅花，不難想見她有意以此花之凋謝來言自己的愁思。由此見得，梅花在此闋詞中，不純粹是種髮飾，而是尚隱喻著詞人的心緒。

由上述可知，李清照詞中與主體相繫連的花朵，較常被用以敘寫愁思，其次則是書寫女子春情。綜觀其主客合一詠花詞，以及使用花朵意象的詞作可見，僅有一闋詞使用花意象來寫女子春情，其他詞篇則以愁情為主題。而李清照於這兩類詞作中敘寫愁思時，為了表現出主體的情感，常將花朵賦予殘謝的姿態。更有甚者，就是直接形容為淚水，來更加具體地寫出主體愁懷之深濃。另外，值得一提的是，梅花是

〔註35〕宋・李清照著，徐培均箋注：《李清照集箋注》（修訂本），頁116。

李清照詞中，最常與主體連繫的花朵。同時，也是最常用來書寫愁情的花。且其作為意象時，常頻繁穿插於作品中，為其他花意象所未有。

四、結論

李清照創作了許多以花為書寫對象，或寫作素材的詞作。這些在詞中作為客體的花朵，有些與主體相繫連，有些則否。花朵為詞作的寫作焦點，且未與主體相繫連時，它們便是純詠花詞中的主角。李清照純詠花詞於創作特色上有其共通處。首先，如觀察李清照純詠花詞的書寫對象，可發現梅花為這類詞作中，最常被書寫的對象。李清照九闋純詠花詞中，就有五闋以梅為對象。再者，則是在創作手法上的共通點。一是，在描摹花朵上，以女性姿態正面描繪花朵，並運用花朵的枝條、環境背景等旁襯的物事烘托花兒。二，則是減少對花朵本身的描寫，而將重心放在以側寫方式勾勒出花朵的整體形貌；或用對比的手法，以其他花朵烘托所詠之花的特出。三，於歌詠花朵的風韻上，會以女子情思、君子風韻來進行刻劃。四是透過主體對花朵的審美感受，一方面增添詠花的層次，一方面也在形貌之外，賦予花朵不同的審美意蘊。

而當花朵與主體相關涉，它們或成為主客合一詠花詞之寫作對象，或成為意象穿插於詞中。李清照除將這些花朵，用於書寫女子春情外，更常將它們運用於抒發愁懷。如以愁懷為書寫主題，李清照常用殘謝、欲謝之姿，來描繪這些與主體相繫連的花朵，或是在作品中寫及花落之憂，令花朵可以具體表現出主體的情懷。有時為了更加凸顯主體的情感，李清照會將花朵的殘瓣譬喻為眼淚，以具象化地寫出愁懷。值得一提的是，這些與主體相繫連的花朵，以梅最為常見。李清照的五闋主客合一詠花詞，皆以梅為書寫對象。而當她在使用梅花作為意象時，常會將之頻繁地安插在作品中，以凸顯、深化主體的情感。此為使用其他花意象進行創作時，所未有的。

以上便是花朵作為客體出現在李清照詞中，其未與主體相關聯，

或者與主體產生繫連時，所呈顯之書寫特色。

參考書目

（一）古籍（依朝代排序）

1. 漢・韓嬰：《韓詩內傳》，收錄於嚴一萍選輯：《百部叢書集成續編》影印《漢魏遺書鈔》本，臺北：藝文印書館，1970 年 4 月。

2. 南朝宋・劉義慶著，徐震堮校箋：《世說新語校箋》，北京：中華書局，2016 年 6 月。

3. 唐・段安節撰，亓娟莉校注：《樂府雜錄校注》，上海：上海古籍出版社，2015 年 10 月。

4. 宋・李昉等編《太平御覽》，收錄於清・永瑢、紀昀等纂修：《景印文淵閣四庫全書》，臺北：臺灣商務印書館股份有限公司，1986 年 3 月。

5. 宋・林逋撰：《林和靖集》，收錄於清・永瑢、紀昀等纂修：《景印文淵閣四庫全書》，臺北：臺灣商務印書館股份有限公司，1986 年 3 月。

6. 宋・李清照著，侯健、呂智敏評注：《李清照詩詞評注》，山西：山西人民出版社，1985 年 8 月。

7. 宋・李清照著，徐培均箋注：《李清照集箋注》，上海：上海古籍出版社，2015 年 5 月。

（二）現代學術論著（依姓氏筆順排序）

1. 吳戰壘：《中國詩學》，臺北：五南圖書出版有限公司，1993 年 11 月。

2. 林淑貞：《中國詠物詩「託物言志」析論》，臺北：萬卷樓圖書有限公司，2002 年 4 月。

3. 洪順隆：《六朝詩論》，臺北：文津出版社，1978 年 5 月。

4. 路成文：《宋代詠物詞史論》，北京：商務印書館，2005 年 12 月。

附表

表一：李清照純詠花詞

詞　作	所詠之花
〈鷓鴣天〉（暗淡輕黃體性柔）	桂花
〈漁家傲〉（雪裏已知春信至）	梅花
〈慶清朝〉（禁幄低張）	有爭議
〈多麗〉（小樓寒）	白菊
〈山花子〉（揉破黃金萬點明）	桂花
〈春光好〉（看看臘盡春回）	梅花
〈河傳〉（香苞素質）	梅花
〈七娘子〉（清香浮動到黃昏）	梅花
〈玉樓春〉（臘前先報東君信）	梅花

表二：李清照主客合一詠花詞、使用花朵意象的詞作

詞　作	出現之花朵	類　型
〈玉樓春〉（紅酥肯放瓊瑤碎）	紅梅	主客合一詠花詞
〈臨江仙〉（庭院深深深幾許）	梅花	主客合一詠花詞
〈滿庭芳〉（小閣藏春）	梅花	主客合一詠花詞
〈孤雁兒〉（藤床紙帳朝眠起）	梅花	主客合一詠花詞
〈憶少年〉（疏疏整整）	梅花	主客合一詠花詞
〈減字木蘭花〉（賣花擔上）	不具名之花	意象
〈醉花陰〉（薄霧濃霧愁永晝）	菊花	意象
〈浣溪沙〉（小院閑窗春色深）	梨花	意象
〈點絳唇〉（寂寞深閨）	不具名之花	意象
〈訴衷情〉（夜來沉醉卸妝遲）	梅花	意象
〈清平樂〉（年年雪裏）	梅花	意象
〈菩薩蠻〉（風柔日薄春猶早）	梅花	意象
〈聲聲慢〉（尋尋覓覓）	菊花	意象